Rosemarie Forstmaier

Spätes Glück auf dem Berghof

Nicht nur für eine Nacht

Rosemarie Forstmaier

Spätes Glück auf dem Berghof

Nicht nur für eine Nacht

rosenheimer

Titelbild: Michael Wolf, München
Satz: Buch-Werkstatt GmbH, Bad Aibling
Druck und Bindung: Wiener Verlag, Himberg
Printed in Austria

ISBN 3-475-52958-0

Spätes Glück auf dem Berghof

Eine Stunde musste man schon bergauf steigen, wenn man zum Ödenhuber oder zum Brandler hinauf wollte. Aber wer sollte das schon wollen? Die schöne Lage, der herrliche Ausblick interessierten hier niemanden und freundschaftlichen Umgang pflegte weder der eine noch die anderen. Hier kam höchstens einmal der Aumüller Ferdl, der Jäger, vorbei oder Holzfäller.

Es führte zwar ein Steig von Weildorf herauf, über den Reiffkopf, hinüber in ein anderes Tal. Aber dieser Weg wurde kaum benutzt und verfiel zunehmend.

Früher einmal hatte das Brandler-Häusl zum Ödenhuberhof gehört; es war das Austragshäusl gewesen. Aber vor vielen Jahren schon war dieses kleine Zuhaus verkauft worden und nun hauste darin der Brandler Krispin, der es von seinem Vater geerbt hatte, mit Frau und Tochter.

Fragte man sich, wovon die Brandlerischen, die außer einem kleinen Garten rund ums Haus nichts besaßen, lebten, so konnte man darauf nur mit einem ungewissen Schulterzucken antworten. Man wusste ja schließlich, wie viel Taglöhnerarbeiten einbrachten. Aber es schien den Brandlerischen nicht schlecht zu gehen.

Bis vor einigen Jahren hatte der Brandler Krispin noch als Holzfäller gearbeitet, aber nun begnügte er sich damit, nur noch bei seinen Nachbarn auszuhelfen.

Und der Ödenhuber Pauli, ein allein stehender Mann um

die Vierzig, hatte diese Hilfe bitter nötig. Denn er bewirtschaftete seinen mageren Bergbauernhof völlig allein; ohne Knecht oder Magd, ohne Frau.

Freilich, früher einmal hatte der Pauli ans Heiraten gedacht, aber er hatte sich nicht so leicht getan, bei den Frauen. Nicht, dass er schlecht ausgesehen hätte, der Ödenhuber Pauli; er war groß, breitschultrig, hatte dunkles Haar und ein zwar etwas scharfkantiges, aber gut geschnittenes Gesicht, in dem unter dunklen, dichten Brauen ein Paar kohlschwarze Augen brannten.

Aber der Pauli war halt von jeher alles andere als ein guter Unterhalter gewesen, er war wenig redegewandt und kaum zu Späßen aufgelegt. Daran war gewiss das einsame, abgeschiedene Leben und die viele, harte Arbeit schuld, die der Pauli von Kind an hatte verrichten müssen. Und zu bieten hatte Pauli einer Frau außer einem ehrlichen, schlichten und aufrechten Charakter auch nicht allzu viel. Es konnte sich jede an zehn Fingern abzählen, was sie als Ödenhuberin erwartete; Arbeit, Arbeit und nochmals Arbeit und dazu ein Mann, der wenig gesprächig war. Nein, da hatte dem Pauli von den gescheiteren, hübscheren Mädchen keine angebissen.

Als dann vor fünf Jahren auch noch seine Mutter gestorben war, war dem Pauli zum Herumsuchen ohnehin keine Zeit mehr geblieben; er hatte sich auf seinem Hof ganz in die Arbeit vergraben. Und nun sah es aus, als würde der Ödenhuber als griesgrämiger Sonderling altern. Wie es beim Ödenhuber Pauli ausschaute, wie er hauste, lässt sich leicht denken; es fehlte an allen Ecken und Enden, um nicht zu sagen: es war ein wahrer Saustall!

Die Brandlerin hätte ihm natürlich den Haushalt liebend gern in Ordnung gehalten, aber Pauli hatte von jeher etwas gegen diese scharfäugige, spitznasige Schnüfflerin gehabt. Es war ihm lieber, wenn er diese Nachbarin nicht sah. Ganz anders verhielt es sich mit ihrem Mann, dem Brandler Krispin. Dem Krispin vertraute Pauli wie einem Bruder, er betrachtete ihn als einzigen Freund und es schien ihn nicht zu stören, dass sich dieser seine Hilfeleistungen teuer bezahlen ließ, dass er den Pauli nach Strich und Faden ausnutzte und schamlos übers Ohr haute. Oder hatte der Ödenhuber Pauli am Ende Angst auch den einzigen Menschen zu verlieren, mit dem er noch Kontakt hatte?

Selbst einem etwas schwerfälligen Denker musste es doch auffallen, dass die Brandlerischen nur von ihm lebten, da sie ja keinen anderen Erwerb betrieben.

Doch Pauli, der selbst um jede Mark schwer zu rackern hatte, rührte sich nicht. Er zahlte und borgte, ohne ein Wort darüber zu verlieren. Krispin würde schon wissen, wie man mit der Rechnung dran war, denn er schrieb ja alles gewissenhaft in sein schwarzes Büchl und Pauli vertraute blindlings dieser verschleierten Buchführung seines Freundes.

Noch prangten die Bergwälder in zartem, frischem Grün, noch sahen die Frühlingswiesen aus wie ein bunter Fleckerlteppich, doch es schickte sich an Sommer zu werden. Bald würden die letzten goldgleißenden Firnflecken in den schattigen Karen verschwunden sein, bald würde auch ihnen die Sonne den Garaus gemacht haben.

Die Brandler Lies setzte ein paar überwinterte Geranienstöcke, die ebenso mager und fahl und zerrupft aussahen wie sie selbst, in die altersschwachen, morschen Blumenkästen vor ihren winzigen Fenstern.

Ihre Tochter, die Veronika, war ein hübsches, munteres Mädchen und man musste sich unwillkürlich fragen, wie diese sauertöpfische, spitzmausgesichtige Alte zu einer so anmutigen Tochter kam.

Man konnte es sich nur schwer vorstellen, dass die Brandler Lies – sie war noch keine Fünfzig – auch einmal so ausgesehen hatte wie die Veronika. Denn das schlanke Mädchen bot einen reizenden, herzerfrischenden Anblick. Haselnussbraune Augen schimmerten im runden Grübchengesicht unter hellbraunem Haar. Fachmännisch erklärte Veronika: »Einen guten Dünger brauchen die Geranien, dann erholen sie sich schneller.«

»Du tust ja grad, als wenn du schon Ödenhuberin wärst!«, räsonierte die Mutter.

Nun aber wurde Veronika ernstlich böse. Sie stemmte beide Hände in die schmalen Hüften und erklärte entschieden: »Herrgott, Mutter, wie oft soll ich es denn noch sagen, dass mir am Ödenhuber Pauli genauso wenig liegt, wie ihm an mir! Die Idee könnt ihr euch gründlich aus dem Kopf schlagen. Ich heirate doch keinen alten Mann!«

»Der Pauli ist knapp vierzig«, fiel ihr die Mutter ins Wort.

»Na und! Ich bin zweiundzwanzig«, ereiferte sich die Veronika, »da könnt er fast mein Vater sein. Nein, ich hab mir meine Zukunft ein bissl anders vorgestellt, als da drüben zu versauern! – Ich hab nichts gegen den Pauli, er ist mir lieb und wert, aber bloß als Nachbar! Außerdem seid ihr ganz schön auf dem Holzweg, du und der Vater, wenn ihr euch einbildet, dass der Pauli sich für mich interessiert. Dem liegt an mir genauso wenig wie mir an ihm. So was merkt man doch sofort.«

»Pah«, kam es belustigt von ihrer Mutter, »dass ich nicht lache! Woher will denn so ein junges Ding das wissen?«

»Dafür braucht man nicht besonders erfahren zu sein«, meinte Veronika abweisend. »So was merkt man einem Mann gleich an. Den Ödenhuber Pauli jedenfalls, den bring ich nicht aus der Ruhe und das ist so sicher wie das Amen im Gebet; und froh bin ich drüber!«

Nun wurde die Brandlerin ärgerlich und sie keifte: »Saudummes Daherreden! Du bildest dir vielleicht ein, dass ein Mädchen wie du, das hinten und vorn nichts hat, sich die Männer aussuchen kann?! Ja, zum Spaßhaben, da bist einem jeden gut genug. Aber wenn's ans Heiraten geht, dann lässt dich ein jeder fallen wie eine heiße Kartoffel!« Mit einem tiefen Aufatmen setzte sie hinzu: »Was weißt denn du, wie's wirklich zugeht auf der Welt!«

Ungerührt wandte Veronika ein: »Wie soll ich's denn auch erfahren, wenn ich keinen Schritt fort darf? Andere Mädchen in meinem Alter ...«

»Du bist daheim am besten aufgehoben«, kam es resolut von ihrer Mutter. »Du hast alles, was du brauchst!«

Veronika schaute an ihrer Kleidung, einem verwaschenen, ausgebleichten Dirndlkleid und den ausgetretenen Schuhen hinunter und entgegnete mit einem Anflug von Ironie: »Aufsehen werde ich in meinem Staat gewiss keines erregen.«

»Für den Pauli bist auch so schön genug«, stichelte die Brandler Lies.

»Fängst jetzt schon wieder davon an«, schnaufte das Mädchen tief auf. Mit ernster, sachlicher Stimme setzte sie hinzu: »Schau, Mutter, es geht mir ja gar nicht in erster Linie um die Kleidung. Aber ein Mädl braucht doch mehr. Man möchte schließlich einmal eine Aussteuer und sonst noch so allerhand. Und das könnte ich mir leicht selber verdienen, denn daheim ...«

Unmut glitt über das früh gealterte Gesicht der Brandlerin, als sie ihr heftig ins Wort fiel: »Wir, der Vater und ich, erlauben es nun einmal nicht, dass du für fremde Leute arbeitest, dass du außer Haus bist und man sich Tag und Nacht sorgen muss. – Wir haben unser Häusl und unser Auskommen.«

»Das vom Ödenhuber Pauli abhängt«, konterte Veronika hart.

»Was willst du denn?«, rief ihre Mutter entschuldigend aus. »Wir arbeiten schließlich für ihn und da ist es nur recht und billig, dass er uns dafür zahlt. Und dass es für dich auch noch reicht, darüber solltest du froh sein.«

Veronika gab es, wie so oft vorher schon, auf. Es blieb ihr nichts weiter übrig, als nachzugeben und sich insgeheim für ihre Eltern zu schämen.

Nun bog der Brandler Krispin, ein zaundürrer, hagerer Mittvierziger mit einem schmalen Raubvogelgesicht, scharfen Augen und schmallippigem Mund, ums Haus. Ein verschlagenes Grinsen kräuselte seine Lippen, als er die blutbespritzte, kopflose Henne, deren Flügel schlaff herunterhingen, an den gelben Beinen hochschwenkte.

»Da schaut her, was ich hab!«, rief er stolz aus. »Eine fette Suppenhenne!«

Angewidert wich Veronika zurück, während ihre Mutter überrascht bemerkte: »Jessas, wie kann der Pauli jetzt im Frühjahr eine Henne köpfen; jetzt wo's das Legen wieder angefangen haben!« Auf den Gedanken, dass dies einer ihrer Hühnervögel sein könnte, kam sie erst gar nicht.

»Kommt der Tag, bringt's der Tag!«, kam es schmunzelnd vom Krispin. »Der Habicht hat die Henn erschlagen und der Pauli hat sie mir geschenkt.« Auf den missbilligenden Blick seiner Tochter hin setzte er rasch hinzu: »Wenn ich den Raubvogel mit der Henne nicht rechtzeitig erwischt hätte, dann wär sie auch dahin gewesen!«

»Er hätt sich doch die Henn selber kochen können«, argumentierte das Mädchen, immer noch nicht versöhnt.

»Der?«, rief Krispin belustigt aus. »Wo denkst denn hin! Der kann sich doch selber keine Henn rupfen und herrichten, wie es sich gehört! Nein, nein, dem sind sein Schmarrn und seine Eier jeden Tag lieber!«

»Recht hast, Krispin«, pflichtete ihm seine Lies mit fast

gierig auffunkelnden Augen bei, als sie den zerrupften Vogel an sich nahm. Nachdem sie das Huhn fachkundig betastet hatte, konstatierte sie erfreut: »Du, das ist eine richtige Henn, die wird gebraten! Die ist zum Kochen zu schad!« Flugs eilte sie mit diesem billig ergatterten Sonntagsbraten ins Haus.
»Meinst du nicht, Vater, dass das Unrecht ist?«, kam es etwas zögernd von Veronika.

Ganz erstaunt riss der Krispin seine wasserhellen Äuglein auf und erklärte kopfschüttelnd: »Bist narrisch? Was soll denn der Pauli damit anfangen, wenn er sich eh nie was kocht? Man darf doch so eine Gottesgabe schließlich nicht verkommen lassen, oder?«

»Ich hätt ihm die Henn rupfen und herrichten können«, wandte das Mädchen ein.

»Freilich, sonst nix mehr«, kam es ungeduldig von ihrem Vater. »Man muss seine Bequemlichkeit auch nicht noch unterstützen!« Plötzlich zuckte ein erneutes Grinsen über sein schmales Gesicht und er fügte mit einem viel sagenden Augenzwinkern hinzu: »Aber wir könnten ihn ja ausnahmsweise zum Essen herüberbitten, den Ödenhuber Pauli, wenn die Mutter den Braten kocht ...«

»Wegen mir nicht«, lehnte Veronika kalt ab. »Außerdem weißt du genau, dass er gar nicht kommen würde.«

Mit einem etwas mitleidigen Blick schaute Veronika hinüber zum Ödenhuberhof. Ja, man musste Mitleid haben mit diesem armen Teufel, der sich so recht und schlecht allein durchschlug. Und doch war ihm nicht zu helfen, weil er sich im Grunde gar nicht helfen lassen wollte. Es würde nicht mehr lange dauern und der Pauli würde vollends verbittert und vereinsamt sein; was nicht weiter verwunderlich war.

Nein, so wie der Ödenhuberhof und sein Besitzer jetzt aussahen, machten sie gewiss keinen besonders verlockenden Eindruck auf eine Frau; weder der Pauli noch sein Haus wirkten besonders anziehend.

Rund ums Haus herrschte ein wildes Durcheinander von Gerümpel; wo früher der Garten gewesen war, wucherten Brennnesseln, schoss das Unkraut wild in die Höhe.

Am Haus blätterte der Verputz ab, Türen und Fensterläden hätten dringend eines neuen Anstrichs bedurft. Und wie es erst im Innern des Hauses aussah, lässt sich leicht denken.

Die kleine, niedrige Küche war kohlschwarz verräuchert; der Herd so voller eingebrannter Krusten, dass es einem hätte grausen können. Die uralten Küchenmöbel befanden sich in keinem besseren Zustand; sie hätten mit scharfer Lauge abgeschrubbt werden müssen, wäre man an ihrer ursprünglichen Farbe interessiert gewesen. Das wenige Geschirr, das der Pauli für seine frugalen Mahlzeiten benötigte, war verbeult und arg zerschunden. Es türmte sich in einem großen Stapel im Abwaschbecken, woraus der Pauli das jeweils benötigte Teil hervorzog. Die Fenster waren halbblind vor Schmutz und Fliegendreck.

In der Bauernstube sah es nicht besser aus. Ofenbank und Kanapee, dessen Leder brüchig und zerschlissen war, waren bedeckt mit allen möglichen Kleidungsstücken, hie und da sah man auch den Zipfel einer Pferdedecke daraus hervorlugen.

Auf dem großen Tisch lag alles wild durcheinander, was der Pauli tagtäglich schnell zur Hand haben musste; eine verbeulte Zuckerdose, ein zweckentfremdetes, mit Salz gefülltes Marmeladenglas, allerlei Werkzeuge, ein Schuhlöffel und zerfledderter Schreibkram. Unter einem rußigen Dreifuß, auf den tagtäglich die Pfanne mit dem obligaten Schmarrn gestellt wurde, lag eine ebenfalls schwärzliche, fettfleckige, zwei Jahre alte Ausgabe des Landboten, woran ersichtlich wurde, wie lange der Tisch nicht mehr abgeräumt worden war.

Früher hatten den Pauli all der Dreck und die Unordnung

noch gestört, aber inzwischen hatte er sich daran gewöhnt; es fiel ihm schon gar nicht mehr auf, wie verschlampt alles war. Der Mensch gewöhnt sich nach einer gewissen Zeit an alles; auch daran, Tag für Tag das Gleiche zu essen, sich nur dann etwas herzurichten, wenn der Magen sich meldete. Der Ödenhuber Pauli wusste natürlich, dass ihm die Brandler-Frauen sein Hauswesen in Ordnung gehalten hätten, wenn er sie nur drum bitten würde. Aber diesen Gedanken wies er weit von sich.

Er mochte die Lies nicht, obgleich ihr Mann sein bester und einziger Freund war. Diese Frau mit ihren listigen, spähenden Augen erinnerte ihn stets an eine giftige Natter, die immer bereit war, zuzubeißen. Nein, die Lies konnte er einfach nicht um sich haben. Sie half nur auf den Feldern, wenn Erntezeit war.

Und Veronika? Nun, seit die Veronika erwachsen geworden war, machte er auch um sie einen Bogen, obgleich er nichts gegen dieses stets freundliche Mädchen hatte. Doch sie war ein junges Mädl und junge Mädl waren ihm im Laufe der Jahre fast etwas unheimlich geworden mit ihrem ewigen Gekicher und dem andauernden Geplapper. Er konnte es einfach nicht aushalten, wenn jemand so viel redete; er wollte seine Ruhe. Insgeheim fürchtete er auch, die Veronika könnte sich über ihn lustig machen und da ging er ihr lieber aus dem Weg.

Es war aber durchaus nicht so, dass es dem Pauli nicht aufgefallen wäre, wie hübsch die Veronika geworden war; schließlich hatte er Augen im Kopf. Doch er betrachtete sie wie eine Sache, die ihm nicht gehörte; irgendwelche Wünsche kamen ihm erst gar nicht in den Sinn. Und es waren ja nicht allzu viele Gedanken, die er an die Tochter seines Freundes verschwendete. Er hatte andere Sorgen, als sich Gedanken über so ein junges Mädchen zu machen.

Das Dach müsste unbedingt geflickt werden, es regnete an einigen Stellen durch. Doch er kam einfach nicht dazu, sich an diese, so dringende Arbeit zu machen; er hatte ohnehin mit dem Vieh und den Feldern genug zu tun. Im Saustall war der Boden durchgefault und die Schafe brachen immer öfter durch den morschen, altersschwachen Pferch. Allmählich begann ihm wirklich alles über den Kopf zu wachsen. Er musste sich einfach allzu lange mit Arbeiten im Haus aufhalten, mit Frauenarbeiten, wie Milch entrahmen, buttern, kochen, ja, denn auch das brauchte seine Zeit; und ab und zu musste er sich auch an den Waschtrog stellen, Feuerholz musste gehackt werden, ach, es war einfach zu viel für einen allein!

Etwas sonderbar erschien dem Pauli allerdings die Tatsache, dass auf dem Hof mehr geschehen war, mehr Arbeit erledigt worden war und kein solcher Zustand geherrscht hatte, als er mit seiner alten Mutter noch allein geschafft hatte, als jetzt, wo er zusammen mit dem Krispin einiges bewältigen konnte. Anscheinend gingen verschiedene Arbeiten einer Frau, selbst wenn sie alt und schwach war, besser von der Hand, als dem kräftigsten Mann. Vielleicht verhielt es sich doch so, dass eine Frau, besonders was das Hauswesen anbetraf, mehr mit Herz und Hirn schaffte? Anders konnte er sich dieses Phänomen nicht erklären.

Er arbeitete vom ersten Morgengrauen bis hinein in die späte Nacht und kam doch immer tiefer in den Schlamassel, obgleich ihm der Krispin zur Seite stand. Es war einfach wie verhext!

Es war schon ziemlich spät am Abend, als der Ödenhuber Pauli aus dem Stall mit den gefüllten Milcheimern hereinkam.

Was für ein Glück, dass die Molkerei, die ihm seine Milch abnahm, ihn nicht sehen und auch nicht ahnen konnte, wie er dieses edle Produkt behandelte.

Nun musste die Milch durch Seihtücher, damit eventuelle Schmutzteilchen, die beim Melken hineingeraten waren, zurückblieben, aus den Eimern in die großen Kannen gegossen werden.

Dann wurden die Kannen in die kühle Milchkammer hinübergeschafft. Jeden zweiten Tag fuhr sie dann der Krispin hinunter ins Tal, wo sie von der Molkerei eingesammelt wurden.

In dieser »Millikammer« herrschte ebenfalls eine kunterbunte Ansammlung alten Gerümpels. Auf den hölzernen Stellagen, auf denen zu Lebzeiten der Ödenhuberin die Butterwecken ihren Platz gehabt hatten, standen ausrangierte Schuhe, lag altes Werkzeug, und was es sonst noch alles gab, wofür man woanders keinen rechten Platz hatte, und es war nicht wenig.

Als der Ödenhuber wieder in seine Küche zurückkam, hockte sein Freund am klebrigen Küchentisch. »Kommst jetzt erst aus dem Stall?«, fragte er verwundert.

Pauli nickte und wischte sich mit dem ledrigen Ärmel seiner Stalljacke unter der Nase vorbei, dabei schniefte er vernehmlich, ehe er erwiderte: »Es wird jeden Tag später, eh ich rundumdum komm! – Um fünf fangen die Küh zu plärren an und um sechs komm ich erst in den Stall, weil ich früher nicht von der Arbeit ins Haus komm.« Er klagte selten, aber nun fügte er niedergeschlagen hinzu: »Manchmal möcht man schon verzweifeln! Man schindet sich ab und der Karren rollt doch allweil tiefer in den Dreck!«

Mit einem listigen Blinzeln seiner schlauen Fuchsaugen wandte Krispin gedehnt ein: »Da musst halt noch jemand vorspannen, nachher könntest den Karren schon wieder rausziehen!«

Ohne den Sinn seiner Worte zu verstehen murmelte Pauli: »Du hilfst mir ja eh schon, was du kannst, Krispin …«

»Mich hab ich auch nicht gemeint«, fiel ihm sein Freund schmunzelnd ins Wort. »Was dir fehlt, das ist eine Frau im Haus!«

Spielte der Krispin am Ende auf seine Frau an? Hastig versicherte er: »Nein, nein, es geht schon so!«

Aber unbeirrt fuhr Krispin fort: »Du solltest heiraten, Pauli! Ja, du, das ist mein völliger Ernst!«

Mit einem etwas schiefen, gezwungenen Lachen erwiderte Pauli ehrlich: »Ich hab als Junger damit kein Glück gehabt und jetzt ist es mir schon wurscht. Nein, nein ...«

»So darfst du nicht reden!«, widersprach sein Freund beschwichtigend. »Du wirst halt immer bei der Falschen angeklopft haben?«

Nun klang das Lachen des Ödenhubers herzlich, als er offen zugab: »Eine jede wär mir natürlich auch nicht recht gewesen. Das wirst du ja wohl verstehen.«

»Das glaub ich dir gern«, pflichtete ihm der Brandler bei. »Aber du wirst dir halt grad die Sauberste und Stolzeste ausgesucht haben. Ich kann mir nämlich nicht recht vorstellen, dass es sonst bei dir nicht hingehauen hätt«, schmeichelte er ihm.

Gelangweilt winkte Pauli ab; dieses Thema schien für ihn erledigt zu sein.

Doch der Brandler ließ nicht locker. »Ich an deiner Stelle tät's noch mal probieren!«

Pauli fasste dies als Scherz auf und schmunzelte: »Wer will denn mich alten Krauter noch?«

»Alter Krauter!«, empörte sich Krispin. »Du bist um drei Jahre jünger als ich.« Gedehnt setzte er hinzu: »Ich wüsste schon eine, Pauli! Aber keine Alte! Nein, nein, denn eine Junge frisst auch nicht mehr«, lachte er grob.

Einigermaßen verständnislos starrte ihn der Ödenhuber an, ehe er seinen Kopf schüttelte.

Plötzlich legte sich Krispin scharf ins Zeug und begann wohlwollend zu erklären: »Sind wir nicht immer die besten Freund gewesen? Sind wir nicht miteinander durch dick und dünn gegangen? Ich bin zwar gegen dich ein armer Schlucker, aber würdest du mich deswegen nicht in deiner näheren Verwandtschaft mögen?«

Überrascht hatte Pauli zu allem genickt, bis ihm unvermittelt ein Licht aufging. Fast entsetzt starrte er seinen Freund an. Es dauerte eine Weile, ehe er abweisend hervorbrachte: »Nein, du, so weit braucht eine Freundschaft nicht zu gehen. Da würde sich deine Tochter schönstens bedanken!« Unsicher setzte er hinzu: »Auf was für Ideen du kommst!«

»Weil ich's gut mit dir mein«, erklärte ihm der Krispin herzlich. »Und vielleicht wär's der Veronika gar nicht so zuwider, wenn du …«

Vorschnell widersprach der Ödenhuber und es klang so, dass man an seinen Worten keinen Zweifel lassen konnte: »Nein, du, ich dank dir für die gute Meinung, Krispin! Von der Veronika, die ja gewiss ein braves, anständiges Mädl ist, einmal abgesehen: Ich würde ums Verrecken kein junges Mädl heiraten! Ich heirat überhaupt nicht und eine Junge schon gar nicht! Ich würde mir schön dumm vorkommen, bei einem Mädl, das um zwanzig Jahre jünger ist als ich. Nein, nein, da ist mir mein jetziges Leben schon lieber.«

Einlenkend – nun bereute er seine Voreiligkeit – wandte Krispin ein: »Nichts für ungut, Pauli! Es war ja auch bloß so eine Idee von mir. – Obwohl«, hier blinzelte er ihm erneut viel sagend zu: »So manch anderer tät sich alle zehn Finger bis zum Ellbogen abschlecken!«

»Das mag sein«, gab Pauli zu. »Aber ich gehör gewiss nicht zu diesen damischen Rittern, für die eine junge Frau die ganze Seligkeit ist!« Er rieb sich das stachelige, seit Tagen unrasierte Kinn, dass die blauschwarzen Bartstoppeln knisterten, und er schmunzelte: »Zu so einer Riesendummheit bin ich doch noch nicht alt genug!«

Um dieses, doch etwas peinliche Thema zu beenden fragte der Ödenhuber Pauli: »Könntest du morgen, wenn du die Milch runterfährst, ein bisschen was einkaufen, Krispin?« Er selbst kam nur höchst selten ins Dorf hinunter, das meiste erledigte für ihn der Brandler. Krispin nickte und erwiderte: »Ja, schreib nur auf, was du alles brauchst!« Plötzlich fiel ihm auch der wahre Grund seines Kommens wieder ein und nun, da der andere eine Gefälligkeit von ihm verlangt hatte, fiel es ihm auch nicht schwer, damit herauszurücken. Seine Stimme nahm einen fast unterwürfigen Klang an, als er fragte: »Du, Pauli, was ich dich fragen wollt: Könntest uns nicht ein paar Pfund von deinem Surfleisch verkaufen, eh du es in die Selch hängst?«

Ohne zu zögern erwiderte der Ödenhuber: »Freilich, Krispin! Nimm dir aus dem Fass, was du brauchst! – Du weißt ja eh, wo das Fass im Keller unten steht.«

»Ich hol mir's gleich, Pauli«, erklärte Krispin hastig und erhob sich.

Als er kurze Zeit später mit etlichen Fleischbrocken, von denen jeder weit über ein Kilo wiegen mochte, wiederkam, meinte er: »Du, ich wieg's daheim und schreib's auf, in mein Büchl! Das rechnen wir dann schon ab. Gelt, Pauli?«

»Freilich!«, kam es gutmütig vom Ödenhuber.

»Du weißt ja, auf mich kannst du dich verlassen«, versicherte der andere mit falschem Lächeln.

»Ja, Krispin, auf dich ist halt immer noch Verlass!«, pflichtete ihm der Ödenhuber ernsthaft bei.

Nun machte der Brandler aber, dass er mit seinen nach säuerlicher Lake duftenden und tropfenden Fleischstücken heimkam. An der Tür rief er noch zurück: »Gelt, Pauli, und nichts für ungut ...«

»Nein, nein, Krispin!«, antwortete Pauli mit gutmütigem Lachen.

Doch das Ansinnen des Brandler Krispin hatte zur Folge, dass der Ödenhuber Pauli in Zukunft der Veronika noch stärker auswich. Er wollte in niemandem falsche Hoffnungen erwecken.

Es war ein wunderschöner Frühsommertag. Die Sonne strahlte vom lichtblauen Himmel, der von keinem Wölkchen getrübt wurde. Scharf hoben sich die Zacken und Schroffen der Gipfel vom Horizont ab.

Die Brandler Lies schob ein großes Stück des Ödenhuberischen Surbratens in die Röhre, dann befahl sie ihrer Tochter: »Du bringst nachher die Schafe auf die Weide!«

»Wo soll ich sie denn hinbringen?«, fragte Veronika. Die Brandlerischen besaßen zwar zwei Schafe, die geschoren und gemästet wurden, aber keinen eigenen Grashalm für diese Tiere. Im Sommer fraßen sie sich am Ödenhuberischen Gras satt – bloß an den Wegrainen, wie Lies jedesmal betonte – und im Winter wurden sie von dem Heu gefüttert, das der Krispin armweise vom Nachbarn mit heimbrachte.

Ungerührt riet die Brandlerin: »Musst halt schauen, wo was Saftiges wächst!« Dass damit kaum die Wegraine gemeint sein konnten, versteht sich von selbst.

Etwas später führte dann Veronika die beiden weißgrauen Schafe, die an einen Strick gebunden waren, hinauf zum Waldrand.

Als Veronika den Rand des Mischwaldes erreicht hatte, löste sie den Strick vom Hals des einen Schafes und band das somit verlängerte Seil an einen dünnen Baumstamm. Nun konnte sie die Schafe ruhig weiden lassen, denn das freigelassene Tier lief nie weit vom angebundenen fort.

Gierig begannen die Schafe, an den zarten Gräsern unter

dem Strauchwerk und den saftigen Blättern zu fressen, während sich Veronika ins Gras setzte, ihre angezogenen Knie mit beiden Armen umschlang und sich die Sonne ins Gesicht scheinen ließ.

Veronika beobachtete das ziel- und rastlos erscheinende Hin und Her der kleinen, rostrotglänzenden Ameisen, vorbeigaukelnde farbenfrohe Schmetterlinge, die, auf Blumen rastend, ihre samtenen Flügelpaare auf- und zuklappten, als ob sie sich Kühlung zufächelten.

Ab und zu warf sie einen kurzen Blick zu ihren Schafen, die an den saftigen Stauden zupften und zerrten, ohne noch Zeit zum Blöken zu finden.

Da sie stets das Knacken der brechenden Zweige im Ohr hatte, überhörte sie den leichten, federnden Schritt, der sich ihr vom Wald her näherte.

Es war der Aumüller Ferdl, der von seinem morgendlichen Reviergang zurückkam. Er war ein hoch gewachsener, sehnig schlanker Bursche von achtundzwanzig Jahren, der Ferdl; blauäugig und blond, mit offenem, wohlgeformtem Gesicht, in dem meist ein übermütiges Lächeln stand.

Er trug Bundhose, Lodenjanker, ein grünes Hemd, das am Kragen weit offen stand und einen tief gebräunten Hals freiließ. An den Füßen hatte er schwere Bergschuhe, das Gewehr trug er auf dem Rücken, das Fernglas auf der Brust. Ein buschiger Gamsbart auf dem lichtgrauen, verwaschenen Filzhut hing ihm schneidig übers linke Ohr.

Als er das Mädchen im Gras hocken sah, kräuselte ein verschmitztes Schmunzeln seine Lippen. »Ja, so schön möcht ich's auch einmal haben«, rief er ihr zu, während er vor sie hintrat.

Nachdem sich die Veronika von ihrem Schreck erholt hatte, stieg Ärger über diese gewiss nicht böse gemeinten Worte in ihr auf. Mit ihren runden Haselnussaugen blitzte sie ihn an und stieß abweisend hervor: »Was geht's dich an, was ich tu? Ich reg mich ja auch nicht drüber auf, dass du bloß im Holz herumstiefelst und die armen Viecher erschießt!« Überrascht über ihr gereiztes Aufbrausen, blickte er einige Zeit wortlos zu ihr hinunter, ehe er kopfschüttelnd meinte: »Wie ein so hübsches Mädl nur so grantig sein kann?«

Nicht verlegen schnappte Veronika: »Wie man in den Wald hineinruft, so kommt's heraus.«

»Na, na, na«, bremste er sie, bereits wieder schmunzelnd, »es war doch nicht so gemeint. Wenn ich gewusst hätt, dass du gleich so empfindlich bist, dann hätt ich mir schon was anderes einfallen lassen.«

»Um eine Ausred bist du wohl nie verlegen?«, unterbrach sie ihn, bereits etwas versöhnt.

»Unser Herrgott mög sie mir erhalten, die guten Ausreden«, witzelte der Aumüller Ferdl. »Sie sind oft bitter notwendig. Oder?«

Widerwillig gab sie zu: »Da magst Recht haben.« Seine Unbekümmertheit entlockte nun auch ihr ein feines Lächeln, während sie ihn recht ungeniert und neugierig musterte. Es geschah ja nicht oft, dass sie einen jungen Burschen traf, der sich auch noch mit ihr unterhielt. Sie war zwar noch ziemlich unerfahren in diesem Spiel mit den Augen, aber sie versuchte es keck, wich seinen Blicken nicht jedesmal aus. Und siehe da, nun war er es, der plötzlich ein wenig aus dem Konzept geriet. Der Ferdl schien plötzlich den Faden zu verlieren. Dieses Dirndl konnte einen aber auch anschauen, dass es durch und durch ging.

Auf die Schafe weisend, fragte er: »Gehören die dir?«

»Was heißt mir?«, schmunzelte sie belustigt. »Halt meinem Vater!«

Was ihm dann herausplatzte, geschah unüberlegt, ohne sie verletzen zu wollen. »Warum lässt er sie dann nicht mit denen vom Ödenhuber weiden? Er hat doch sonst auch alles mit ihm!« Bis hierher ging noch alles gut, sie dachte sich nichts dabei. Als er jedoch gut gemeint hinzufügte: »Ich könnt mir vorstellen, dass der Pauli nicht nein sagen würde, wenn du ihn fragen würdest und ihn dabei ein bissl anlächelst.«

Fortgewischt war das Lächeln aus ihrem Gesicht, ihre Augen blitzten ihn verächtlich an, als sie wild hervorstieß: »Was fällt denn dir nicht alles ein? Wer bist denn du, dass du so was von mir glauben darfst und es mir auch noch frech ins Gesicht sagst?« Vor Wut und Empörung kamen ihr die Tränen. »Ich lass …« Weiter kam sie nicht, denn ein Aufschluchzen erstickte ihre Stimme. Sie barg ihr Gesicht in beide Hände und wünschte ihn sehnlichst zum Teufel. Noch mehr als alles andere ärgerte es sie, dass er sie auch noch weinen sah.

Er war über ihren Wut- und Tränenausbruch ziemlich erschrocken, zumal er sich bei seinen Worten nichts gedacht hatte. Überrascht und verlegen zugleich blickte er auf sie hinab, auf ihr lichtbraunes Haar, das im Sonnenlicht flirrte, auf ihre schmalen, zuckenden Schultern. Einigermaßen ratlos suchte er nach entschuldigenden Worten, doch er brachte nur ein stockendes: »Jessas, Veronika, was hast denn?«, zustande.

Plötzlich aber bückte er sich und strich ihr beruhigend über die Schulter, während er beteuerte: »Du, ich hab mir nichts dabei gedacht! Ich hab dich nicht beleidigen wollen, ich schwör's! Ich bitt dich, Mädl, hör auf zu weinen. Es tut mir Leid, wirklich … Warum bist denn gleich so beleidigt? Ich hab bestimmt nichts Schlechtes damit andeuten wollen; glaub's mir doch!« Dabei war seine Stimme immer eindringlicher geworden, immer sanfter und weicher.

Auch auf Veronika blieben diese Worte nicht ohne Wirkung, sie konnte sich dieser dunklen, samtweichen Stimme nicht verschließen. Ihr Ton versöhnte nicht nur, er brachte auch etwas in ihr zum Schwingen, das sie seltsam berührte.

Unwillkürlich wünschte sie sich, dass er nicht aufhören möchte zu reden und sie zu trösten.

Zaghaft ließ sie ihre Hände sinken, doch ihr Gesicht blieb ihm abgewandt. Sie spürte noch immer seine Hand, warm und beruhigend, auf ihrer Schulter. »Es ist schon gut«, flüsterte sie leise.

»Dann bist mir nicht mehr böse?«, fragte er mit deutlicher Erleichterung. Und nun setzte er sich neben sie ins Gras, seine langen Beine ebenfalls angezogen. Vorsichtig wollte er wissen: »Warum bist denn gleich so verletzt gewesen, Veronika?«

Da stieß sie vorschnell heraus: »Weil 's wahr ist! Jeder tut, als wenn ich und der Pauli ...« Es verschlug ihr von Neuem die Stimme. Sie konnte nur noch energisch den Kopf schütteln, ehe sie erbost fortfuhr: »Ich wette, unten im Dorf erzählen sie es auch schon! Ausgerechnet der Ödenhuber Pauli!«

Er rüttelte sie sanft an der Schulter, als er beschwichtigend einwandte: »Da brauchst doch nicht gleich so fuchsteufelswild zu werden. Ich weiß nicht, ob und was sich die Leut zusammendichten. Aber überleg doch einmal: Du und der ledige Ödenhuber, ihr seid Nachbarn und wie man weiß, eng befreundet ...«

»Der Vater ...«, versuchte sie ihm ins Wort zu fallen. Aber mit einiger Schärfe mahnte er sie: »Jetzt lass mich zuerst einmal ausreden!«

Sofort verstummte sie, blickte starr geradeaus vor sich hin, die Hände nervös ineinander verkrampft.

Sachlich fuhr Ferdl fort: »Dass ihr engen Umgang mit dem Ödenhuber habt, weiß ein jeder! Dass du ein junges, hübsches Mädl bist, das sieht auch ein jeder. Wär es da ein Wunder, wenn man auf die Idee kommt, dass das selbst der Ödenhuber Pauli gemerkt hat? Außerdem sieht man weder dich noch den Pauli unten im Dorf bei irgendeiner Feier. Also muss es euch hier oben doch gefallen ...«

»Weil ich nicht fort darf«, wandte sie hastig ein.

»Einerlei warum, aber es ist halt nun einmal so«, versuchte er ihr klarzumachen. »Und die Leut reden nun einmal gern und manche hören eben das Gras wachsen. Dagegen kannst du nichts machen! Du musst dir nur denken: So lang sie über mich reden, haben sie mich nicht vergessen!«

»Für diese Nachrede dank ich schön!«, kam es heftig von Veronika.

»Es könnt ja auch durchaus sein, Vroni, dass dich der Pauli gern sieht?«, wandte er mit einem vorsichtigen Schmunzeln ein, während er ihr feines Profil bewunderte.

»So ein Schmarrn!«, fuhr sie auf. »Der Pauli mag mich nicht und sonst auch keine!« Sie hatte ihm dabei den Blick zugewandt.

Er suchte ihren Blick festzuhalten und meinte viel sagend: »Ich kann es mir nicht vorstellen, Vroni, dass dich einer nicht mögen könnt ...« Er brach unvermittelt ab, denn plötzlich hatte sie seine Hand abgeschüttelt und stand auf. Nervös strich sie sich das Kleid glatt.

»Ich muss meine Schafe weiterführen, sonst beißen sie die Stauden ganz kaputt«, sagte sie.

»Brav!«, lobte er sie. »Du schaust auf meinen Wald wenigstens auch noch ein bisschen.«

»Jessas, ist das dein Wald?«, entfuhr es ihr erschrocken, wohl wissend, dass es verboten war, Tiere an Ästen und Bäumen knabbern zu lassen, was als Waldfrevel galt und geahndet wurde.

»Nicht wirklich meiner«, berichtigte er sie lachend. »Aber der vom Forstamt. Und ich muss mich ja auch – so ganz nebenbei – darum noch kümmern.« Als er ihren ängstlichen Blick sah – vor der Obrigkeit hatte sie einen Heidenrespekt – fuhr er mit einem listigen Augenzwinkern fort: »Ich hab deine Schafe nicht gesehen!«

Ein erleichtertes Aufatmen hob ihren kleinen Busen und ein befreites Lächeln glitt über ihr Gesicht.

Er schien noch auf etwas zu warten, doch eilig sprudelte sie hervor, während sie sich bereits zum Gehen gewandt hatte: »Behüt dich, Ferdl! Ich kümmer mich gleich um meine Viecher.«

Auf seinem Heimweg wunderte sich Ferdl über sich selbst, dass es ihm bisher gar nicht aufgefallen war, wie hübsch die Brandler Veronika geworden war. Es wäre wirklich ein Jammer, wenn so ein feines, hübsches Mädl diesen Sonderling, den Ödenhuber Pauli, geheiratet hätte.

Am späten Nachmittag hatte sich eine schwarze Wolkenwand hinter dem Reiffkopf heraufgeschoben; die Sonne hatte sich bleigrau verfärbt, ehe sie hinter jagenden Wolkenfetzen völlig verschwand.

Mit rasender Schnelligkeit ballte sich eines jener heftigen Frühsommergewitter zusammen, die jedem Bauern Angst und Sorge einjagen.

Bald wurde es völlig finster; ferne Blitze zuckten aus den schwarzen Wolkengebirgen, erster Donner rollte über die Gipfel.

»Sakrament und ich bin noch nicht dazugekommen, das Dach zu flicken«, fluchte der Ödenhuber leise vor sich hin, als er das Pferd in den Stall führte. »Da wird mir wieder die ganze Suppe reinlaufen!«

Als er ins Haus ging, musste er das Licht andrehen, so stockdunkel war es geworden.

Seit Tagen wartete der Rahm, den er sich für seinen Eigenbedarf zurückbehalten hatte, schon darauf, endlich ausgebuttert zu werden. Das wollte er nun erledigen.

Nun hockte er sich auf einen Sessel in der Küche, klemmte sich den Rührkübel zwischen die Beine und begann zu buttern, wobei er den Stößel gleichmäßig auf und ab bewegte.

Während Pauli auf das schmatzende Geräusch im Butterfass lauschte, schweiften seine Gedanken zurück, in jene Zeit, als seine Mutter noch gelebt hatte. Sie hatte das Brot noch selbst gebacken, was für ihn ein völlig sinnloses Unterfangen gewesen wäre; er aß das Brot aus der Dorfbäckerei. Zum knusprigen, warmen Brot, dessen Duft durchs ganze Haus gezogen war, hatte es stets frische, süß schmeckende Butter gegeben.

Als sich der Inhalt des Butterfasses zu klumpen begann, goss er Wasser dazu und nahm seine Tätigkeit von Neuem wieder auf.

Nun zuckte es vor seinen Fenstern grün auf; gleich darauf ließ ein mächtiger Donnerschlag schier das ganze Haus erbeben.

»Wenn's nur kein Hagelschauer gibt«, murmelte Pauli, der wie fast alle Menschen, die viel allein waren, meist mit sich selbst redete, vor sich hin. Er dachte an seine junge Saat, das Gras, das fett und üppig auf den Wiesen stand und bereits zu reifen begann. Eine einzige Missernte würde ihn bis ins Mark hinein treffen.

Unvermittelt ließ er seine Arbeit im Stich und suchte im Wandschränkchen herum. Endlich brachte er einen schwarzen Wachsstock zum Vorschein. Diese Wetterkerze, die Unheil abhalten sollte und zu diesem Zweck geweiht war, zündete er auf dem Tisch an. Ihr kleines Flämmchen zuckte und flackerte zwischen all den Sachen, die auf dem Tisch lagen.

In solchen Stunden dachte Pauli wieder an den Herrgott dort oben, an seine begangenen Sünden. Daran, dass er es mit seiner sonntäglichen Christenpflicht nicht sehr genau nahm, dass er ab und zu gottsmörderlich fluchte. Für das Erste hoffte er Verständnis beim Allerhöchsten zu finden, denn er würde ja wissen, wie viel Arbeit er auch sonntags zu erledigen hatte. Aber das Fluchen …?

Pauli glaubte so wie ein Kind an den Herrgott.

Beim nächsten mächtigen Donnerschlag schwor Pauli, sich in Zukunft besser zu beherrschen und weniger zu fluchen, wenn ihn der Herrgott von diesem Unwetter verschonte. Es hatte für ihn nichts Gotteslästerliches, mit dem Allerhöchsten ein bissl zu feilschen und zu rechten; es musste eben jeder seinen Teil dazu tun, wenn man gut miteinander auskommen wollte. Aber er verlangte nie Unmögliches und er versprach auch nichts, was ihm selbst unmöglich gewesen wäre. Drum ließ er sich auch gar nicht hinreißen zu dem Schwur die Sonntagsmesse zukünftig regelmäßig zu besuchen.

Pauli hatte auch am sattsam bekannten Sechsten Gebot ein wenig herumgebastelt; wenngleich das für ihn im Augenblick nicht viel Bedeutung hatte.

Er stellte sich das etwa so vor: Der Herrgott hat dem Mann eine Frau gemacht, gewiss nicht auf den Verdacht hin, dass die zwei etwas Verwerfliches anstellen könnten. Natürlich musste eine Heirat sein, er stellte sich die Ehe als etwas Schönes, Heiliges vor. Aber der Herrgott konnte doch nicht wollen, dass es zwischen einem Ehepaar nicht stimmte, oder? Also musste man schließlich zuerst herausfinden, ob man zusammenpasste. Jeder prüft vorher, was er haben möchte, und ausgerechnet bei etwas so Wichtigem wie einer Ehe sollte das nicht gestattet sein? Er fand es widernatürlich, dass zwei Menschen, die sich gern hatten, sich nicht ganz gehören durften. Was Pauli allerdings verdammte, das waren flatterhafte Beziehungen; heute die und morgen eine andere. Wer sich so aufführte, der sollte von ihm aus ruhig in der tiefsten Hölle schmoren, dort, wo sie am heißesten war. Er hatte nie einem Mädl etwas vorgemacht nur um bei ihr etwas zu erreichen. Nun ja, aber geheiratet hatte ihn halt auch keine.

Wieder erschütterte ein Donnerschlag das Haus in seinen Grundmauern; ein feuriger Blitz nach dem anderen tauchte die Küche in grünes Licht.

»Herrgott, ist das aber ein Wetter«, brummte Pauli.

Doch nun hatte es zu regnen angefangen; es prasselte aufs Dach, als ob Erbsen in eine Schüssel geschüttet wurden. Hagelkörner schienen zum Glück keine unter den schweren Tropfen zu sein.

Mit dem Einsetzen des Regens ließ das Gewitter etwas nach, und der Ödenhuber bekreuzigte sich. Wieder einmal hatte ihn der Allmächtige verschont. Nun war auch seine Butter fertig und er zog den Stößel mit dem durchlöcherten Deckelbrett heraus.

Als er den ziemlich unförmig geratenen Wecken auf einen Teller geklatscht hatte, wurde die Buttermilch bis auf das letzte Tröpfchen in einen irdenen Krug gegossen. Das gab einen Trunk, den er ganz besonders schätzte, auch wenn darin hin und wieder ein schwarzes Pünktchen schwamm; eine Fliege, die zu tief in das Rahmhaferl geschaut hatte. »Davon ist noch keiner erstickt«, pflegte dann der Pauli nur beiläufig zu bemerken.

Der finstere Gewitterhimmel wechselte in die Nacht über, ohne dass es zu regnen aufgehört hätte. Das Unwetter hatte sich verzogen, man sah nur noch ab und zu ein schwaches Wetterleuchten aufzucken.

Eine Frauengestalt, mit Kopftuch, dünnem Sommermantel und leichtem Schuhwerk, in der Hand einen kleinen Koffer, wankte auf die winzigen Lichtpünktchen zu, die ihr eine menschliche Behausung verrieten. Das Wasser lief ihr aus den Kleidern, bei jedem Schritt schwappte es in ihren Schuhen. Der Regen schlug ihr ins Gesicht, wusch ihr das Blut in hellroten Bächlein von der Platzwunde auf der Stirn. Halb blind in dieser babylonischen Finsternis, des Weges unkundig, stolperte sie weiter, hielt auf die hellen Fensteraugen zu, die ihr vertrauenerweckend und aufmunternd zuzublinzeln schienen.

Plötzlich sah sie weitere Lichter auftauchen. Hier mussten zwei Häuser oder Höfe sein. Und sie hatte schon befürchtet, in dieser kalten, verregneten Einöde im Freien übernachten zu müssen.

Sie nahm noch einmal ihre ganze Kraft zusammen und strebte auf die nächstgelegenen Lichter zu.

Helligkeit, die aus einem Fenster strahlte, verriet ihr, wo die Haustür war. Mit beiden Fäusten trommelte sie dagegen, doch es war nur ein schwaches, kraftloses Klopfen, das zu hören war.

Irgendwer öffnete ihr. Eine Männerstimme fragte sie, was sie wolle. Ohne aufzusehen, mit tief hängenden Schultern, der Kopf auf die Brust gesunken, bat sie ermattet: »Ich bitt dich, Bauer, gib mir Unterstand! Ich kann nicht mehr weiter!« Der Koffer entglitt ihren kraftlos gewordenen Händen, fiel mit einem dumpfen Aufklatschen auf das steinerne Pflaster, auf dem sich die Wasserlachen spiegelten.

Der Ödenhuber Pauli sah sofort, hier war ein Mensch, der brauchte dringend seine Hilfe. Im Nu fielen all seine Unbeholfenheit, seine Menschenscheu von ihm ab, es kam Leben in ihn, als er sie am Arm anfasste, den Koffer aufnahm und sagte: »Komm doch rein, geht's noch die paar Schritte oder willst du dich aufstützen?«

Es war dieser gute Klang seiner Stimme, der sie aufblicken ließ und verschreckt zuckte sie zusammen. Denn sie sah in ein dunkles, stoppelbärtiges Gesicht, in dem schwarze Augen glühten, struppiges, ungekämmtes Haar umgab wirr den massigen Schädel. Auch seine Kleidung war nicht angetan,

Vertrauen zu erwecken; er sah schlimmer aus als sie, wie ein abgerissener Landstreicher.

Aber plötzlich glitt ein gutmütiges Schmunzeln über sein Gesicht, verschönte es auf eingenartige Weise, man sah herrlich geformte, tadellose Zähne, und er sagte beruhigend: »Komm nur weiter, ich tu niemandem was. Ich bin der Ödenhuber Pauli, vor mir musst du keine Angst haben!«

Es mussten seine Worte, seine Stimme sein, die ihr Vertrauen einflößten, denn er sah beinahe zum Fürchten aus. Aber nun ließ sie sich ohne Zögern von ihm ins Haus führen.

In der Stube musste Pauli zuerst einen wirren Kleiderwust von der Ofenbank räumen, ehe genug Platz für die Frau war.

»Was hast du denn gemacht?«, rief Pauli plötzlich ganz entsetzt aus; er starrte mit weit aufgerissenen Augen in das vor Nässe glitzernde Gesicht der Frau, auf die Platzwunde an ihrer Stirn. »Das ist ja Blut!«

Sie wischte drüber hinweg, zuckte merklich zusammen und erwiderte: »Jessas, das muss von dem Ast sein, der mich bei dem Unwetter im Holz unten erwischt hat. Schlimm kann's nicht sein, weil ich vorher gar nichts gespürt hab.«

»Nein, nein, da muss aber gleich was drauf«, wandte er voller Besorgnis ein. »Aber zuerst ziehst du dein nasses Zeug aus! Ich schau derweil nach, ob ich irgendwo eine Decke für dich finden kann.«

Er half ihr aus dem nassen Mantel, sah, dass ihr darunter auch das Kleid wie eine zweite Haut am Körper klebte. Er nahm es nur ganz nebenbei wahr, dass sie eine besonders gute Figur, mit ausgeprägten fraulichen Formen besaß, zwar schlank, aber wohlproportioniert an Stellen, wo etwas hingehörte.

Sie schien sich über das so hauteng am Körper klebende Kleid etwas zu genieren, denn mit verlegen gesenktem Blick stotterte sie: »Ich hätt schon was Trockenes dabei ... Wenn ich mich irgendwo ...«

»Geh nur in die Küche, da ist es schön warm!«, riet Pauli fürsorglich, nahm ihren Koffer und ging ihr voran.

Nachdem er sie in der Küche zurückgelassen hatte, sinnierte er verwundert vor sich hin: »Wo mag die bloß hergekommen sein? Und wo mag sie hinwollen? Hätt sie am Ende gar über den Reiffkopf gehen wollen?« Hier schüttelte er missbilligend den Kopf. »So eine Narretei, und das bei so einem Sauwetter!«

Allzu lange brauchte der Ödenhuber Pauli nicht vor sich hin zu sinnieren, da erschien die Fremde wieder; diesmal in sauberen, trockenen Sachen. Nur das honigblonde Haar klebte ihr noch um den Kopf. Sie hielt ein Taschentuch auf die Stirnwunde gepresst und meinte fast entschuldigend: »Es ist bloß ein Kratzerl!« Verlegen, die Hände ineinander verkrampft, blieb sie mitten in der Stube stehen. »Komm, setz dich nur wieder zum Ofen«, forderte der Ödenhuber sie freundlich auf. »Jetzt koch ich dir schnell einen heißen Tee! Frisch gebuttert hab ich auch.« Ohne eine Antwort abzuwarten, hastete er in die Küche hinaus.

Als sich nun die Fremde umschaute, wurde ihr klar, dass dieser Mann, der das Aussehen eines abgerissenen Landstreichers und das Herz und Gemüt eines gutmütigen Kindes besaß, allein hauste. Denn nur eine bestimmte Sorte Mann konnte es fertig bringen, so einen Saustall zu schaffen und darin auch noch zu leben. Bei diesem Gedanken lächelte sie, obgleich die Unordnung und der Schmutz ihr ein leises Schaudern über den Rücken jagten.

Diese Frau, sie war Anfang Dreißig, hatte ein zart geschnittenes, ebenmäßiges Gesicht, in dem ein Paar große, tiefblaue Augen leuchteten. Erste feine Linien hatten sich bereits in die noch jugendlich samtene Haut gegraben. Ihre

Hände verrieten, dass sie viel und hart gearbeitet haben musste, sie waren rau und rissig. Ringe trug sie keine, auch sonst kein einziges Schmuckstück. Ihre Kleidung war sehr einfach und billig und alles andere als neu, jedoch sehr sauber.

Als die Fremde dann die schmutzigen Tassen sah, stieg ein ziemliches Grausen in ihr auf. Doch Paulis wohlwollendes, besorgtes und freundliches Gesicht, sein hilfsbereites Wesen, ließen sie ihren anfänglichen Widerwillen vergessen und sie trank die kochendheiße Brühe, die sich nur mit sehr viel gutem Willen als Tee identifizieren ließ.

Obgleich dieser Mann keine Fragen stellte, glaubte sie, ihm nun doch endlich eine Erklärung geben zu müssen und sie begann mit etwas unsicherer Stimme: »Du wirst dich sicher fragen, wie ich da herauf komm ...«

»Ah, nein«, wehrte Pauli ab, der nicht unhöflich oder allzu neugierig erscheinen wollte.

Aber sie erklärte knapp: »Bachmaier Martina heiß ich und ich komm vom Land draußen«, dabei machte sie eine ungewisse Handbewegung. »Ich hab über den Reiffkopf ins Stabbach-Tal gehen wollen, weil ich dort eine Dienststelle in Aussicht hab.«

»Über den Reiffkopf«, kam es missbilligend vom Pauli, »ist der Weg lang schon verwildert. Da hättest dich sauber verirrt, Martina!« Wie leicht ihm ihr Name über die Lippen ging. »Da hättest gut noch an die vier Stunden gehen müssen. Aber weit wärst du in deinem Zustand nicht mehr gekommen.« Sie nickte, während sie ihre Hände um die bauchige, heiße Tasse legte. Hunger hätte sie schon verspürt, aber dieser Butterwecken, der zudem noch ranzig roch, flößte ihr kein allzu großes Vertrauen ein.

»Weißt was, Martina«, meinte der Ödenhuber Pauli plötzlich aufmunternd: »Jetzt schläfst du dich zuerst einmal richtig aus und wenn morgen das Wetter besser wird, dann bring ich dich ins Stabbach-Tal! Denn allein findest du den Steig nie und nimmer.«

Sie nickte dankbar, dann überwand sie sich und strich sich ein Butterbrot. Sie aß es mehr um ihm damit einen Gefallen zu tun.

»Eine frische Rührmilch hätt ich auch«, wandte er aufmunternd ein. »Wenn du lieber eine ...«

»Nein, nein, vergelt's Gott, Ödenhuber«, wehrte sie vorschnell ab. Rasch das Thema wechselnd, bemerkte sie: »Da drüben muss aber noch ein Haus oder ein Hof stehen?«

»Ja freilich«, bestätigte er eifrig. »Da drüben wohnt mein bester Freund, der Brandler Krispin mit seiner Frau und seiner Tochter!« Mit einem kindlichen Leuchten in den dunklen Augen fuhr er fort: »Weißt, wir zwei halten fest zusammen, der Krispin und ich; wir halten gute Nachbarschaft!«

Nickend pflichtete sie ihm bei: »Das muss man wohl auch in dieser Einöd hier oben, wo einer auf den anderen angewiesen ist. – Es muss, bei Tag besehen, ein schönes Fleckerl sein, so weit über dem Dorf?«

»Ja, das darfst mir glauben«, schwärmte Pauli. »Das wirst ja morgen selbst sehen, wenn die Wolken ein bissl aufreißen!«

Der heiße Tee, die behagliche Wärme des Kachelofens machten sie nach all der Anstrengung schläfrig; sie konnte ein Gähnen nicht länger unterdrücken.

Auch Pauli sah, dass ihre Augenlider schwer wurden, dass sie müde aussah, und er bot wohlmeinend an: »Komm, Martina, dann zeig ich dir eine Kammer, in der du schlafen kannst!« Ein bisschen verlegen fügte er hinzu: »Es wird halt ein bissl staubig sein, weil niemand ...«

»Das macht nichts, Ödenhuber«, fiel sie ihm verständnisvoll ins Wort. »Ich bin nicht anspruchsvoll und froh, wenn ich mich irgendwo hinlegen kann.«

Dann führte er sie die steile Treppe ins Obergeschoss hinauf und wies ihr die Schlafkammer seiner Eltern zu. Dieses Zimmer war noch am saubersten, denn er hielt es hoch in Ehren; Gerümpel wurde da keines hineingestellt und er selbst begnügte sich mit einer kleinen Kammer im Erdgeschoss.

Als er ihr eine Gute Nacht gewünscht und sie allein gelassen hatte, schaute sie sich erst gar nicht mehr lange um, sondern ließ sich müde und erschöpft ins hohe, mit buntem Bettzeug bezogene Bauernbett fallen.

Als sie bereits am Einschlafen war, wurde ihr bewusst, dass sie vergessen hatte, die Tür abzuschließen. Doch sofort sagte sie sich, dass sich das erübrigte. Bei diesem Mann brauchte sie gewiss keine Angst zu haben, dass er sich Frechheiten herausnehmen würde. Dieser seltsame Mann gehörte zu den wenigen guten Menschen, die auf dieser Welt nicht allzu dicht gesät waren, wie sie aus Erfahrung wusste. Das war ein Mann, dem man vertrauen konnte.

Mit diesem Gedanken schlief sie ein, die Bachmaier Martina.

Nur mühsam kämpfte sich der junge Tag durch die dunklen Regenwolken, die tief in den Bergen hingen. Regen trommelte gegen die Fensterscheiben, aus der Dachrinne gluckerte und gurgelte es.

Aus den Ödenhuberischen Küchenfenstern fiel Lichtschein hinaus in den grauenden Morgen.

Drinnen, in der Küche, geschahen höchst merkwürdige Dinge.

Der Pauli stand vor einem großen Wasserzuber, aus dem es dampfte, und wusch und seifte seinen hoch gewachsenen, sehnigen Körper, als wollte er nachholen, was er lange versäumt hatte. Aber er tat noch ein Übriges, der Ödenhuber Pauli. Er zog sich frische Unterwäsche und einen sauberen Arbeitsanzug an, ehe er seine schwarzen Bartstoppeln im

Gesicht, die wie Grammophonnadeln aussahen, ans Messer lieferte.

Als er sich soweit gesäubert hatte, brachte er mit einem Kamm – viel Wasser war dazu nötig – etwas Ordnung in seinen schwarzen Haarschopf, was gar nicht so einfach war.

Aus dem Spiegel blickte ihm nun ein ganz manierlich aussehender Mensch entgegen, der einem weder Grausen noch Schrecken einjagte.

Sogar er musste zugeben, dass er eigentlich ganz passabel aussah.

Pauli war beim Kaffeekochen, wobei er einen Brocken gepressten Feigenkaffee in einen Topf mit kochendem Wasser bröselte und diese Brühe so lange ziehen ließ, bis sie wie dünnflüssiger Tee aussah und auch so ähnlich schmeckte, als die Martina die Küche betrat.

Überrascht riss sie die Augen auf, denn sie hätte den Pauli kaum wieder erkannt, als er so frisch aufpoliert vor ihr stand.

Es machte ihn verlegen, dass sie ihn so ansah und er stotterte: »Dass du schon so früh aufstehst …? Gleich ist der Kaffee fertig.«

»Ich hab was gehört und da hab ich gemeint, es wär schon Zeit zum Aufstehen«, antwortete Martina. »Wie spät ist es denn?«

»Grad fünf«, erwiderte Pauli. »Um halb sechs ist eh für mich Stallzeit!«

Sie trat ans Fenster und schaute hinaus in den regenverhangenen trüben Morgen. Sie konnte kaum etwas erkennen, denn tiefer Nebel versperrte die Sicht. »So ein Sauwetter«, murmelte sie vor sich hin.

»Da wird's heut nichts werden mit unserem Weg über den Reiffkopf, Martina«, meinte der Pauli, während er seinen sogenannten Kaffee vom Herd zog und umrührte, damit sich der dicke Satz auf den Boden senkte. »Das ist viel zu gefährlich, wenn der Steig so glitschig und nass ist!« Fast etwas zaghaft setzte er hinzu: »Pressierts dir schon, Martina?«

»Eigentlich nicht«, gab sie zu. »Aber ich möcht dir nicht noch länger zur Last fallen, Ödenhuber.«

»Ah nein, davon kann gar keine Red' sein«, widersprach er vorschnell. Mit einem Spüllumpen, den er wohlweislich mit seiner großen Hand bedeckte, wischte er die Krumen vom Tisch und forderte sie freundlich auf: »Setz dich nur her! Ich bring gleich was zum Essen. – Wie viele Eier soll ich dir denn in die Pfanne schlagen?«

»Eier?«, wiederholte sie verwundert.

Er nickte und erklärte: »Die sechs, acht Ochsenaugen – je nachdem ich aufs Feld geh – sind oft das Einzige, was ich bis auf den Abend im Magen hab! In der Früh was Kräftiges ist mir das Wichtigste!«

»Kochst dir denn nie ein Mittagessen?«, fragte sie verwundert und mitleidig.

»Selten«, gab er zu und er schlug Eier in die zischende Pfanne.

Martina musste sich unwillkürlich fragen: War denn das ein halbwegs erträgliches Leben, das er führte? Er hatte doch nichts als seine Einsamkeit. Für wen oder was rackerte er sich denn ab? Dass er nicht gerne allein war, sah sie ja schon an der Freundlichkeit, mit der er sie aufgenommen hatte. Nein, er konnte nicht glücklich sein in seinem jetzigen Zustand.

Sofort aber rief sie sich selbst zur Ordnung, hielt sich vor Augen: Es ist nicht nötig, dass du dir auch noch über andere Leut den Kopf zerbrichst; du hast selbst grad genug am Hals!

Als sie dann zusammen am Tisch saßen und aßen, er seine Ochsenaugen und sie ein Scheibchen Butterbrot, meinte Martina, während sie sich verstohlen in der Küche umsah: »Wenn ich schon dableiben muss, bis sich das Wetter bessert, dann möcht ich mich gern ein wenig nützlich machen, Ödenhuber. – Hast was dagegen, wenn ich derweil ein bissl Ordnung schaff'?«

Er hob den Blick von der verrußten Pfanne, schaute Martina an und schüttelte verneinend den Kopf, ehe er antwortete: »Nein, eigentlich nicht.« Ein wenig verlegen fuhr er fort: »Ich weiß ja selbst, dass bei mir vieles im Argen liegt. Wie's halt zugeht, wenn ein Mannsbild allein hausen muss. Bei mir gehen der Stall und die Viecher vor; da bleibt nicht viel Zeit für den Haushalt. Außerdem geht es mir sowieso nicht so gut von der Hand. – Na ja, und dann gewöhnt man sich auch dran«, fügte er mit einem um Entschuldigung bittenden Schmunzeln hinzu.

»Das glaub ich dir gern, Ödenhuber«, gab sie mit einem herzlichen Lächeln zu. Es war das erste Mal, dass sie ihn angelächelt hatte. Aber sofort wurde sie wieder ernst, schaute an ihm vorbei, hinaus in den trüben Morgen, der sich nass ans Fenster presste.

Plötzlich drängten sich dem Pauli eine Unmenge von Fragen auf. Wie alt Martina war? Ob sie verheiratet war? Woher genau sie kam? Was sie bisher getan hatte? Doch ihm fehlte der Mut auch nur eine davon zu stellen.

Es war gut, dass sie da war und das musste ihm genügen. Man hatte nicht das Recht, nur weil man einem Menschen Obdach gewährte, sich in seine persönlichen Angelegenheiten einzumischen. Er würde sie ohnehin nicht zwingen können ihm etwas zu verraten, was sie lieber für sich behielt. Er sollte lieber froh sein, dass sich überhaupt ein menschliches Wesen zu ihm her verirrt hatte. Am Ende vertrieb er sie noch, wenn er zu viele Fragen stellte.

An diesem Morgen blieb der Ödenhuber Pauli sehr viel länger als gewöhnlich beim Frühstück sitzen. Erst als er das ungeduldige Muhen seiner Kühe hörte, schreckte er auf.

»Jetzt pressiert's aber«, stieß er hastig hervor. »Sonst glauben meine Viecher noch, ich hätt sie vergessen!«

Man brauchte nicht lange, um dahinterzukommen, dass in seinem großen, etwas ungeschlacht wirkenden Körper die Seele eines Kindes und das Herz eines guten, aufrichtigen Menschen wohnten. Menschen wie ihn traf man heute nur noch sehr selten.

Aber Martina hielt sich nicht länger bei tiefsinnigen Betrachtungen auf. Sie wollte sich lieber auf andere Art nützlich machen.

Nachdem sie sich eine Arbeitsschürze aus ihrem Koffer geholt hatte, stürzte sie sich in die Arbeit.

Ein Glück, dass sie nicht zimperlich war, denn sonst wäre ihr das Grausen gekommen, was sich da an Dreck und Unrat angesammelt hatte. Nur eine Frau wie Martina, die ihr Leben lang an harte, schwere Arbeit gewöhnt war, konnte hier Ordnung schaffen.

Als die Brandler Lies das Knattern des Motorrades ihres Mannes hörte, eilte sie ans Fenster. Ja, der Brandler Krispin besaß ein Motorrad und es war kein ganz billiges.

Den Unterhalt dieser Maschine rechnete er natürlich dem Ödenhuber auf, da er ihm mit diesem Gefährt, an das er einen kleinen Anhänger koppelte, seine Milchkannen hin und her schaffte und Besorgungen machte.

Graue Nebel und dünne Regenschnüre nahmen der Brandlerin die Sicht und sie schimpfte vor sich hin: »Sauwetter, misrablichs!«

Plötzlich aber entdeckte sie etwas, was ihr die Sprache verschlug. Vor Verblüffung blieb ihr der Mund offen stehen. Unverwandt starrte sie zum Ödenhuberhof hinüber.

»Das kann es doch einfach nicht geben«, murmelte sie verwirrt vor sich hin und schüttelte den Kopf.

»Was, Mutter?«, fragte Veronika. Sie war mit einer Strickarbeit beschäftigt.

»Ich hab grad eine Frau beim Ödenhuber drüben gesehen«, antwortete Lies unsicher. »Unmöglich, Mutter«, kam es bestimmt von Veronika.

»Wenn ich sie aber mit eigenen Augen gesehen hab«, beharrte Lies. »Grad ist sie zur Haustür rausgekommen, hat eine große Schachtel herausgetragen und ist wieder verschwunden. Da, die Schachtel steht ja noch da!«

»Es wird Pauli gewesen sein«, meinte Veronika schmunzelnd. »Der Pauli!«, kam es ungnädig von der Alten. »Schmarrn! Hat der Pauli vielleicht einen Kittel an und blonde Haare?«

»Dann weiß ich's auch nicht«, wandte Veronika überrascht ein. Doch sie blickte ihre Mutter immer noch recht zweifelnd an. Eine Frau beim Ödenhuber Pauli, das konnte man sich einfach nicht vorstellen.

Doch nun kam der Brandler Krispin mit seinem Motorrad die schmale, holprige Straße heraufgefahren; die leeren Milchkannen auf dem kleinen Zweiradanhänger schepperten und hüpften jedesmal, wenn er über einen Stein oder eine Rinne fuhr.

Der Krispin war noch nicht ganz zur Tür herein, als seine Frau auch schon lospolterte: »Denk dir, Krispin, der Pauli hat eine Frau unten bei sich …«

Sofort berichtigte sie die Veronika streng: »Was du gesehen hast, war eine Frau oder ein Mädl und weiter nichts!«

»Du musst gleich rüber, Krispin, und nachschauen, was da gespielt wird«, befahl Lies, schon ganz nervös vor lauter Neugierde.

»So ein Schmarrn!«, kam es abweisend vom Brandler, der seine nassen Sachen auszog und über die Ofenstange hängte. Schlecht gelaunt setzte er hinzu: »Gestern Abend war noch keine da! Da wirst dich halt wieder einmal verschaut haben, Mutter.«

»Ach was!«, ereiferte sich seine hagere Ehefrau. »Ich lass mich doch nicht für damisch hinstellen. – Gleich gehst rüber und schaust nach!«, fauchte sie ihren Mann an.

Krispin konnte es auf den Tod nicht ausstehen, wenn ihm etwas angeschafft wurde. Und sofort raunzte er Lies unwillig an: »Herrgott, so lass es doch gut sein! Du wirst nicht gleich sterben vor lauter Neugierde! Zuerst möcht ich mich schon ein wenig aufwärmen; außerdem hab ich Hunger. Was ist mit einer Brotzeit?«

Mit deutlichem Unwillen verschwand Lies in der Küche. »So eine Narretei, eine eingebildete«, brummte der Brandler vor sich hin; er glaubte kein Wort von dem, was ihm seine Frau berichtet hatte. Seine Lies hörte ja manchmal das Gras wachsen.

»Ich kann's auch nicht recht glauben, Vater«, pflichtete ihm seine Tochter bei, die mit klappernden Nadeln emsig weiterstrickte.

Plötzlich jedoch schien auch seine Tochter Krispins Unwillen zu erregen, denn er raunzte sie ungnädig an: »Es wär ja kein Wunder, wenn eine so schlau gewesen und dir zuvorgekommen wär beim Pauli. Aber unsere Tochter hat's ja nicht nötig, dass sie sich ein bissl um ihn bemüht!« Ohne sich aus der Ruhe bringen zu lassen, wandte Veronika ein: »Ich gönn den Ödenhuber Pauli einer jeden von Herzen«.

»Du wirst dich schon noch einmal umschauen«, kam es unheilkündend von ihrem Vater, dem im Moment nichts anderes einfiel. Er streifte sich seine durchweichten Stiefel und die Socken von den Füßen, dann schlüpfte er barfuß in Filzpantoffeln.

Als Lies nun mit der Brotzeit kam, begann sie sofort von Neuem: »Ich denk, mich rührt der Schlag, wie ich …«

»Ist schon recht«, fiel ihr Krispin ungehalten ins Wort und hockte sich auf seinen Platz. »Jetzt gibt's Brotzeit!«, verlangte er ungeduldig.

Nachdem er einen kurzen Blick auf den Teller mit dem aufgeschnittenen kalten Braten geworfen hatte, brummte er verstimmt: »Was soll denn das? Ist kein Geräuchertes mehr im Haus?«

»Nein, da musst erst wieder eines heimbringen«, antwortete seine Frau. »Der Ödenhuber muss doch von der letzten Sau noch was hängen haben, oder?«

»Im Keller hab ich nichts mehr gesehen«, meinte daraufhin der Krispin ungerührt. »Aber das Surfleisch muss bald so weit sein, dass er's in die Selch hängen kann!«

»Möcht bloß wissen, was er mit dem ganzen Geräucherten gemacht hat, der Pauli«, schimpfte Lies unmutig.

Nun konnte sich die Veronika nicht länger beherrschen und stieß erbittert hervor: »Herrschaftszeiten, gegessen wird er es halt haben, sein eigenes Selchfleisch! Er ist ja schließlich nicht dazu verpflichtet, dass er uns mitversorgt. – Wenn man schon ein Geräuchertes haben will, dann muss man es sich halt kaufen und nicht drauf warten, dass der Nachbar …«

»Wie redest denn du mit uns?«, fiel ihr der Vater wütend ins Wort. Er hieb mit der Faust auf den Tisch, dass sein Teller einen erschreckten Hüpfer machte und brüllte: »Vorhaltungen lass ich mir von so einem Lausdirndl durchaus gar keine machen; dass du's weißt! Ich werd's schon wissen, wie ich's mit dem Pauli zu halten hab und das geht dich einen Dreck an!«

»Recht hast, Krispin!«, pflichtete ihm seine Frau bei. »Fahr ihr nur über ihre vorlaute Goschen!«

Veronika war aufgesprungen, das Strickzeug hatte sie an sich gepresst. Ehe sie aus der Stube rannte, rief sie noch wütend aus: »Eine Schand ist es, wie ihr den Ödenhuber ausnutzt! Aber mit so einem gutmütigen Kerl kann man das ja machen. Ein anderer hätt euch schon längst die Freundschaft gekündigt«, und damit warf sie die Tür hinter sich zu. Etwas verunsichert schauten die Brandlerischen sich an, so als ob sie fragen wollten: Müssen wir uns das gefallen lassen?

Aber dann winkte Krispin ab und machte sich mit gutem Appetit über das Ödenhuberische Surfleisch her.

Gleich nachdem der Brandler Krispin den Ödenhuberischen Hausflur betreten hatte, wurde ihm klar, dass seine Frau sich doch nicht geirrt hatte. Hier roch es so fremd; fremd für dieses Haus. Der scharfe Geruch nach Lauge stieg ihm in die Nase.

Anscheinend war die Küche ausgeräumt worden, denn es standen verschiedene Möbelstücke im Hausflur herum, während dort drinnen offenbar geschrubbt wurde.

Irgendwie wollte ihm diese Geschichte gar nicht recht gefallen. Seit wann hatte denn der Pauli Geheimnisse vor ihm. Er war doch keiner von den Verdrucksten, die nichts erzählten. Dass dies jedoch die – nun ja – Rückenansicht einer weiblichen Person war, die da am Boden kniete und schrubbte, war nicht mehr zu leugnen. Und der Brandler Krispin bekam bei diesem ungewohnten Anblick ganz kugelrunde Augen.

Als man von ihm keine Notiz nahm, machte er sich mit einem Räuspern bemerkbar. Dann entfuhr ihm ein überraschtes: »Da legst dich nieder!«, denn er schaute in ein hübsches Frauengesicht, aus dem ihm zwei tiefblaue Augen, ebenfalls ziemlich verwirrt, entgegenblickten.

Nun erhob sich Martina, wischte sich ihre nassen Hände an der Schürze ab und fragte: »Du willst zum Ödenhuber?«

»Ja ...ja, ja«, kam es immer noch ganz verdattert vom Krispin. Endlich stellte er sich vor: »Ich bin der Brandler Krispin, der Nachbar vom Pauli! Sein Zeug hätt ich dabei, das ich für ihn eingekauft hab …« Er wies auf das Packet, dann ging ihm der Gesprächsstoff aus.

Martina war einigermaßen fassungslos, dass dieser dürre Mensch mit dem verschlagenen Frettchengesicht und den listigen Augen der hoch gerühmte Freund und Helfer sein sollte. Unter seinen zudringlichen Blicken wurde ihr ganz unbehaglich. Man sah es ihm ja förmlich an, was er dachte – von ihr und dem Ödenhuber.

Sie zuckte nur die Schultern, dann entgegnete sie reserviert: »Er wird wohl irgendwo draußen sein, der Ödenhuber. Ich hab ihn seit dem Morgenkaffee nicht mehr gesehen.«

»Du bist schon seit gestern da?«, entfuhr es dem Krispin mit einem breiten Grinsen.

Sie nickte nur kurz, dann ließ sie ihn einfach stehen und setzte ihre Arbeit fort.

Nachdem sie ihn nicht weiter beachtete, blieb dem Brandler nichts anderes übrig, als sich auf die Suche nach Pauli zu machen. Er brannte vor Neugier, mehr über diesen unverhofften Gast zu erfahren. »Mein Lieber, du bist mir ein ganz Raffinierter!«, rief Krispin aus, als er den Ödenhuber in der Scheune endlich fand. »Behandelt man so seinen besten Spezl, dass man ihm gar nichts erzählt? Wer ist sie denn und wo hast sie aufgetrieben? Du, ich muss schon sagen, Pauli, Geschmack hast du keinen schlechten! So eine Haushälterin ließe ich mir auch gefallen!«

»Oha, Krispin, langsam«, fiel ihm Pauli beschwichtigend ins Wort. »Da bist du sauber auf dem Holzweg! Von wegen Haushälterin, davon kann gar keine Rede sein!«

»Lüg nicht!«, unterbrach ihn sein Freund mit einem verschlagenen Augenzwinkern. »Erzähl mir ja nicht, dass sie bloß bei dir Rast gemacht hat!«

»Du wirst es nicht glauben, aber genau so …«

Krispin ließ ihn gar nicht erst ausreden. Lachend rief er

aus: »Und drum stellt sie deine ganze Küche auf den Kopf und putzt wie verrückt!« Ernster werdend, fuhr er drängend fort: »Jetzt raus mit der Sprache, Pauli! Woher hast du denn diesen seltsamen Vogel?« Wenn es sich nicht um seinen Freund gehandelt hätte, so hätte der Ödenhuber längst seine Geduld verloren. So aber erklärte er nun genau, wie sich alles zugetragen hatte.

Sprachlos, mit offen stehendem Mund, hörte ihm Krispin zu. Als Pauli geendet hatte, seufzte er tief auf: »Und so was verirrt sich nicht zu mir!«

»Da hätt ich die Lies hören mögen!«, entfuhr es Pauli unüberlegt, was ihm sofort Leid tat. Denn bisher war ihm nie ein unrechtes Wort über die Brandlerin entschlüpft.

»Da hast du auch wieder Recht«, gab Krispin zu. Dann starrte er nachdenklich vor sich hin. Die Sache, so harmlos sie sich auch anhörte, gab ihm doch irgendwie zu denken. Warum hatte ihn diese Fremde so abweisend behandelt? Hatte sie vor sich hier einzunisten; ihm den Freund streitig zu machen? Warum war der Pauli frisch rasiert und hatte saubere Arbeitskleidung an? Freilich, das hätte ihm gerade noch gefehlt, eine Frau auf dem Hof! Womöglich eine, die nicht so vertrauensselig war wie der Pauli. Beiläufig kam es vom Brandler: »Weißt du, Pauli, ich werd das Gefühl nicht los, dass an der Sache irgendwas stinkt.«

Pauli blickte den Freund verständnislos an. »Wie meinst du denn das?«, fragte er kopfschüttelnd.

»Ich trau dieser Frau einfach nicht übern Weg. Kein Einheimischer geht über den Reiffkopf ins Stabbach-Tal und ein Fremder schon gar nicht.«

»Sie hat halt den Weg abkürzen wollen«, wandte der Ödenhuber rasch ein. Schon wollte er seine ölverschmierten Hände an seiner Hose abwischen, als er es sich plötzlich anders überlegte und dazu einen Lumpen benutzte. »Du hättest sehen sollen, wie erbärmlich sie ausgeschaut hat; völlig durchweicht und erschöpft«, setzte er hinzu. »Das kann ja alles sein«, gab Krispin zu. »Aber wissen möcht ich trotzdem gern, warum sie nicht den bequemen Bus genommen hat, wenn sie vom Land einer ins Stabbach-Tal hat fahren wollen?«

»Vielleicht hat sie kein Geld gehabt für den Bus«, meinte der Pauli. »Oder sie hat es sich sparen wollen.«

»Oder sie hat von einem ledigen Bauern gehört, der ganz allein hier oben haust und sich gedacht, den kauf ich mir!«, argumentierte der Brandler mit einem listigen Augenzwinkern.

»Geh zu, Krispin, wie du nur so was denken kannst«, kam es abweisend vom Ödenhuber Pauli.

Der Brandler wiegte nachdenklich seinen Kopf hin und her und meinte warnend: »Ich an deiner Stelle, Pauli, wär vorsichtig. Du, die Weiber sind raffiniert, wenn's um ihren Vorteil geht.«

»Nein, nein, Martina ist nicht so eine«, wehrte der Pauli bestimmt ab.

Beiläufig, mit einem selbstsicheren Grinsen kam es vom Brandler: »Na ja, du musst ja wissen, was du tust! – Du, ich hab dir dein Zeug aus dem Dorf mitgebracht. Vierundsechzig Mark und fünfzig Pfennig würde ich dafür kriegen.«

Da zog der Pauli sofort seinen abgegriffenen Geldbeutel aus der Tasche und zahlte, ohne die Rechnung gesehen zu haben. »Es wird auch alles mit jedem Tag teurer«, seufzte er.

»Ich weiß auch oft nicht, wo ich das Geld hernehmen soll«, pflichtete Krispin ihm mit einem tiefen Aufatmen bei. Er wandte sich zum Gehen, machte aber noch einmal kehrt und fragte, wobei er mit dem Daumen zum Haus hinüber deutete: »Wann schaffst du sie denn fort?«

Erstaunt schaute Pauli auf, ehe er ihn berichtigte: »Sie will ja selbst fort!" Sowie's Wetter besser wird, bring ich sie hinüber. – Nein, nein, Krispin, wegen Martina brauchst dir nichts zu denken; das ist keine solche!«

Ein abfälliges Grinsen breitete sich über das hagere Wieselgesicht des Brandlers, während er einwandte: »Geb's Gott, dass du Recht hast. Es ist heutzutage niemandem mehr zu trauen. Man kann gar nicht vorsichtig genug sein. – B'hüt dich, Pauli!«

»Servus, Krispin! Und noch einmal vergelt's Gott dafür, dass du für mich eingekauft hast.«

Nachdenklich schaute der Ödenhuber hinüber zu seinem Hof. Es war schön zu wissen, dass in seinem Haus jemand war und er machte sich wieder an seine Arbeit.

Als er dann einen Blick hinauf zu den nebelumwallten Gipfeln machte, umspielte ein kleines, erfreutes Schmunzeln seine Lippen. Es sah nicht danach aus, als ob sich das Wetter so rasch bessern würde.

Gespannt wie ein Regenschirm hatte die Brandlerin auf ihren Mann gewartet und nun hörte sie ihm aufmerksam zu, was er vom Nachbarhof zu berichten hatte.

Als Krispin mit seinem Rapport zu Ende war, meinte sie mit einem höhnischen Lächeln: »Wer's glaubt, wird selig! – Er will uns wohl für dumm verkaufen, der Ödenhuber! Das sieht doch ein Blinder, dass das nicht wahr ist. Pah, über den Reiffkopf; dass ich nicht lach!«

Verärgert stieß der Brandler hervor: »Ich kann auch nichts anders erzählen, als was er mir gesagt hat.«

»Ich glaub's schon«, kam es gelassen von Veronika.

Ein lautes Klopfen an der Haustür machte dieser unerfreulichen Diskussion ein Ende. Man bekam nie Besuch und so blickten sich alle überrascht an. Mit einem leisen Kichern bemerkte Veronika herausfordernd: »Am End wieder jemand, der sich verlaufen hat!« Die Mutter schoss ihr einen wütenden Blick zu und fauchte sie an: »So geh schon und schau nach, wer draußen ist!«

Als Veronika öffnete, wollte sie ihren Augen nicht trauen. »Du?«, fragte sie überrascht und starrte den Aumüller Ferdl entgeistert an, der tropfnass vor ihr stand.

»Grüß dich, Vronerl«, lachte sie der Ferdl an, dann fragte er: »Ist dein Vater daheim? Ich hätt ihn schnell gebraucht!«

»Ach so«, kam es einigermaßen enttäuscht von Veronika und sie ließ ihn eintreten. Sie schalt sich selber eine Närrin, als sie sich vorhielt: ›Klar will er zu meinem Vater, zu wem denn sonst!‹

Nachdem der Aumüller gegrüßt hatte, rückte er mit seinem Anliegen heraus und fragte: »Könnt ich von dir einen Hammer haben und ein paar Nägel, Brandler? – Heut in der Nacht hat mir ein umstürzender Baum einen Hochsitz gestreift und den hätt ich gern schnell instand gesetzt. Sonst müsst ich extra wegen dem bissl Werkzeug ...«

»Nein, nein, Aumüller, das kannst du schon von mir haben«, beeilte sich der Brandler. »Man weiß ja nie, wozu es gut ist, sich mit dem Jäger gut zu stellen!«

»Willst dich nicht ein bissl aufwärmen?«, schlug Veronika freundlich vor.

»Ja, wär nicht schlecht«, lachte Ferdl erfreut, »denn ich bin seit fünf Uhr draußen!«

Ohne auf die wütenden Blicke der Mutter zu achten erbot sich das Mädchen: »Ich koch dir schnell eine Tasse heißen Tee! Setz dich doch!«

»Vergelt's Gott, das ist aber nett«, schmunzelte Ferdl.

»Jessas, was du uns für eine Nässe hereinträgst«, greinte die Brandlerin aufgebracht und blickte vorwurfsvoll auf die dunklen Trittspuren.

»Gleich bring ich einen Lumpen, Mutter«, kam es beschwichtigend von Veronika und sie eilte aus der Stube.

Auch der Brandler war gegangen um das Verlangte zu holen.

»So ein Sauwetter«, meinte Ferdl um das unangenehme Schweigen zu durchbrechen.

»Immer kann's halt nicht schön sein«, brummte Lies abweisend. Wie eine zaundürre Nebelkrähe hockte sie auf ihrem Stuhl, musterte den Jäger mit kalten Augen.

Während sich Ferdl in der Stube unauffällig umsah, stellte er bei sich fest: Das sieht gar nicht so übel aus, wenn man bedenkt, was der Brandler arbeitet! Da könnt so manch einer neidisch darauf werden, der sich für ein paar Mark abschinden muss! – Aber na ja, wenn der Ödenhuber so dumm ist, dann kann man ihm auch nicht helfen. Ich fress einen Besen, wenn die Brandlerin nicht drauf aus ist, die Veronika mit dem Pauli zu verkuppeln!

Gleich darauf kam Krispin mit einer Handvoll Nägel und einem Hammer. Es klang etwas sarkastisch, als er bemerkte: »Da, hast du den Hammer und die Nägel! Man greift ja dem Staat und dem Forstamt gern unter die Arme!«

»Vergelt's Gott, Brandler! Ich bring es schon wieder zurück«, erwiderte der Jäger beiläufig. Er konnte es sich aber nicht versagen, anzüglich zu bemerken: »Wildschaden hast du ja keinen, so dass ich mich revanchieren könnt. Dafür drück ich wieder ein Aug zu, wenn deine Schafe unsere Bäume anfressen oder auf Forstgrund weiden!«

»Ja, ja«, lachte Krispin herausfordernd, »so wäscht halt eine Hand die andere!«

»Es muss halt jeder sehen, wie er zurechtkommt«, kam es fast entschuldigend von der Brandlerin; sie schien ihre vorherige Schärfe vergessen zu haben.

Doch nun betrat Veronika mit einer dampfenden Tasse Tee die Stube. »Das ist zum Aufwärmen«, sagte sie, als sie die Tasse vor den Ferdl hinstellte. Nur für den Bruchteil einer Sekunde trafen sich ihre Blicke, und doch wurde es von der scharfäugigen Brandlerin beobachtet.

»Vergelt's Gott, Veronika! Das tut gut, wenn man stundenlang im Regen herumgerannt ist«, erwiderte der Jäger dankbar.

»Übrigens, die Frau Forstmeister sucht eine Hilfe für den Haushalt. Ein geschicktes Mädl, das ihr ein bissl zur Hand geht …«

Vorschnell rief Veronika aus: »Hörst es, Mutter? Das wär doch was für mich!«

»Freilich, sonst nichts mehr«, kam es hart und abweisend von der Brandlerin. »Das wär ja noch schöner!«

»Warum denn nicht, Brandlerin?«, fasste der Ferdl sofort nach. »Es ist doch keine Schande, wenn sich ein Mädl ein bissl was dazuverdient.«

»Unsere Tochter hat das nicht nötig, dass sie für fremde Leut den Dreck wegräumt«, kam es frostig von der Lies.

Enttäuscht wandte Veronika ein: »Geh, Mutter, da wär doch wirklich nichts dabei!«

Hart kam es von ihrer Mutter und dabei streifte sie den Jäger mit einem viel sagenden Blick: »Man weiß ja, was dabei herauskommt! Ist ein Mädl erst einmal aus dem Haus, dann ist es den Burschen hilflos ausgeliefert! Nein, nein, nicht mit meiner Tochter!«

Ferdl erhob sich und meinte mit einem resignierenden Achselzucken: »Naja, es war ja auch bloß eine Frage! – Ich dank recht schön für den Tee und die Nägel; den Hammer bring ich nachher wieder vorbei. – Behüt Gott, beinander!«

Die Veronika wollte den Jäger zur Tür bringen, aber die Mutter befahl streng: »Du bleibst da!«

Der sehnsüchtige Blick, mit dem Veronika dem Ferdl nachschaute, war ein bissl gar zu offensichtlich und so war es nicht weiter verwunderlich, dass sie die Mutter, kaum dass sie allein waren, anraunzte: »Du, das eine sag ich dir: Solche Sachen kannst dir ein für allemal aus dem Kopf schlagen! Wissen möcht ich, was dieser grüne Wichtigmacher für ein Interesse dran hat, dass er uns erzählt, dass die Frau Forstmeister eine Hilfe im Haushalt braucht? Die soll sich doch selbst um ihren Dreck kümmern!«

Vorschnell verteidigte Veronika: »Der Ferdl wird sich halt auch gedacht haben, dass ich leicht Zeit dazu hätt ...«

»Das geht ihn gar nichts an«, stieß die Brandlerin unfreundlich hervor. »Du bleibst daheim und damit Schluss!«

Als nun der Krispin, der den Jäger hinausgebracht hatte, wieder in die Stube kam, brummte auch er unwillig: »In was der sich alles einmischt?!«

»Hinausschmeißen hättest ihn sollen«, keifte seine Frau erbost. »Wenn man solchen Leuten den kleinen Finger gibt, dann möchten sie gleich die ganze Hand.«

»Wahr ist's, Lies«, pflichtete ihr Mann ihr bei. Einschränkend jedoch setzte er hinzu: »Aber es bringt nichts ein, wenn man es sich mit so einem verdirbt! Der hat doch seine Spürnasen überall. Und man zieht allweil den Kürzeren, wenn man es sich mit einem Beamten verdirbt; hinter dem steht der Staat!«

»Der Ferdl ist keiner, der den Leuten bös will«, mischte sich nun Veronika heftig ein.

»Ah, sieh, schau an«, stieß der Brandler argwöhnisch hervor. »Was hast denn du mit dem Jäger? Warum liegt dir denn gar so viel an ihm?«

Etwas verlegen antwortete das Mädchen: »Du hast es ja grad selbst gesagt, dass man es sich mit ihm nicht verderben soll! – Außerdem hat er neulich auch nichts gesagt, als ich unsere Schafe zum Wald hochgetrieben hab ...«

»Herrgott, du ungeschickte Dirn, was musst denn auch zum Wald hoch?«, fiel ihr die Mutter mit plärrender Stimme ins Wort. »Treib sie doch einfach rüber in die ödenhuberischen Wiesen!«

Wortlos, mit fest zusammengepressten Lippen, verließ Veronika die Stube, ging in ihre Kammer und setzte sich ans Fenster.

Sie dachte an Ferdls Worte, was er von der Forstmeisterin erwähnt hatte. Warum hatte er das überhaupt getan? Hatte auch er gemerkt, wie unglücklich sie sich daheim fühlte? Oder vesuchte er nur der Frau seines Vorgesetzten einen Gefallen zu tun?

Hier daheim war es manchmal zum Aus-der-Haut-fahren. Ihre Eltern hatten eine so völlig andere Einstellung zum Leben als sie. Sie wollte nicht so werden wie ihre Mutter, die stets unzufrieden war und doch zu bequem war um etwas zu ändern.

»Aber schön war es doch vom Ferdl, dass er an mich gedacht hat«, flüsterte sie vor sich hin, dabei erschien ein glückliches Leuchten in ihren braunen Haselnussaugen.

Was ihre Eltern wohl dazu sagen würden, wenn sie einfach über ihren Kopf hinweg diese Stellung annahm? Aber schon bei diesem Gedanken lief ihr eine Gänsehaut über den Rücken. Nein, so viel Mut würde sie wohl nie aufbringen.

Wollte man einmal von den rauchgeschwärzten Mauern absehen, dann war die Ödenhuberische Küche kaum wiederzuerkennen.

Stundenlang hatte Martina geputzt und geschrubbt, doch bis zum Mittag hatte sie dem Dreck und dem Unrat, der sich im Laufe der Zeit angesammelt hatte, den Garaus gemacht. Die Küche war jetzt wenigstens sauber, so dass man mit gutem Appetit dort essen konnte.

Martina hatte sich nicht gescheut ungefragt einfach ein Stück Fleisch zu braten; schließlich war es ja im Haus um gegessen zu werden. Und wie Ödenhubers Kocherei aussehen mochte, konnte sie sich vorstellen.

Nun zog würziger, appetitlicher Bratenduft durchs Haus, während auf dem Herd flaumig lockere Knödel im Sud tanzten.

»Sakra, aber da schmeckts gut«, schmunzelte Pauli vor sich hin, als er von der Arbeit hereinkam. Normalerweise empfand er es als lästig, mittags, oder irgendwann, wenn er Hunger verspürte, ins Haus gehen zu müssen. Aber heute war das etwas anderes; heute freute er sich drauf sich an den gedeckten Tisch setzen zu können.

Als der Ödenhuber jedoch seine Küche betrat, wollten ihm vor Verwunderung schier die Augen aus dem Kopf fallen. Diese Veränderung fiel sogar ihm auf. Ein überraschtes: »Kreuzmillion, Martina, wie hast du denn das bloß in so kurzer Zeit geschafft?«, entfuhr es ihm.

Ein wenig verlegen über dieses Lob, erwiderte sie hastig: »Komm, setz dich her! Das Essen ist fertig!«

Aber Wunder über Wunder! Anstatt sich sogleich an den Tisch zu setzen, trat Pauli zuerst ans Waschbecken und wusch sich tatsächlich seine Hände.

»Du, Ödenhuber, ich hab das letzte Bröserl Salz aufgebraucht«, berichtete Martina. Er wies auf das Päkchen, das ihm der Brandler gebracht hatte und entgegnete: »Da muss eines dabei sein, denn ich hab's aufgeschrieben. Weißt du, der Krispin kauft immer für mich ein!«

Als sie die Lebensmittel, wie etliche Tüten Zucker, drei Laib Schwarzbrot und zwei Knödelbrot, nebst anderen Kleinigkeiten ausgepackt hatte, meinte sie: »Rechnung ist keine dabei.«

»Das macht nichts«, kam es gutmütig vom Pauli, »ich hab ihm die vierundsechzig Mark eh schon zahlt!«

»Was, vierundsechzig Mark?«, entfuhr es der Martina ganz entsetzt. »Für das bissl Zeug da?«

»Freilich«, bestätigte der Ödenhuber gelassen, »heut wird ja alles bald von einem Tag auf den anderen teurer …«

Obgleich es sie nichts anging, wandte sie rasch ein: »Das kann nicht ganz stimmen, Ödenhuber. Denn …«

Arglos, fast ein wenig einfältig beharrte Pauli: »Wenn's der Krispin sagt, dann hat das schon seine Richtigkeit! Der Krispin schreibt sich ja immer alles haargenau in sein Buch, damit nichts vergessen wird. – Weißt du, Martina, der Krispin ist der ehrlichste Mensch von der Welt!«

Genau dies musste Martina stark bezweifeln. Ihr erschien es viel glaubhafter, dass dieser hilfsbereite Nachbar und Freund den Ödenhuber in seiner Vertrauensseligkeit nach Strich und Faden ausnutzte und hinterging. Es war jedoch unmöglich, diesen Verdacht laut werden zu lassen, da der Ödenhuber dem anderen blind vertraute. Krispin war schließlich sein Freund. Und doch tat ihr der Ödenhuber Leid. Denn er rackerte und schuftete sich ab, während er schamlos betrogen wurde.

Ein vergnügtes Schmunzeln erschien auf Paulis Lippen, als er sich an den gedeckten Tisch setzte und unumwunden zugab: »Herrgott, so was Gutes hab ich lang nicht mehr gesehen!«

»Das Surfleisch müsst in den Rauchfang hinauf«, wandte Martina beiläufig ein, »sonst wird's schlecht!«

Bereitwillig gab er zu: »Ja, ich weiß schon! Das könnt ich heut Nachmittag tun! – Ich muss den Krispin fragen, ob er Zeit hat und mir wieder eine Sau absticht!«

Mit einigem Befremden fragte sie: »Warum denn der Krispin?«

Da gestand der Pauli mit einiger Verlegenheit: »Na ja … weißt schon … Ich selbst bring's nicht übers Herz … Ich kann kein Viech abschlachten!« Beschämt über diesen Mangel an Härte, senkte er seinen Blick.

Doch Martina konnte darin nichts Außergewöhnliches

finden, denn sie fragte gelassen: »Gibt's denn im Dorf keinen Metzger, der Hausschlachtungen macht?«

»Den kann ich mir sparen«, erklärte der Ödenhuber, »ich hab ja den Krispin! Und der kauft mir auch immer gleich die halbe Sau ab; denn für mich allein wär's eh zu viel. Bei uns hilft immer einer dem anderen!«

Wer von diesem gegenseitigen Aushelfen am meisten profitierte, konnte sich Martina leicht ausrechnen.

Man konnte es dem Ödenhuber ansehen, wie sehr es ihm schmeckte und er versäumte nicht ihre Kochkunst immer wieder über den Schellenkönig zu loben. »Grad so gut hat's bei meiner Mutter auch immer geschmeckt!«

Errötend über dieses Lob senkte Martina den Blick. Es tat gut auch einmal ein Wort der Anerkennung zu hören.

Nach einer Weile fragte sie: »Bessert sich das Wetter noch nicht bald?« Es klang, als ob sie Angst vor seiner Antwort hatte.

Fast überschwänglich verneinte der Ödenhuber. »Nein, nein, es schaut nicht danach aus! Du musst schon noch ein wenig Geduld haben und warten.«

So etwas wie Freude blitzte in ihren tiefblauen Augen auf, doch sie nickte nur.

Nach dem Essen rückte Pauli mit einer Bitte heraus, die er ein bisschen verlegen vorbrachte: »Würde es dir sehr viel Umstände machen, Martina, wenn du Dampfnudeln kochen würdest?«

»Nein, die kannst du von mir aus gern haben«, erwiderte sie bereitwillig.

»Jessas«, rief er erfreut aus, »ich hab keine mehr gegessen, seit die Mutter tot ist!« Als das Mittagessen vorbei war und der Ödenhuber die Küche wieder verließ, fragte er noch zaghaft: »Kann ich zur Brotzeit hereinkommen, Martina? – Viel Umstände brauchst nicht zu machen …«

Verwirrt über diese bescheidene Bitte nickte sie, ehe sie aufmunternd erwiderte: »Aber freilich, Ödenhuber!«

Zu spät, Pauli hatte das Haus bereits wieder verlassen, merkte sie, dass sie dies Versprechen gar nicht wahrmachen konnte. Es war keine Hefe im Haus.

Als sie sich jedoch daran erinnerte, mit welch sehnsüchtigem Blick er diesen Wunsch ausgesprochen hatte, beschloss sie, die Nachbarin um ein Stückchen Hefe zu bitten. Es war ja schließlich nichts dabei, sich so eine Kleinigkeit auszuborgen.

Nun spülte Martina noch rasch das Geschirr und brachte die Küche wieder in Ordnung. Den Nachmittag wollte sie dazu nutzen, die Bauernstube gründlich zu putzen und dem Durcheinander, das darin herrschte, zu Leibe zu rücken.

Um einen Blick auf diese seltsame Besucherin, die im Ödenhuberhof werkte, erhaschen zu können, hatte die Brandler Lies am Stubenfenster Stellung bezogen. Unverdrossen starrte sie durch den Regen hinüber zum Nachbarhof, in dem sie seltsame Vorgänge witterte.

Es stand für sie fest, dass ein Mensch, der sich freiwillig in Arbeit stürzte, keine lauteren Absichten haben konnte. Diese Person war ihr höchst verdächtig.

Lange Zeit wurde ihre Geduld auf eine harte Folter gespannt. Am frühen Nachmittag endlich sah sie die Frau das Haus verlassen.

»Maria und Josef, ich glaub gar, sie kommt zu uns herüber«, stieß sie überrascht aus. Zappelnd vor Neugier verließ sie ihren Ausguck und rannte an die Tür.

Martina hatte kaum geklopft, als ihr auch schon geöffnet wurde. Aus scharfen Augen wurde sie eindringlich gemustert, so dass sie etwas ins Stottern kam, als sie ihre Bitte vorbrachte.

Unschlüssig, die halb geöffnete Tür in der Hand, blickte Lies auf die junge Frau, die im Regen vor ihr stand. Nicht sehr freundlich erwiderte sie endlich: »So, so, Hefe brauchst du. Dann komm halt herein«, damit ließ sie Martina eintreten.

Martina spürte das Misstrauen und die Ablehnung, die von der Frau ausgingen, und sie folgte ihr nur zögernd in die Stube.

Es klang gehässig, als die Brandlerin ihrer Tochter erklärte: »Ein Stück Hefe möcht sie haben, weil sie dem Pauli Dampfnudeln kochen will«, dabei blickte sie Veronika viel sagend an.

Zuvorkommend sagte das Mädchen: »Setz dich nieder derweil! Ich hol dir gleich …«

»Ich hab nicht lange Zeit«, lehnte Martina rasch ab.

Ungerührt fragte nun die Brandlerin: »Wer bist du denn eigentlich und wo kommst du her? Hast du vor länger beim Ödenhuber zu bleiben?«

»Ich komm vom Land und ins Stabbach-Tal möcht ich. Wenn's Wetter besser wird, dann führt mich der Ödenhuber …«

»Warum bist du denn nicht gleich mit dem Omnibus gefahren?«, fiel ihr Lies scharf ins Wort. »Kein Mensch macht heut mehr den Weg über den Reiffkopf!« Anzüglich setzte sie hinzu: »Es sei denn, er will nicht gesehen werden.«

Eine glühende Röte überzog Martinas Gesicht, als sie kleinlaut erwiderte: »Man hat mir gesagt, das wär näher.« Dann fügte sie hinzu: »Freilich, wenn ich gleich mit dem Bus gefahren wär, dann wär ich längst schon drüben. Aber ich hab ja nicht wissen können, dass der Steig so gefährlich ist …« Verlegen brach sie ab.

»Wie war doch gleich wieder dein Name?«, kam es lauernd von der Brandler Lies.

»Martina!«

»Einen Familiennamen wirst du ja auch haben, oder?«, forschte Lies weiter.

Nach einem sichtlichen Zögern antwortete die Besucherin: »Bachmaier Martina heiß ich.« Nervös veflochten sich ihre Finger ineinander.

»Bachmaier ..., Bachmaier ...?«, sinnierte die Brandlerin halblaut vor sich hin. »Der Name kommt mir irgendwie bekannt vor.«

Plötzlich rief Martina mit einem gezwungenen Lachen aus: »Oh mei, das glaub ich gern. Der Name kommt recht häufig vor.«

Doch nun kam Veronika zurück und gab Martina den Hefewürfel, dabei lächelte sie freundlich.

»Vergelt's Gott! Der Ödenhuber wird die Hefe schon wieder zurückstellen.«

Nun machte Martina, dass sie fortkam. Diese hagere Frau war ihr ebenso unsympathisch wie ihr Mann.

Als Veronika mit ihrer Mutter wieder allein in der Stube war, gab sie zu: »Die gefällt mir; das ist eine nette ...«

»Und ich sag dir, mit der stimmt was nicht«, unterbrach sie Lies scharf. »Ich fress einen Besen, wenn die nicht was auf dem Kerbholz hat! Jede normale Frau in ihrem Alter ist doch verheiratet, oder?«

»Vielleicht ist sie Witwe«, wandte Veronika nachdenklich ein. Abschließend fügte sie hinzu: »Das kann uns ja auch einerlei sein, Mutter.«

»Bist du narrisch«, fauchte Lies. »Und wenn sie sich da drüben einnistet? Ich dank recht schön für eine Nachbarin, von der man nicht weiß, wer sie ist und woher sie kommt.«

»Das geht doch bloß den Pauli was an«, wandte Veronika missbilligend ein. »Wir haben mit ihr doch nichts zu schaffen.«

»Pah, der Pauli«, heulte die Brandlerin geringschätzig auf. »Dem kann man leicht ein X für ein U vormachen. Der ist doch für so eine ein gefundenes Fressen!« Eigensinnig setzte sie hinzu: »Und ich lass es mir nicht nehmen, dass sie was zu verbergen hat!«

Die Wettervorhersage des Ödenhuber Pauli bewahrheitete sich nicht. Denn bereits am Nachmittag riss der Wolkenhimmel auf, der Regen ließ nach und die Sonne kam zum Vorschein.

Veronika trat vors Haus, atmete tief die noch feuchte, würzige Luft ein. Da sah sie den Jäger vom Waldrand herunterkommen.

Sofort färbte eine leichte Röte ihre Wangen, ihr Herz begann schneller zu klopfen. Er kam bestimmt bei ihnen vorbei um den Hammer zurückzubringen. Um ungestört ein paar Worte mit ihm reden zu können, verließ sie den Garten und schlenderte langsam am Zaun entlang.

»Ah, du bist schon wieder fleißig«, rief Ferdl ihr lachend zu. Sie verlieh sich den Anschein von Geschäftigkeit, als sie erklärte: »Die Wicken, die der Wind losgerissen hat, muss ich wieder festbinden.«

Nachdem Ferdl einen kurzen, spähenden Blick zum Haus geworfen hatte, fragte er leise: »Du, hast es dir schon durch den Kopf gehen lassen wegen der Forstmeisterin? Es wär ein schöner, sauberer Dienst, wo man dich nicht ausnutzen würde. Keine grobe Bauernarbeit …«

»Ich weiß, Ferdl«, gab sie kleinlaut zu. »Aber du hast ja selbst gehört, was die Mutter gesagt hat.«

»Das ist doch ein aufgelegter Blödsinn«, kam es kopfschüttelnd vom Jäger. »Arbeit schadet doch nicht! Ich, an deiner Stelle, würde nicht lockerlassen. Sie muss doch einsehen, dass du nicht ewig daheim bleiben kannst.«

Mit einem verhaltenen Lächeln sah Veronika ihn an und fragte rundheraus: »Ich versteh nicht, warum dir so viel dran liegt, dass ich …«

Unumwunden gab er zu: »Weil's nicht richtig ist, dass so ein junges Mädl andauernd daheim hockt! Es wär mir ganz recht, wenn wir zwei auch ein bissl mehr Zeit füreinander hätten, wenn wir uns ein wenig näher kennen lernen könnten.«

»Ach so, so springt der Has!«, tat Veronika überrascht. Mit einem spitzbübischen Zwinkern fuhr sie fort: »Du bist mir aber ein ganz Abgefeimter! Mir scheint, da hat die Mutter ganz Recht, wenn sie sagt, dass sie nicht mehr schlafen könnt, vor lauter Sorge …«

»Geh zu«, lachte Ferdl unbekümmert auf, dabei blitzte er sie mit seinen hellen Augen herausfordernd an, »ich wette, dass du schon ganz allein auf dich aufpassen kannst!«

Ihr Schmunzeln verstärkte sich, als sie zugab: »Da kannst du Recht haben! Ich seh mich schon vor!«

»Veronika …, Veronika«, schrie die Brandlerin, die soeben aus der Haustür getreten war.

Hastig flüsterte der Aumüller Ferdl dem Mädchen zu: »Du, überleg dir die Sach noch, Vroni!«

Sie warf einen etwas hilflosen Blick hinüber zum Haus und zuckte unschlüssig mit den Schultern. Zaghaft gab sie zu: »Ich möcht schon, aber …«

»Veronika, wo bist denn?«, gellte die durchdringende Stimme der Lies erneut auf.

»Hast nicht einmal abends ein wenig Zeit?«, drängte der Ferdl, dabei sah er sie bittend an.

»Meine Leut würden es sicher nicht gern sehen«, gab sie zu.

»Sie müssten's ja nicht unbedingt wissen«, schmunzelte er. Nun wurde diese Unterhaltung durch das Auftauchen der Brandlerin jäh unterbrochen. Man sah es ihrem Gesicht an, das spitz und verkniffen aussah, dass sie die Anwesenheit des Jägers missbilligte. Vorwurfsvoll stieß sie hervor: »Da bist ja! Warum gibst du denn keine Antwort, wenn man dich ruft?«

Etwas nervös zerrte der Jäger seinen Rucksack herunter, wühlte darin herum und erklärte: »Ich hab bloß den Hammer zurückbringen wollen, Brandlerin«, damit hielt er ihr das Werkzeug entgegen.

Ungut raunzte ihn die Lies an: »Ich wüsst auch nicht, was du sonst mit meiner Tochter zum Reden gehabt hättest!«

Mit gleich bleibender Freundlichkeit bedankte sich Ferdl, schob sich den Rucksack wieder auf den Rücken und wandte sich zum Gehen.

»Ich möcht bloß wissen, was der jetzt andauernd da herumzuschleichen hat«, schimpfte die Brandlerin vor sich hin, dabei warf sie ihrer Tochter einen wissenden, vorwurfsvollen Blick zu.

Schweigend erhob sich Veronika, darauf gab sie besser keine Antwort.

Aber so schnell gab die Brandlerin keine Ruhe, nun, da ihr Argwohn einmal geweckt war. Missbilligend keifte sie vor sich hin: »Dieser grüne Laubfrosch soll sich nur ja keine falschen Hoffnungen machen. Auf so einen haben wir grad gewartet!«

Nun konnte sich Veronika nicht länger zurückhalten und sie wandte scharf ein: »Der Aumüller Ferdl ist ein anständiger Mensch, gegen den nichts zu sagen ist, Mutter!«

»Bloß so viel, dass es auch einer ist, der herumsucht, wie er auf billige Art und Weise zu seinem Vergnügen kommt!«

»Herrgott, Mutter, so hör doch schon auf«, kam es aufseufzend von Veronika. »Was stellst dir denn eigentlich vor? Ich hab mich mit ihm doch bloß ein bissl unterhalten …«

»Und dabei wird's auch bleiben«, konterte die Brandlerin scharf. »Mir ist es lieber, ich seh ihn von hinten, als von vorn!« Ohne Übergang setzte sie befehlend hinzu: »Du kannst jetzt leicht noch den Schafstall ausmisten!«

»Ist recht, Mutter«, kam es gleichmütig von der Veronika. »Ich muss mir nur schnell was anderes anziehen!«

Zum Ödenhuberhof hinüber deutend, meinte die Brandlerin mit einem hämischen Schmunzeln: »Gespannt bin ich, ob sie sich jetzt auf die Socken macht?«

»Heut' ist's für den weiten Weg ohnehin schon zu spät«, wandte Veronika ziemlich desinteressiert ein.

»Und ich sag, sie will gar nicht weggehen!«, stieß Lies bestimmt hervor.

»Ich bitt dich, Mutter, so lass doch endlich den Ödenhuber in Ruh! Uns kann's doch einerlei sein, was er tut.«

Da verlegte sich die Brandlerin plötzlich aufs Jammern und begann zu greinen: »So schön hätten wir's alle miteinander haben können, wenn du einen Funken Verstand gezeigt hättest.«

Wie sich doch das Wetter einem Menschen aufs Gemüt schlagen konnte! Trotz seiner Leibspeise, den lockeren, flaumigen Dampfnudeln, stocherte der Ödenhuber Pauli recht lustlos auf seinem Teller herum. Er machte ganz offensichtlich einen bedrückten, bekümmerten Eindruck.

»Schmeckt's dir nicht, Ödenhuber?«, fragte Martina besorgt.

»Doch, freilich«, beteuerte er ernsthaft und würgte mühsam an einem Brocken. Ob er etwas im Halse stecken hatte, weil er sich andauernd räusperte? »Besser sind die Dampfnudeln von meiner Mutter auch nie geraten«, setzte er lobend hinzu.

Zögernd wandte sie ein: »Es schaut aber grad so aus, als ob dir jeder Brocken im Hals stecken bleiben würde.«

Da gab er mit einem brunnentiefen Aufseufzen zu: »Weil's auch wahr ist! Wenn ich an morgen denk, dann könnt mir gleich der Appetit wieder vergehen«, dabei warf er einen so bitterbösen Blick zum Fenster hinaus, zum rosenrot glühenden Himmel, als ob ihm von dort oben das größte Unheil drohte.

Ein nervöses, unruhiges Zittern befiel Martinas Hände, während sie sich tief über ihren Teller beugte. Obgleich sie wusste, dass er eine Frage, einen Einwand erwartete, brachte sie doch kein Wort über ihre Lippen.

Erneut hob ein schweres Aufatmen seine breite Brust, dann stieß er mühsam hervor: »Grad schön ist's, wenn man hereinkommt, und alles ist so gemütlich. Das Essen steht auf dem Tisch und man hat ein bissl eine Ansprach. An so was gewöhnt man sich schnell.« Mit einem wehmütigen, hilfesuchenden Blick schaute er sie an, als er hinzusetzte: »Und morgen willst also schon wieder fort?«

Die Röte in ihrem schmalen Gesicht vertiefte sich, sie wagte nicht, ihre Augen vom Teller zu heben. Ein unsicheres Schulterzucken war alles, was ihr dazu einfiel.

Es wirkte irgendwie tragikomisch, wie dieses gestandene, große und breitschultrige Mannsbild sich um Worte bemühte.

Nachdem er etliche Male vergeblich zum Reden angesetzt hatte, meinte Martina mit leiser, gedrückter Stimme: »Ich versteh nicht, Ödenhuber, warum du so lang allein gewirtschaftet hast. Warum schaust dich denn nicht um eine Hilfe oder einer …«

»Weil ich mir gedacht hab, es würd auch so gehen«, brach es jetzt aus ihm vorschnell heraus. »Jetzt weiß ich erst, dass einen die Arbeit und das Leben wieder freut, wenn man zu zweit ist, wenn man nicht allein herumhocken muss.«

»Dann musst du dich halt nach jemandem umschauen«, wandte sie ein.

Müde winkte er ab. Mutlos murmelte er: »Nein, den meisten ist bei mir hier oben zu viel Arbeit. Und dann …, eine jede wär mir auch nicht recht. Man möcht ja auch noch ein wenig eine Gemütlichkeit.« Aufseufzend setzte er hinzu: »Es ist schwer, da was Passendes zu finden!«

Vorsichtig hob sie ihren Blick und sah ihm direkt in die Augen, die sie hungrig und sehnsüchtig anschauten.

Zaghaft druckste er hervor: »Martina, könntest du nicht bei mir bleiben?«

Als er bemerkte, wie sie erschreckt zusammenfuhr, fügte er hastig, überstürzt hinzu: »Ich würde dich genauso gut zahlen wie jeder andere Bauer auch! Und freie Hand beim Wirtschaften hast du auch!«

Sie blickte stumm auf ihre Hände, die in ihrem Schoß lagen.

»Musst denn unbedingt ins Stabbach-Tal rüber?«, wollte er wissen. »Ich weiß ja, bei mir liegt noch viel im Argen, Martina. Aber zu zweit hätten wir es uns bald wieder so hergerichtet wie es sich gehört, dass wir eine Gemütlichkeit haben!« Als er merkte, dass sie ihm gar nicht widersprechen wollte, versprach er: »Du, ich verlang von dir gewiss nicht mehr, als dass du bloß da bist; dass wir miteinander reden können. Du musst es mir glauben, Martina, ich bin keiner, der sich aufdrängt, der zudringlich wird. Da brauchst keine Angst zu haben. Ich hab Respekt vor dir, Martina!«

Da sah sie auf und blickte ihn eindringlich an.

Rasch fuhr er fort: »Ich bitt dich, Martina, sag ja! Schau, wenn's dir nicht gefällt, dann kannst du ja immer noch fort.«

Was überlegte sie denn so lange? Plötzlich kam ein kaum hörbares: »Also gut, Ödenhuber, ich bleib!«, über ihre Lippen. Und nun, nachdem sie sich zu diesem Entschluss durchgerungen hatte, glitt ein befreites Lächeln über ihr Gesicht.

»Herrgott, Martina, ich könnt gleich narrisch werden vor lauter Freud«, rief Pauli überglücklich aus. »Du, jetzt muss wieder Ordnung einkehren im Ödenhuberhof!« Seine dunklen Augen leuchteten, als er laut vor sich hin schwärmte: »Endlich ist wieder jemand da, der sich um die Wirtschaft kümmert. Ich weiß es schon jetzt, dass es wieder bergauf geht! Endlich braucht man keine Angst mehr vor dem Feierabend zu haben, denn es ist einer da, der in der warmen Stube wartet. Ich kann dir gar nicht sagen, wie froh ich bin!« Stolz fügte er hinzu: »Du, da wird der Krispin Augen machen, so groß wie Suppenteller!«

»Geh, Ödenhuber«, wandte sie beschwichtigend ein, »es ist doch gar nichts so Absonderliches, wenn du dir eine Haushaltshilfe nimmst; es wird niemand was dabei finden!«

Der Pauli schmunzelte nur selig vor sich hin und plötzlich kehrte auch sein Appetit zurück. Nun ließ er sich die Dampfnudeln erst richtig schmecken, biss in die dicken, braunen Krusten, dass es zwischen den Zähnen krachte und knirschte.

Auch Martina machte einen gelösten, ja frohen Eindruck. Ihr gefiel es hier, wo man sie achtete und respektierte. Sie scheute schwere, harte Arbeit nicht und der Bauer war der umgänglichste und gutherzigste Mensch von der Welt.

»Du kannst ruhig sagen, was gerichtet werden muss«, bot der Ödenhuber bereitwillig an. »Ich bin zwar nicht reich, Gott bewahre! Aber ein bissl ein Geld hab ich schon auf der Seiten. Der Dachstuhl muss geflickt werden …«

»Und für die Küche brauchen wir einen neuen Herd«, fiel sie ihm etwas zaghaft ins Wort.

»Den sollst du haben«, versprach er sofort.

»Der Gartenzaun muss auch gerichtet werden«, wandte Martina nachdenklich ein. »Dann kann ich Gemüse und Salat ziehen. Heuer sind wir zwar schon ein bissl arg spät dran …«

»Den Gartenzaun kann dir der Krispin aufrichten«, versprach Pauli. »Der geht dir überall zur Hand, wo du ihn brauchst.«

Ernst fragte sie: »Wie ist das denn mit dem Lohn für den Krispin?«

»Der Krispin schreibt seine Stunden auf«, erklärte der Ödenhuber. »Es steht alles in seinem Buch drin. Er holt sich, was er braucht, und schreibt's auf. Das Milchgeld und die Eier, die er für mich verkauft, rechnet er immer gleich ab für seinen Lohn …«

»Was?«, entfuhr es da der Martina überrascht.

»Freilich«, bestätigte Pauli arglos.

»Woher hast du denn dann Bargeld?«

»Wenn ich ein Stück Vieh verkauf«, antwortete er. Es gefiel ihm, dass sie sich gleich um alles so kümmerte, denn das zeigte ihr Interesse an seinem Hof. Nach einigem Nachdenken meinte Martina: »Du hast gesagt, Ödenhuber, ich hätt freie Hand?« Als er nickte, fuhr sie bestimmt fort: »Dann werd ich in Zukunft mit dem Brandler abrechnen!«

»Da tust du mir einen großen Gefallen«, stimmte er ihr sofort zu. »Weißt du, ich nehm mir dazu ohnehin nie die Zeit. Aber auf den Krispin ist Verlass, drum hab ich ihm das auch alles überlassen können.«

»Versteh mich nicht falsch, Ödenhuber«, kam es entschieden von der Martina. »Ich will nichts für mich; das kannst du mir glauben. Aber ich will, dass alles seine Ordnung und seine Richtigkeit hat! Es heißt nicht umsonst: Strenge Rechnung, gute Freundschaft!«

»Ja, ja, Martina, mach nur alles so, wie du's für richtig hältst. Ich red dir gar nicht rein. Ich hab's gleich gespürt, auf dich ist Verlass!«

Ihr erschien es als eine himmelschreiende Schande, wie der Brandler den Pauli ausnutzte. Aber damit würde es nun endgültig vorbei sein. Dieser herzensgute Mensch verdiente es einfach nicht, dass er so schamlos betrogen und hintergangen wurde. Sie war halt nun einmal nicht der Mensch, der vor so etwas einfach die Augen verschließen und sagen konnte: Das geht mich nichts an! Sie blieb ja schließlich auch nicht zum Faulenzen hier; sie wusste, was sie dem Ödenhuber schuldete und sie würde das Ihrige dafür tun.

Während Martina den Tisch abräumte, überlegte sie sich bereits: Von dem nächsten Eiergeld werden neue Vorhänge gekauft; die alten Fetzen müssen herunter! Ja, es gab so unendlich vieles, was hier gerichtet und anders werden musste.

Plötzlich hatte die Bachmaier Martina das Gefühl, dass sie hier, weitab von den bösen Zungen der Menschen, zufrieden leben konnte. Hatte sie endlich ein Fleckchen gefunden, wo man sie in Ruhe ließ? Als sie dann im warmen Lampenschein am Tisch saßen, er untätig, sich seines errungenen Glücks freuend, sie mit einer Flickarbeit beschäftigt, war er versucht, sie danach zu fragen, was sie bisher gemacht und gearbeitet hatte. Aber er fürchtete, aufdringlich oder neugierig zu erscheinen, also unterließ er es. Während er sie so betrachtete, ihr schmales Gesicht, das blonde Haar, in dem sich das Licht der Lampe fing, wie sie emsig stichelte und flickte, erschien sie ihm ganz besonders, wie etwas Kostbares, das sich zu ihm verirrt hatte, das er gar nicht verdiente.

Aus diesem Gefühl heraus stieg leise Angst in ihm auf, dass er sie wieder verlieren könnte.

Der Aumüller Ferdl hatte heute einen Tag hinter sich, der wahrhaftig anstrengend genug gewesen war und trotzdem machte er sich bei Einbruch der Dunkelheit noch einmal auf den Weg.

Diesmal ließ er jedoch Fernglas und Gewehr in seinem Zimmer, das er bei der Frau Forstmeister bewohnte. Das Haus, in dem das Forstamt untergebracht war, hätte noch genügend Platz für eine Wohnung für den Herrn Revierjäger geboten. Doch was sollte der Ferdl allein in einer Wohnung? So war er bei der Frau Forstmeister besser untergebracht und er brauchte sich um nichts zu kümmern. Die Frau seines Chefs und obersten Dienstherrn betrachtete ihn schon fast als zur Familie gehörig.

Und so war es weiter kein Wunder, dass sich auch der Ferdl für diese herzensgute Frau einsetzte und sie dabei unterstützte, eine geschickte fleißige Hilfe für den Haushalt zu finden.

Oder dachte er dabei am Ende doch nicht nur an die Frau Forstmeister?

Freilich, verständlich war es schon, wenn er ein bissl darauf achtete, dass man nicht eben einen alten, zänkischen Drachen ins Haus bekam.

So erklärte sich Ferdl seinen plötzlich entwickelten Eifer, als er trotz Müdigkeit das Forsthaus zu später Stunde noch einmal verließ und mit wendigen Schritten aufwärts stieg.

Als er aus dem Wald heraustrat, sah er über sich, von fahlem Mondlicht übergossen, den Ödenhuberhof und das Brandler-Häusl aus der Dunkelheit auftauchen. In beiden Häusern waren noch Fenster erleuchtet.

Mit dem lautlosen Schritt des erfahrenen Jägers schlich sich der Ferdl ans Brandler-Haus. Die Vorhänge waren nicht zugezogen, und so sah er die beiden Alten, Krispin und Lies, am Tisch sitzen. Schon begann sein Herz schneller zu klopfen. Wenn er jetzt Glück hatte, dann war das dritte Fenster genau das, was er suchte!

Vorsichtig trommelte er mit den Fingerkuppen gegen die Scheiben; dieses Geräusch war nur im Innern des Zimmers und sonst nirgendwo zu hören.

Da wurde der Vorhang beiseite geschoben und im hellen Fensterrahmen stand Veronika vor ihm.

Lange konnte sie noch nicht in ihrem Zimmer sein, denn sie war noch völlig angezogen. Eine steile Falte erschien zwischen ihren Augen, als sie ihn mit gedämpfter Stimme anfauchte: »Was hat denn das zu bedeuten? – Du, ich fürchte, Ferdl, du hast dich bei mir verschätzt! Ich bin keine, wo man bloß am Kammerfenster anzuklopfen braucht und …«

»Pssst«, fiel er ihr zischelnd ins Wort. »So lass mich doch auch einmal was sagen! Zum Kammerfensterln wär es doch noch ein bissl früh am Abend! Ich hab den Weg extra noch mal gemacht, weil ich unbedingt mit dir reden muss – jawohl, reden!« Er versuchte, sie strafend oder doch zumindest gekränkt anzusehen, weil sie ihn so gründlich verkannt hatte.

»Was willst denn dann?«, fragte sie etwas verunsichert, aber doch nicht bereit sich für dumm verkaufen zu lassen.

»Es ist wegen der Stellung bei der Frau Forstmeister«, erklärte er mit gedämpfter Stimme. Er schaute sich etwas ängstlich um und fragte: »Meinst du nicht, dass uns wer hören könnt?«

Unnachgiebig und trocken wandte sie ein: »Nicht, wenn du es kurz machst!«

»Kannst du nicht ein bissl rauskommen?«, drängte er bittend. Doch Veronika war zu Zugeständnissen nicht bereit. Entschieden verneinte sie. »Nein, das geht nicht! – Also, was ist?«

Mit einem tiefen verzichtenden Aufatmen berichtete er nun: »Heut war die Rauchenberger Traudl bei der Forstmeisterin und hat sich für die Stellung beworben. Du kennst doch die alte Traudl, die bisher beim Wirt in der Küche ausgeholfen hat?! – Die Forstmeisterin hat ihr noch nicht zugesagt, weil ihr halt auch eine Jüngere lieber wär. Aber lange will sie nicht mehr warten. Drum hab ich mir gedacht, ob nicht du … Weißt du, so eine gute, saubere Stellung findet man nicht alle Tage.«

Nachdenklich blickte Veronika vor sich hin, ehe sie endlich verneinend ihren Kopf schüttelte und kleinlaut zugab: »Nein, Ferdl, es hat keinen Sinn. Meine Leut, besonders aber meine Mutter, würden es nie erlauben, dass ich von daheim fortgeh! Ich dank dir schön, dass du dir extra wegen mir die Müh gemacht hast …«

»Das war das Wenigste», wandte er kopfschüttelnd ein. »Doch mir tut's Leid um dich, Vroni!« Mit plötzlicher Entschlossenheit stieß er aufmunternd hervor: »Herrgott, Mädl, du bist doch volljährig! Denk doch einmal nach, von daheim hast ja auch nichts zu erwarten! Und bei der Forstmeisterin könntest du im Haushalt viel lernen ...«

»Das weiß ich auch«, gab sie niedergeschlagen zu. »Aber die Mutter würde zetermordio plärren, wenn ich gegen ihren Willen ... Weißt was, Ferdl, ich frag sie morgen noch einmal. Vielleicht kann ich sie doch umstimmen!« Sie hatte ihre Hände auf das Fenstersims gelegt und beugte sich zu ihm heraus.

Da griff der Ferdl schnell zu, nahm sie in die Arme und zog sie an sich. Seine Stimme klang zärtlich, als er ihr zuflüsterte: »Du, ich tät mich so freuen, wenn du die Stellung nehmen könntest. Mir liegt viel dran, Veronika, dass wir uns näher kennen lernen.« Er spürte, wie sie erschauerte und sich doch an ihn schmiegte. »Ich hab dich sehr gern, Vroni«, gestand er, dann drückte er ihr einen sanften, liebevollen Kuss auf die Lippen und gab sie frei.

Mit weit geöffneten, träumenden Augen blickte sie ihn an, dabei klopfte ihr Herz zum Zerspringen. Sie war glücklich und verlegen zugleich. Sie wollte etwas sagen, doch sie war zu aufgeregt um auch nur ein Wort über die Lippen zu bringen.

»Was ist denn da heraußen los?«, ertönte plötzlich die ärgerlich klingende Stimme des Brandler Krispin.

Die Veronika erschrak, während sich der Ferdl sofort flach an die Hauswand presste.

»Ich hab doch was gehört«, raunzte der Krispin und er trat vors Haus.

»Einbildung macht die Leut krank«, keifte seine Frau hinter ihm her. »Ich hab's dir ja gleich gesagt, dass du dich getäuscht hast! Komm rein und gib Ruh!«

Nachdem sich der Brandler noch argwöhnisch umgeblickt

hatte, schlurfte er in seinen großen Filzpantoffeln zurück ins Haus.

Man hörte, wie der Riegel vorgeschoben wurde.

»Sakra, das war aber haarscharf«, stöhnte der Ferdl erleichtert auf, als er aus dem Schatten der Hauswand zurücktrat.

»Das hätt grad noch gefehlt, dass sie dich hier erwischt hätten«, wisperte die Veronika, während sie vor Aufregung am ganzen Körper zitterte.

»Du, ich schau lieber, dass ich weiterkomm! Gute Nacht, Vroni! Und probier's, ob du deine Mutter nicht doch noch herumkriegen und umstimmen kannst!«

Sie nickte und flüsterte ein leises »Gute Nacht, Ferdl!« und drückte die Fensterflügel unhörbar zu.

Als sie sich auf ihr Bett fallen ließ, erschien erneut dieser träumende Glanz in ihren großen, braunen Augen.

Der Ferdl hatte sie geküsst! Er hatte ihr gesagt, dass er sie – nun ja, sehr gern hatte. Wenn er auch nicht von Liebe geredet hatte, so war das doch ein Zeichen, dass er ihr nichts vorzumachen versuchte.

Beide Hände tief in den Hosentaschen vergraben kam der Brandler Krispin schon am frühen Morgen zum Ödenhuber herübergeschlendert. Er hielt sich vom Misthaufen, auf dem Pauli ablud, was er aus dem Stall gekarrt hatte, in respektvoller Entfernung und rief seinem Freund zu: »Heut wirst mich ja eh nicht brauchen, oder? Du bringst doch heut die andere«, dabei deutete er mit einem rucken seines Kopfes zum Haus hinüber, »ins Stabbach-Tal rüber?«

Ein breites Schmunzeln erschien in Paulis Gesicht, das schon wieder frisch rasiert aussah, und er verneinte nicht ohne Stolz: »Nein, wir gehen nicht, Krispin!«

Nachdem der Brandler einen prüfenden Blick hinauf zum

Himmel geworfen hatte, meinte er verwundert: »Warum denn nicht?«

»Denk dir, Krispin«, gestand der Pauli mit glücklicher Stimme, »sie bleibt hier! Ja, die Martina bleibt als Haushälterin bei mir! Was sagst jetzt?«

Völlig verwirrt trottete der Brandler heran und schüttelte ein ums andere Mal seinen Kopf und brummte: »So was … na, so was!«

In seiner Freude verkündete der Ödenhuber Pauli: »Du, jetzt hat's endlich ein End mit dem Durcheinander; jetzt kehrt die Ordnung wieder ein auf dem Ödenhuberhof!«

Wenig begeistert wandte der Krispin warnend ein: »Mein lieber Pauli, wenn du dich da bloß nicht auf was Schlechtes einlässt!«

»Geh zu«, lachte der Ödenhuber über diese Schwarzseherei seines Freundes, »du hast es doch selbst zugegeben, dass ich jemanden fürs Haus brauch!«

»Das schon«, gab der Brandler zu. »Ich hab ja auch weniger an eine Haushälterin, als vielmehr an eine tüchtige Bäuerin gedacht«, setzte er zögernd hinzu.

Mit einem hoffnungsvollen Lächeln wandte der Ödenhuber ein: »Man soll ja vorher nichts bereden. Aber so ausgeschlossen wär das nicht, dass aus uns vielleicht ein Paar wird. Freilich, der Schönste und Jüngste bin ich nicht mehr, aber vielleicht wär ich ihr doch gut genug, der Martina. Dagegen hätt ich nichts, wenn sie meine Bäuerin werden würde!«

Da tippte sich der Brandler Krispin viel sagend an die Stirn, schüttelte missbilligend seinen Kopf und sagte ungerührt: »Mir scheint, bei dir stimmt's nicht mehr ganz, Pauli! – Menschmeier, so überleg doch einmal: Du kannst doch nicht ans Heiraten denken, wo du keine blasse Ahnung hast, woher sie kommt und wer sie ist. Oder weißt das inzwischen?«

Als der Pauli den Kopf schüttelte, meinte er selbstsicher: »Na also! – Nur nichts übers Knie abbrechen! Du hast so lang gewartet, jetzt kommt's auf etwas mehr Zeit auch nicht mehr an!«

»Ich lass mir von dir nicht die Pferde scheu machen, Krispin«, lachte Pauli. »Wenn ich's nicht wüsst, dass du's bloß gut mit mir meinst, dann tät ich dir eh was anders erzählen!« Er sprang mit einem Satz vom Misthaufen herunter und trat auf seinen Freund zu. »Du, die Martina möcht den Garten wieder herrichten. Könntest du den Gartenzaun instand setzen? Hast du Zeit dazu, Krispin?« Eifrig fügte er hinzu: »Weißt, ihr kann nichts sauber genug sein, der Martina!«

Zweifelnd blickte der Brandler seinen Freund an, der ganz aus dem Häuschen war. Missmutig brummte er vor sich hin: »Wenn's dem Esel zu wohl wird, dann geht er auf's Eis! – Heilige Maria, je älter das Stroh ist um so lichter brennt's! – Na ja, von mir aus, den Gartenzaun kann ich schon zusammenflicken.«

»Und in der nächsten Woche, wenn's Wetter hält, dann fangen wir mit dem Heu an«, rief ihm der Pauli noch voller Unternehmungslust nach.

Der Brandler nickte nur und schlenderte zur Haustür hinüber.

Als er das Haus betrat, schlug ihm erneut ein scharfer Geruch nach Lauge und Seife entgegen. Als er einen Blick in die Stube warf, wollten ihm vor Überraschung schier die Augen aus dem Kopf fallen, so verändert und sauber, kaum wiederzuerkennen, sah alles aus.

Fleißig schien sie ja zu sein, diese Martina; das musste man ihr lassen. Was sie in der kurzen Zeit alles geschafft hatte, war erstaunlich. Es war fast zu befürchten, wenn sie überall so kräftig zupackte, dass dann er arbeitslos werden würde.

»Guten Morgen«, grüßte Krispin, während er sich zur Küchentür hereindrückte. »Der Pauli hat gemeint, ich soll den Gartenzaun richten!«

Zwar freundlich, jedoch ohne besondere Herzlichkeit erwiderte Martina seinen Gruß und setzte hinzu: »Ja, das muss unbedingt geschehen, wenn wir heuer wenigstens noch ein bissl frisches Gemüse und Salat ernten könnten!«

Ein lüsterner Ausdruck erschien in seinen nahe beieinanderliegenden Augen, ein hämisches Schmunzeln umspielte seine schmalen Lippen, als er bemerkte: »Du, Martina, wenn du irgendwas brauchst, dann kannst du immer zu mir kommen; auf mich ist Verlass! Dem Pauli seine Freunde sind auch die meinigen«, dabei zwinkerte er ihr zweideutig zu.

»Ich werd mir's merken«, kam es frostig von ihr, während sie ein Schneidebrett blank scheuerte.

»Für eine so hübsche Frau tut man doch alles. Oder muss ich Mädl sagen?«, fragte er lauernd. Als sie ihm einen zurechtweisenden Blick zuwarf, setzte er entschuldigend hinzu: »Na ja, in deinem Alter wär's ja nicht verwunderlich, wenn du verheiratet wärst!«

Diesen Einwand überhörend, schrubbte sie emsig weiter.

Krispin lehnte sich mit dem Rücken gegen eine Kredenz, kreuzte seine Beine und schob die Hände in die Hosentaschen. Er schien es sich hier gemütlich einzurichten. Leichthin bemerkte er: »Du hast sicher einen Brief auf die Post zu bringen, oder? Die Leute, zu denen du gehen wolltest, werden ja auf dich warten.«

»Ich hab nichts fest zugesagt«, stieß sie hervor und fast war es, als ob ein ängstliches Aufflackern in ihren Augen zu sehen war.

Aber Krispin zeigte sich verständnisvoll: »Aha, ja dann … Wenn du bleiben willst, dann musst du dich bei unserem Bürgermeister anmelden. Soll ich das für dich …?«

»Nein, das mach ich schon selbst«, fiel sie ihm abweisend ins Wort. »Außerdem pressiert das nicht.«

Es sollte scherzhaft klingen, als er einwandte: »Suchen werden sie dich ja nicht«, doch es schwang dabei ein drohender Unterton in seiner Stimme.

»Du hast doch den Gartenzaun reparieren wollen«, erinnerte sie ihn scharf. Sie warf einen Blick auf die alte Uhr und fuhr gewollt sachlich fort: »Jetzt ist's grad acht! Wenn du gleich anfängst, dann kann ich ja die volle Stunde aufschreiben!«

Da kam plötzlich Leben in den Brandler. Er stieß sich ab, stellte sich breitbeinig vor Martina und erklärte fast drohend: »Du, es war nicht der Brauch zwischen dem Pauli und mir, dass es auf die Minuten genau geht! Außerdem hab ich mir bisher meine Arbeitsstunden immer selber aufgeschrieben. Da ...«

»In Zukunft tu's ich«, fiel ihm Martina unnachgiebig und ruhig ins Wort. »Der Ödenhuber hat mir die Abrechnerei übergeben! Es muss dir doch selbst dran liegen, dass alles seine Richtigkeit hat, oder?«

Der Krispin kam ins Stottern. »Jaaa ... Schon ... Freilich ... Aber ich kann halt nun einmal kein Misstrauen vertragen!«

»Das ist ja auch kein Misstrauen«, kam es von Martina. »Doch wie soll der Ödenhuber wissen, wie er dran ist, mit dem Geld mein ich, wenn er nie eine Abrechnung zu sehen kriegt? Er hat sich vorgenommen, dass viel gerichtet wird auf dem Hof und da muss er halt auch mit jedem Pfennig rechnen! – So, und jetzt ist's schon zehn Minuten nach acht!«, setzte sie abschließend nach einem neuerlichen Blick auf die Uhr hinzu.

Krispins Kopf lief tomatenrot an, eine scharfe Erwiderung lag ihm auf der Zunge. Doch er beherrschte sich.

»So, das ist ja noch schöner!«, wetterte die Brandler Lies erbost, »zuerst rackern wir uns für ihn ab, helfen, wo wir grad können und dann kommt so eine Hergelaufene und hockt sich ins warme Nest!«

»Ich denk, sie ist bloß Haushälterin«, wandte Veronika ein.

»Haushälterin, Haushälterin«, stieß Lies gehässig hervor. »Bloß dass das Kind einen Namen hat! Umsonst tut sie das nicht, das liegt doch klar auf der Hand! Lang wird's nicht dauern, dann ist sie Ödenhuberin und Bäuerin!«

»Na und?«, kam es beschwichtigend von ihrer Tochter. Der Veronika passte diese Gewitterstimmung der Mutter gar nicht so recht ins Konzept. Jetzt getraute sie sich noch viel weniger, ihr Anliegen vorzubringen.

»Mädl, wenn du für ein Fünferl Hirn hättest, dann würdest du nicht so saudumm fragen«, fauchte die Brandlerin. »Überleg doch: Wenn sie jetzt zu zweit sind, der Pauli und sie, dann kann's uns passieren, dass wir keine Arbeit mehr kriegen. Von was sollen wir denn dann leben, ha?«

Da tat sich ja für die Veronika ein unvorhergesehener Lichtblick auf. Innerlich bereits frohlockend, wandte sie ein: »Da wär's vielleicht doch nicht verkehrt, Mutter, wenn ich mich nach einer Stelle umsehen würde? Ich ...«

»Freilich, sonst nichts mehr«, unterbrach ihre Mutter sie. Sie gestikulierte wild mit ihren dürren Armen herum, als sie zeterte: »Fang nicht schon wieder damit an! Die Sache ist ausgeredet und damit Schluss! So lang ich noch einen Schnaufer tu, bleibst du daheim!«

Veronika fühlte heiße Tränen aufsteigen. Kläglich wandte sie ein: »Mutter, so versteh mich doch! Ich will daheim keine alte Jungfer werden.«

»Noch ist nicht aller Tage Abend«, kam es viel sagend von der Brandlerin. »Noch hat der Pauli seine Haushälterin nicht geheiratet! Aber Schuld hast du ja selber; hättest dich ein bissl mehr um ihn gekümmert, dann hätt man jetzt die Sorg nicht …«

»Ein für allemal, Mutter, ich mag den Ödenhuber nicht«, rief Veronika unbeherrscht aus. »Der soll von mir aus heiraten, wen er will, aber nicht mich!«

Dieser Zornausbruch ihrer Tochter schien die Brandlerin nicht sonderlich zu rühren; sie winkte nur gelangweilt ab. Sie trat ans Fenster und schaute zum Ödenhuberhof hinüber. Als sie die neue Haushälterin erspähte, schluckte sie ihren Ärger hinunter und verließ hastig das Haus. Auch sie sah einen Vorteil darin, mit versteckten Waffen gegen den Feind anzugehen.

Mit einem falschen, katzenfreundlichen Lächeln im hageren Gesicht, eilte sie auf die Ödenhuberische Haushälterin zu und begrüßte sie überschwänglich.

Mit einigem Befremden erwiderte Martina den Gruß.

»Wir werden gewiss gut miteinander auskommen«, prophezeite Lies schmeichlerisch. »Wie ich seh, willst du den Garten noch herrichten. Kannst es ruhig sagen, wenn du mich brauchst.«

»Naja«, gab Martina zögernd zu, »wenn mir beim Garten jemand helfen würde, wär das nicht schlecht, weil ja sonst auch noch ein Haufen Arbeit auf mich wartet. Und in der nächsten Woche möcht der Bauer mit dem Heu anfangen; da muss ich auch helfen. Es wär mir schon recht, wenn ich bis dahin mit der Arbeit ein gutes Stück weiter wär!«

Der Martina lag es fern, Feindschaft zu stiften, ihr lag daran, dass man mit den Nachbarn möglichst gut auskam. Sie wusste jedoch, wie sie die Freundlichkeiten der Brandlerin einzuschätzen hatte.

Um dieser Haushälterin gleich einmal auf den Zahn zu fühlen, fragte die Brandler Lies mit einem unterwürfigen Gesichtsausdruck: »Könnt ich ein Stückl Fleisch haben? Ich zahl es selbstverständlich! Weißt, wir haben es immer so gehalten, dass wir unser Fleisch dem Ödenhuber abgekauft haben.«

»Nein, das geht nicht«, verneint Martina kopfschüttelnd. »Wir haben das letzte Surfleisch schon in die Selch gehängt; es war ja bereits höchste Zeit dafür.«

»Wann soll ihm denn mein Krispin wieder eine Sau schlachten?«, fragte Lies sofort.

»Nicht, so lange es so heiß ist«, antwortete Martina.

Ziemlich frech erklärte die Brandlerin: »Gelt, aber die ganzen Innereien kriegen wieder wir! Der Pauli mag's eh nicht und drum hat er sie uns immer geschenkt ...«

»Er wird sie schon mögen, wenn sie richtig zubereitet werden«, fiel ihr Martina abweisend ins Wort.

Dies kühlte die Brandler Lies merklich ab. Reserviert meinte sie noch: »Auf die Hälfte davon wird's dir ja nicht ankommen. Oder?«

»Nein, sicher nicht, Brandlerin! Aber gezahlt muss es werden. Denn der Ödenhuber muss ja auch sehen, wo er bleibt.«

Da stieß es die Lies erbost heraus: »Dann kann ich drauf verzichten!« Argwöhnisch setzte sie hinzu: »Ich weiß nicht, Martina, ob der Pauli damit einverstanden ist, dass du uns so behandelst?«

»Dann musst ihn halt selbst fragen«, konterte Martina hart.

»Aber ich bin halt der Meinung, dass er auch nichts zum Verschenken hat; er muss doch auch mit jedem Pfennig rechnen.«

Die Brandlerin wandte sich zum Gehen, bemerkte jedoch noch anzüglich: »Es hat schon oft eines mit dem Kopf durch die Wand wollen! Es ist halt immer das Gleiche: Neue Besen kehren gut! – Nichts für ungut, Martina, und arbeit dich nicht ganz auf!«

Die Martina fand es besser, daraufhin nichts zu sagen.

Für den Ödenhuber Pauli war Martina ein Geschenk des Himmels. Es war bewundernswert, was diese Frau in kurzer Zeit alles geschafft hatte, wie sehr sie sein Leben zu seinem Vorteil verändert hatte.

Doch auch Martina war glücklich und zufrieden. Trotz der vielen, harten Arbeit lebte sie auf; man sah sie oft still vor sich hin lächeln.

An diesem Abend jedoch, die Martina war nun über eine Woche im Ödenhuberhof, war nicht die Spur eines Lächelns in ihrem Gesicht zu entdecken. Als sie sich, so wie jeden Abend, mit dem Flickkorb in die Stube setzte, warf sie dem Pauli hin und wieder einen vorsichtig abschätzenden Blick zu. Ihr lag etwas schwer auf dem Herzen; etwas, das geregelt werden musste.

Endlich fiel auch dem Ödenhuber Martinas gedrückte Stimmung auf, und er fragte: »Was ist denn, Martina? Mir scheint, dir passt irgendwas nicht ganz. Hab ich Recht? Rück nur raus damit, wenn dir was auf der Zunge brennt!«

Sie ließ ihre Arbeit in den Schoß sinken, sah den Pauli nachdenklich an und druckste dann hervor: »Es ist wegen dem Brandler. – Ich weiß, Bauer«, so nannte sie ihn, seit sie bei ihm in Dienst stand, »er ist dein Freund und du hältst viel von ihm. Aber ich muss es dir trotzdem sagen – selbst auf die Gefahr hin, dass du mir bös' sein wirst – dass dich der Krispin hinten und vorn ..., na ja, sagen wir einmal ausnutzt!«

Da riss Pauli überrascht Mund und Augen auf und widersprach vorschnell: »Das kann nicht sein, Martina! Da musst du dich irren!«

Doch nun erklärte sie ruhig und gelassen: »Ich hab verlangt, dass er mir sein Büchl zeigt, in dem er alles aufgeschrieben hat. Denn du hast es mir selbst erlaubt, dass ich mit ihm abrechne.«

»Ja, ja, das hat schon seine Richtigkeit«, unterbrach er sie mit eifrigem Kopfnicken.

»Weißt du, wie viel Geld dir der Brandler schuldig ist?«, fragte sie eindringlich.

»Er mir?«, fragte der Pauli belustigt zurück, ehe er antwortete: »Es wird eher umgekehrt sein, dass er von mir noch was zu kriegen hat.«

»Bauer, Bauer! Du kannst ja auf keinen grünen Zweig kommen, wenn du so vertrauensselig bist und dich so wenig ums Geld kümmerst«, wies sie ihn sanft zurecht. Nun erklärte sie ihm klipp und klar: »Ohne das Milch- und Eiergeld gerechnet, das gewiss einen schönen Batzen ausmacht, ist dir der Brandler Krispin an die sechstausend Mark schuldig! Und da sind die Stunden, die er für dich gearbeitet hat, schon abgezogen!«

Das riss den Pauli fast vom Stuhl. Er brauchte einige Zeit, bis er völlig begriffen hatte. Dann murmelte er überrascht: »Nicht möglich!«

»Freilich!«, hielt sie ihm unbeirrt vor. »Zuerst hat er mir das Buch nicht zeigen wollen. Denn aufgeschrieben hat er doch alles feinsäuberlich, was er von dir geholt und sich ausgeliehen hat. Bloß vom Milch- und Eiergeld steht rein gar nichts drin. Das hat er sich stillschweigend unter den Nagel gerissen. – Bauer, so kann das nicht weitergehen! Ich arbeite und schufte auch, damit es bei dir vorwärts geht. Ich hab ihm klipp und klar erklärt, dass du das Milchgeld in Zukunft selbst kassierst; die Eier verkaufen wir auch selbst. Und dass er zurückzahlen muss, was er dir schuldig ist. Wenn er's nicht kann, dann muss er's halt abarbeiten! Man kann halt nicht auf anderer Leut Kosten leben!«

Ganz durcheinander stotterte Pauli: »Sakra, das ist viel Geld! Jessas, das hätt ich nie gedacht!«

»Er hat natürlich wie ein Marktweib gezetert und geschrien, dass er sich das von mir nicht gefallen lässt und dass er das ganz allein mit dir regelt.« Mit einem kleinen Schmunzeln setzte sie hinzu: »Er wird halt drauf vertraut haben, dass er dich leicht hinbringt, wo er dich gern haben will!« Wieder ernster werdend, fügte sie hinzu: »Wenn du jetzt nicht hart bleibst und zurückverlangst, was er dir schuldet, verdrießt mich das Arbeiten für dich auch, Bauer! Denn er trägt mit vollen Armen raus, was ich mühsam zusammenspare und was du dir errackerst!«

Das war ja eine schöne Bescherung! Ratlos blickte Pauli vor sich hin. Plötzlich hob er seinen Kopf, schaute Martina hilfesuchend an und raunte kleinlaut: «Was soll ich denn bloß tun, Martina? Ich kann doch gegen meinen einzigen Freund nicht so rigoros vorgehen?«

Hart hielt sie ihm entgegen: »Rigoros ist noch ein milder Ausdruck für die Art, mit der er dich behandelt hat. Aber anscheinend ist diese Freundschaft nur einseitig. Denn ich an seiner Stelle hätt mich in Grund und Boden geschämt, wenn ich meinen Freund so ausgenutzt hätt!«

Diese Worte trafen den Pauli hart, denn er wusste, dass sie Recht hatte. »Martina«, jammerte er, »du weißt immer das Richtige, kannst du mir nicht helfen, dass sich alles ohne großen Streit regelt?«

Unumwunden gab sie zu: »Nein, Bauer! Nicht, wenn er nicht freiwillig zahlt oder die Schuld abarbeitet! Das ist ja eh schon ein großmütiges Angebot. Was er vom Milchgeld unterschlagen, jawoll unterschlagen und in seine eigenen Taschen hat verschwinden lassen, geht ohnehin auf keine Kuhhaut!«

Verzagt kam es vom Ödenhuber Pauli: »Wen hab ich denn sonst noch, wenn mir der Krispin seine Freundschaft aufsagt? Da nehm ich lieber den Verlust in Kauf, ich hab doch sonst niemanden, Martina!«

Plötzlich strafften sich ihre Schultern, sie sah ihm geradewegs in die Augen und entgegnete mit ehrlicher Stimme: »Mich hast du, Bauer! Ich halt zu dir, jetzt musst du halt überlegen, wer dir mehr wert ist, der Krispin oder ich?!«

Pauli starrte sie an, als ob er sie zum ersten Mal sähe. Er konnte es kaum glauben, was sie da soeben gesagt hatte. Mit unsicherer Stimme brachte er überrascht hervor: »Du …? Du, Martina würdest zu mir halten? Für immer? Du würdest mich nicht mehr allein lassen und dableiben?«

»Ja, Ödenhuber!«, bestätigte sie mit entschlossener Stimme, und ein kleines, erwartungsvolles Lächeln stahl sich um ihre Lippen.

Pauli sprang auf, eilte auf seine Haushälterin zu und zog sie, an beiden Händen haltend, von ihrem Stuhl auf; lautlos glitt die Flickarbeit zu Boden. Seine dunklen Augen glühten sie an, als er, plötzlich wieder zaghaft, hervorstieß: »Soll das vielleicht heißen, dass du meine Bäuerin werden willst? Dass du mich … heiraten würdest, Martina?«

»Wenn du mich magst, Pauli!« Es war das erste Mal, dass sie ihn mit seinem Vornamen angeredet hatte.

Als er sie daraufhin mit einem überglücklichen Aufatmen umarmte und an sich presste, tat er es so ungestüm, dass es ihr fast den Atem nahm.

Es war lange her, seit Pauli ein Mädl im Arm gehalten hatte und er hatte vergessen, welch schönes Gefühl das war. Seine Stimme klang drängend, als er fragte: »Martina, wann heiraten wir?«

Er war zu aufgeregt und wohl auch zu glücklich um zu spüren, wie sie zusammenzuckte. Ausweichend erwiderte sie: »Das, Pauli, pressiert doch nicht so. Wir brauchen doch nichts zu überstürzen.«

»Du willst mich doch heiraten?«, wandte er beinahe ängstlich ein.

Sie nickte, ehe sie entgegnete: »Freilich, Pauli! Aber das hat ja noch Zeit!« Sie stellte sich auf ihre Zehenspitzen und erstickte seine Erwiderung mit einem langen Kuss.

An diesem Abend wurden die Lichter früh gelöscht.

Sie waren beide erwachsene, reife Menschen und es war für sie selbstverständlich, dass sie von diesem Abend an in der lang verwaisten, Ödenhuberischen Schlafkammer schliefen. Sie liebten sich, achteten und vertrauten einander; falsche Scham wäre beiden widersinnig erschienen.

»Das lässt du dir doch nicht gefallen, Krispin«, pulverte die Brandlerin auf ihren Mann ein. »Was geht es denn dieses hergelaufene Weibsbild an, wie du mit Pauli stehst? Ich wette, der Ödenhuber weiß gar nichts von ihren Eigenmächtigkeiten. Und wer weiß, am Ende will sie das Geld in ihre eigene Taschen wirtschaften! Sechstausend Mark! Wo sollen wir das denn auf einmal hernehmen?«

Vom Brandler Krispin kam nur ein unleidliches: »Was weiß denn ich!« Dabei zog er seinen kantigen Raubvogelkopf tief zwischen die knochigen Schultern.

Die Brandlerischen hatten vor ihrer Tochter noch nie ein Blatt vor den Mund genommen, auch jetzt konnte Veronika jedes Wort mit anhören. Es waren recht zwiespältige Gefühle, die sie dabei verspürte. Einerseits schämte sie sich der Schuldenlast, von der auch sie nichts geahnt hatte, doch andererseits geschah es den Eltern ganz recht, dass ihnen auf die allzu habgierigen Finger geklopft wurde.

»Er muss die sechstausend Mark vergessen, wenn wir ihm weiterhin helfen sollen!«

»Das wirst du nicht von ihm verlangen, Vater«, mischte sich Veronika plötzlich mit entschlossener Stimme ein.

»Geht's dich was an?«, fuhr ihre Mutter sie ungehalten und grob an. »Das ist unsere Sache!«

»Nein, auch meine«, kam es entschieden von Veronika. »Wenn wir alle drei zusammenhelfen, dann lässt sich die Sache auf die richtige Weise aus der Welt schaffen! – Passt auf: Jetzt, bei der Heuernte, ist doch der Ödenhuber um jede Hand froh, die hilft. Wenn wir ihm alle drei beim Heuen helfen und diese Stunden auf die Schuld anrechnen, dann macht das doch schon etwas aus …«

»Freilich«, fiel ihr die Mutter keifend ins Wort, »ich werd mich bei der Affenhitze beim Heuen abschinden!«

»Aber nur so können wir die Schulden loswerden«, fuhr Veronika unbeirrt fort. »Und der Ödenhuber sieht wenigstens den guten Willen.«

Der Brandler musste zugeben, doch es klang wenig begeistert: »Da ist schon was dran!«

»Abrackern, für nix und wieder nix«, murrte Lies missmutig vor sich hin.

»Doch für was, Mutter«, hielt ihr Veronika entgegen. »Wir haben ja schließlich was gehabt für das Geld!«

»Vom Gehabten kann man nicht abbeißen«, grantelte die Brandlerin.

Plötzlich hieb sich der Krispin klatschend auf den dürren Schenkel und stieß entschlossen hervor: »Ja, ich mach dem Pauli dieses Angebot. Und ich bin sicher, dass er mir den Rest eh schenkt!« Gehässig fuhr er fort: »Aber dieses Weib muss vom Hof! Weiß der Himmel, was die sich noch alles ausdenkt, um uns zu schikanieren!«

»Wahr ist's«, pflichtete ihm seine Frau eifrig bei. »Alles hat bloß wegen dieser undurchsichtigen Person angefangen. Ich tät was dafür geben, wenn ich ihr die falsche Larve vom Gesicht reißen könnt. Bei ihr stimmt einiges nicht, da drauf möcht ich schwören!«

»Man müsste sich einmal erkundigen«, kam es nachdenklich vom Krispin.

»Was denn erkundigen?«, wandte Veronika ein. »Lasst sie doch in Ruh'!«

»Sie scheint aber schon ganz fest im Sattel zu hocken«, wandte Lies besorgt ein.

»Abwarten«, brummte Krispin. »Ich muss heut eh noch ins Dorf, da kann ich ja gleich beim Bürgermeister anfragen, ob sie überhaupt angemeldet ist. Am Ende hat sie gar keine Papiere.«

»Das geht doch uns nichts an«, kam es abweisend von Veronika.

»Du bist gut«, ereiferte sich ihre Mutter sofort. »Jeder Mensch hat die Pflicht, für Recht und Ordnung zu sorgen!«

Sie gab es auf, es war doch immer das Gleiche. Bei anderen Leuten wussten ihre Eltern genau, was Recht und Unrecht war und was sich gehörte, nur bei sich selbst hatte dies alles keine Gültigkeit.

Für sie gab es nur eine Möglichkeit, aus all dem Schlamassel herauszukommen, und das war: wegzugehen von daheim, sich auf die eigenen Beine zu stellen und zu beweisen, dass dieses Sprichwort vom Apfel, der nicht weit vom Stamm fällt, sich nicht immer bewahrheiten musste.

Ja, der Ferdl hatte schon Recht. Sie musste fort von daheim.

Bei dem Gedanken an den jungen Jäger bekamen ihre Augen, trotz all dem Schweren, das sie belastete, einen träumerischen Glanz.

Ein Räuspern ihres Vaters schreckte Veronika aus ihren verliebten Gedanken auf, brachte sie wieder auf den Boden der traurigen Wirklichkeit zurück.

»Nachher geh ich rüber zum Pauli«, sagte der Brandler wenig begeistert. »Ich kann ihm ja sagen, dass ich lang nicht mehr nachgerechnet hätt … Was er dann glaubt, geht mich nichts an, das ist seine Sach.«

»Ganz richtig«, stimmte ihm seine Frau zu. »Er hätt sich ja bloß selbst einmal drum zu kümmern brauchen.«

Ehe Krispin zur Tür hinausschlurfte – er zeigte keine besondere Eile dabei – rief ihm seine Frau noch nach: »Das eine kannst ihm aber gleich sagen, Krispin: Von seiner Haushälterin lassen wir uns nicht herumkommandieren und umeinanderscheuchen! Sie ist auch nicht mehr als bloß ein Dienstbote.«

Der Brandler Krispin war es gewohnt, im Ödenhuberhof ein- und auszugehen, wie es ihm passte. Für ihn gab es kein Anklopfen. Wozu auch? Der Pauli hatte vor ihm ja nichts zu verbergen.

Als er sich jedoch diesmal, ohne anzuklopfen, in die Küche hineinschlängelte, blieb ihm vor Verblüffung der Mund offen stehen, er glaubte, seinen Augen nicht zu trauen.

Was er da sah, war nicht eben dazu angetan, seine Laune zu bessern. Vor ihm standen Pauli und Martina und sie schnäbelten wie die Turteltauben.

Überrascht und ein bissl verstört fuhr das Paar auseinander. Während Martinas Kopf rot anlief, rief Pauli ungeniert lachend aus: »Gelt, Krispin, da schaust! Du, wir zwei sind uns einig geworden und jetzt ist es vorbei damit, einspännig durchs Leben zu kutschieren!«

»Da gratulier ich«, knurrte Brandler einsilbig, ohne Herzlichkeit. Nun dämmerte es auch ihm, dass er beim Ödenhuber, wenn nicht noch ein Wunder geschah, ausgespielt hatte. Denn mit der Martina als Bäuerin war gewiss nicht gut Kirschen essen.

»Ich hätt was zu reden mit dir, Pauli«, druckste er hervor.

»Immer außer damit«, ermunterte ihn der Ödenhuber gut gelaunt. »Vor der Martina brauchst dich nicht zu genieren!«

»Weißt, Pauli, das mit den Schulden ist mir furchtbar unangenehm«, begann der Brandler heuchlerisch, mit hoch gezogenen Schultern. Ich versteh's auch nicht, wie's so weit hat kommen können!« Entschuldigend setzte er hinzu: »Ich hab halt nie nachgerechnet. Dass wir nicht zahlen können, wirst du ja verstehen. Aber wir, meine Frau und Veronika, wir möchten es gern abarbeiten! Du kannst uns doch bei der Ernte brauchen, oder?«

Gutmütig, wie der Ödenhuber Pauli nun einmal war, erklärte er sich damit sofort einverstanden. Er wollte keinem weh tun, weder der Martina, die drauf bestand, dass Ordnung geschaffen wurde, noch dem Krispin, der ja nun seinen guten Willen zeigte.

»Da kannst du gleich mit mir gehen«, meinte Pauli. »Und mir beim Mähen der Bachwiesen helfen! Bis zum Nachmittag können nachher die Frauen schon zum Wenden anfangen.«

Der Krispin hatte eigentlich nicht im Sinn gehabt, mit dem Abzahlen der Schulden gleich anzufangen, denn draußen brannte die Sonne schon recht unbarmherzig vom Himmel. Aber es fiel ihm keine triftige Ausrede ein um sich drücken zu können. Also verließ er mit dem Ödenhuber die Küche. Draußen dann meinte Krispin: »Heut Nachmittag hab ich keine Zeit, Pauli. Da hab ich unten im Dorf was zu erledigen; doch meine Frauen können dir schon helfen.«

Auch damit war der Ödenhuber einverstanden; hinzu kam noch, dass er heute ohnehin in der Laune war, die ganze Welt zu umarmen.

»Krispin«, rief Pauli fröhlich aus, »ich krieg die beste Bäuerin von der Welt!«

Blumen und Gräser, auf denen am Morgen noch der Tau geschimmert hatte, dörrten bereits in der heißen Junisonne aus und verströmten dabei einen würzigen, verschwenderischen Duft.

Die drei Frauen, Martina, die Brandlerin und ihre Tochter, wendeten hintereinander gehend die Schwaden mit Holzrechen, damit das Gras schneller trocknete.

Gesprochen wurde kaum bei dieser mühsamen Arbeit, die so spielerisch aussah und doch so schmerzend in Knochen und Muskeln fuhr.

Nur die Brandler Lies ächzte und stöhnte hin und wieder um Mitleid zu erwecken. Aber weder Veronika noch Martina kümmerten sich um das Getue.

Der Brandler Krispin hatte sich mit der Ausrede, eine dringende Besorgung im Dorf machen zu müssen, verdrückt. Und er, Ödenhuber Pauli, legte mit der Mähmaschine bereits eine andere Wiese um.

Als es dann Zeit zur verdienten Brotzeit wurde und man sich niedersetzte, verteilte die Martina mit ruhiger Gelassenheit Rohrnudeln und Tee, ganz so wie eine Bäuerin. Sie sah sehr wohl die missgünstigen, gehässigen Blicke der Brandler Lies, doch sie ließ sich nicht schrecken. Sie vertraute darauf, dass sich auch die Brandlerischen an sie gewöhnen würden, an die Tatsache, dass sie es nicht mehr mit Pauli allein zu tun hatten.

Doch allzu viele Gedanken über ihre Nachbarn machte sich Martina nicht; dazu war auch sie viel zu glücklich. Ihr wollte es scheinen, als ob sie plötzlich das Paradies entdeckt hätte, so wohl fühlte sie sich. Es war, als ob alles Schwere, Bedrückende, das sie überallhin verfolgt hatte, unten im Tal geblieben wäre.

Und doch schwebte diese schwarze Wolke immer noch drohend über ihr. Sie musste damit rechnen, dass wieder all der Schmutz und Unrat auf sie herniederprasselte und sie sich erneut auf die Flucht machen musste.

Wenn sie doch nur endlich den Mut aufbringen und mit Pauli reden würde. Vielleicht würde er sie verstehen. Doch die Angst ihn und dies alles wieder zu verlieren, war zu groß; sie hatte zu viele schlechte Erfahrungen gemacht.

Als man gegessen und verschnauft hatte, erhob sich Martina und sagte aufmunternd: »So, fangen wir wieder an!«

»Allweil diese Antreiberei«, murrte Lies, während sie sich mit gekünsteltem Ächzen erhob und verächtlich schnaufte.

Sehr zu ihrem Leidwesen schenkte ihr niemand Beachtung. »Morgen kann ich gewiss keinen Haxen mehr bewegen«, prophezeite sie in weiser Voraussicht.

Veronika warf ihrer Mutter einen missbilligenden Blick zu und griff nach ihrem Rechen.

Bis zum späten Nachmittag war das trocknende Heu auf der großen Wiese gewendet und die Frauen gingen zurück auf den Hof.

Die Brandlerischen konnten sich nun ausruhen. Doch auf Martina wartete das Vieh, denn Pauli musste das schöne Wetter ausnutzen und den großen Wiesenfleck fertig mähen.

Martina kam mit einer Schüssel Sauerkraut, das sie aus dem Fass im Keller geholt hatte, in die Küche, als sie den Brandler Krispin gemütlich am Tisch sitzend vorfand. »Jessas, du bist da«, entfuhr es ihr überrascht. »Der Pauli ist noch auf dem Feld.«

»Das weiß ich eh«, erwiderte Krispin, dabei lachte er sie plump vertraulich und herausfordernd an. »Drum bin ich ja gekommen, weil du grad allein bist.« Ein gieriger Ausdruck lag in seinen Augen, während er sie unentwegt anstarrte. »Ich muss schon sagen, Geschmack hat er keinen schlechten, der Pauli!«

Diesen letzten Satz überhörend wandte Martina kühl ein: »Ich wüsste nicht, was ich mit dir allein zu reden hätt, Brandler.« Aber die Frechheit, mit der er sie musterte, flößte ihr Angst ein. Er tat ja grad so, als ob er hier was zu sagen hätte.

Nun erhob sich der Brandler und trat auf sie zu. »Dafür weiß ich um so mehr«, entgegnete er mit lüsternem Blick. Schon hob er die Hand um sie an sich zu ziehen. Aber da schrie sie ihn verstört an: »Untersteh dich!«, entsetzt wich sie bis an den Herd zurück, die Schüssel mit dem Sauerkraut wie ein Schild vor sich hertragend.

»Stell dich nicht so an«, kam es ungerührt vom Brandler, der ihr Schritt für Schritt folgte.

Sie war aschfahl im Gesicht, als sie hervorstieß: »Pauli wird dir was anderes erzählen!«

»Oder ich ihm«, wandte er hart ein. »Ich hab nämlich heute was über dich erfahren, was ihm nicht ganz gefallen wird, dem braven, rechtschaffenen Ödenhuber!«

Als sie leise aufstöhnte, fuhr er kalt fort: »Mir scheint, du weißt es eh schon?!« Seine Stimme wurde wieder sanft, als er hinzufügte: »Aber er muss es ja nicht unbedingt erfahren. Es liegt nur an dir, Martina! Denn von selbst tät der Pauli, dieser gute, vertrauensselige Lapp, nie draufkommen. Doch ein bissl was müsstest dafür schon für mich tun. Das versteht sich doch von selbst, oder?«

Sie nahm all ihren Mut zusammen, knallte die Krautschüssel klirrend auf die Anrichte und fauchte ihn an: »Lass mich in Ruhe! Du bist noch viel übler, Brandler, als ich es mir vorgestellt hab! Pfui Teufel, schämst dich nicht?«

»Oha, langsam!«, fiel er ihr gereizt ins Wort. »Ich, an deiner Stell, tät mir ein bissl überlegen, was ich sag! Ausgerechnet du hast es nötig, dass du dich groß aufspielst, als Tochter von einem Mörder, der im Gefängnis hockt, weil er einen im Suff erstochen hat! Da magst du ›Pfui‹ sagen, ausgerechnet du, dem Bachmeier Hias seine leibliche Tochter!«

Unter jedem seiner Worte war sie wie unter einem Hieb zusammengezuckt. Nun war ihr die Schande mit flinken Füßen auch bis hierher nachgelaufen, denn es war die Wahrheit, was ihr der Brandler vorgehalten hatte. Diese Missetat ihres Vaters, die er im Wirtshaus im Rausch begangen hatte, hatte ihr Leben vergiftet; sie musste für ihn mitbüßen. Niemand wollte mit ihr, der Tochter eines Totschlägers, etwas zu tun haben.

Damals, als es geschah, war sie ein bildschönes, zwanzigjähriges Mädchen gewesen, das kurz vor der Heirat mit einem schwerreichen Bauernsohn stand, den sie gern gehabt hatte. Als man dann ihren Vater, einen Bauern, der jedoch lieber im Wirtshaus als auf dem Hof gewesen war, zu lebenslänglichem Gefängnis verurteilte, als der elterliche Hof verkauft werden musste, hatte der Bursche dem Drängen seiner Eltern nachgegeben und eine andere geheiratet. Von da an hatte ihre Flucht begonnen. Ihre Mutter war früh gestorben und nun stand sie allein auf der Welt und niemand wollte mehr etwas mit ihr zu tun haben.

Wie hatte sie denn nur glauben können, ihrem Schicksal hier zu entrinnen?

Plötzlich sank Martinas Kopf auf ihre Brust, sie wandte sich ab, um ihre Tränen zu verbergen.

Aber nun meinte der Brandler beschwichtigend: »Nein, nein, deswegen brauchst du den Kopf nicht gleich hängen zu lassen. Noch weiß der Pauli kein Wort davon und es wird keiner was erfahren, wenn du vernünftig bist. Alles, was ich will ist, dass du uns auch ein bissl mitmachen lässt und dich nicht immer in alles einmischt. Und …«, hier trat er wieder nahe an sie heran, während der gierige Ausdruck erneut in seinen Augen erschien.

»Rühr mich nicht an!«, schrie sie auf. »Eher lauf ich davon, als dass ich deine dreckigen Pratzen auf mir dulden würde«, dabei sah sie ihn so wild an, dass er befürchtete, sie würde auf ihn losfahren.

Mit einem verächtlichen Achselzucken stieß er hervor:

»Auch gut so! Du hast es ja nicht anders haben wollen«, und er verließ, nachdem er ihr einen finster drohenden Blick zugeworfen hatte, die Küche.

Es wurde bereits finster, als der Ödenhuber Pauli endlich vom Feld hereinkam.

Im Haus war es merkwürdig still. Es fehlten Martinas flinke Schritte, das vertraute Herumhantieren mit klapperndem Geschirr.

»Martina! Martina, wo bist du denn?«, rief er laut, während er suchend durchs Haus rannte.

Als er sie nirgends finden konnte, kam er in die Küche zurück. Nun erst fiel es ihm auf, dass nur für einen auf dem Tisch gedeckt war. »Was soll denn jetzt das bedeuten?«, brummte er. Er trat an den Herd. Sein Essen war warm gestellt.

Es war sonderbar, aber er konnte sich eines beunruhigenden Gefühls nicht erwehren. Es war allein die Tatsache, dass sie ihn nicht in der Küche erwartete, was ihm Sorge machte.

Plötzlich rannte er mit langen Schritten die Treppe hinauf. Sie war nicht zu finden. Dafür jedoch entdeckte er etwas anderes; etwas, das ihn bis ins Innerste zusammenfahren ließ. Er glaubte, das Herz müsse ihm stehen bleiben, als er den Schrank leer vorfand; auch ihr Koffer war verschwunden.

Sie war fort!

Ein Zittern befiel den großen, breitschultrigen Mann, langsam tappte er die Treppe hinunter. In ihm brannte nur ein Gedanke: Warum? Warum war sie ihm davongelaufen?

Plötzlich zuckte in ihm die schwache Hoffnung auf: Vielleicht ist sie beim Brandler!

Der Ödenhuber stürmte aus dem Haus, rannte hinüber zum Nachbarhaus. Ein fast irrer Ausdruck brannte in seinen dunklen Augen, als er in die Stube gestolpert kam und hervorstieß: »Ist die Martina bei euch?«

»Bei uns?«, kam es mit einem verwunderten Kopfschütteln von der Lies. »Ich hab sie nicht mehr gesehen, seit wir vom Feld heimgegangen sind.« Mit unheilschwangerer und doch fürsorglicher Stimme forderte nun der Brandler den Ödenhuber auf: »Komm, Pauli, hock dich erstmal her! – Ich hab dir was zu sagen …«

»Weißt du, wo sie ist?«, kam es wild vom Pauli.

»Nicht direkt«, wich der Brandler aus, »aber sonst so einiges!«

Schwer ließ sich der Ödenhuber auf einen Stuhl fallen, indes er den anderen nicht aus den Augen ließ. »Dann red schon!«

Nun war der Krispin ganz Mitgefühl, als er begann: »Weißt du, Pauli, mir hat die Sach mit dem Geld, mit den Schulden, schwer auf dem Herzen gelegen. Ausgerechnet meinem besten Freund wollt ich nichts schuldig bleiben. Drum hab ich mir heut das Geld drunten im Dorf beschafft!«

Obgleich die Lies ebenso erstaunt war wie alle anderen, sagte sie doch kein Wort, sondern hörte nur zu.

Ganz so, als ob es ihm furchtbar peinlich wäre, fuhr der Krispin fort: »Du musst dich jetzt zusammennehmen, Pauli, denn es ist nicht schön, was ich dir zu sagen hab! – Ich hab mich im Dorf ein bissl umgehört, weil mir der Nachname von der Martina irgendwie bekannt vorkam. Bachmaier! Bachmaier! Jetzt weiß ich, wer sie wirklich ist! Sie ist die Tochter von diesem Mörder, der vor ein paar Jahren einen im Wirtshaus erstochen hat!«

Es war, als ob ein Aufstöhnen durch die Stube ging. Doch nur die Brandlerin murmelte: »Ich hab mir gleich gedacht, dass was nicht stimmt!«

Mit hängendem Kopf saß der Pauli sprachlos da.

Aber schon fuhr der Brandler fort: »Als ich das gehört hab, hab ich mir gedacht, das geht uns nichts an, das geht bloß dich was an, Pauli! Ich komm also heim und will dir das Geld gleich zurückzahlen, damit die unleidliche Sach aus der Welt geschafft ist. Aber es war bloß die Martina daheim. Ich sag ihr, dass ich zum Schuldenzahlen gekommen bin, und sie reibt mir unter die Nase, das wär auch höchste Zeit und ich soll ihr das Geld nur gleich geben. Zuerst wollte ich nicht, weil's doch dein Geld ist. Aber sie hat drauf bestanden, dass ich es ihr geb. – Na ja, dacht ich mir, du selbst, Pauli, hast ja angeordnet, dass sie mit uns abrechnet. Also hab ich ihr die sechstausend Mark dagelassen …« Hier schaute er den Ödenhuber viel sagend an und schnaufte tief auf.

Plötzlich rief die Brandlerin hysterisch aus: »Sie ist mit dem ganzen Geld auf und davon!«

In gespielter Resignation hielt Krispin seinem Freund vor: »Ich hab dich ja immer gewarnt, dass mir da so einiges nicht ganz gefällt! Du hast ja nicht hören wollen, Pauli! Ich wette, dass sie bloß auf so eine Gelegenheit spekuliert hat. Jetzt bist du sie los und das Geld auch!«

Da kreischte Lies unvermittelt: »Aber wir können nichts dafür, Pauli! Wir haben unsere Schulden gezahlt!«

Der Ödenhuber war wie betäubt, er stand auf und verließ wortlos das Haus der Brandlers.

»Dummheit muss bestraft werden!«, kicherte die Brandlerin boshaft vor sich hin.

Und der Krispin schnaufte erleichtert auf: »So, diese Sorge wären wir los!«

Argwöhnisch fragte seine Frau: »Du hast dir doch das Geld nicht wirklich wo ausgeliehen, Krispin?«

»Ach, woher denn«, grinste ihr Mann. »Wer tät mir denn schon sechstausend Mark leihen?«

Tief entsetzt hauchte Veronika: »Dann ist das alles gar nicht wahr?«

»Zum Teil schon«, beruhigte sie ihr Vater mit einem

selbstgefälligen Grinsen. »Ich hab erfahren, wer sie wirklich ist und damit hab ich ihr Angst eingejagt. Daraufhin muss sie gleich auf und davon sein, unsere saubere Nachbarin!«

Schon wollte Veronika etwas einwenden, doch sie presste die Lippen fest aufeinander und schwieg: ein angewiderter Ausdruck lag auf ihrem Gesicht. Da hatte ihr Vater die Not eines anderen schamlos für den eigenen Vorteil ausgenutzt.

Veronika befand sich in einem entsetzlichen Zwiespalt der Gefühle. Konnte man von ihr verlangen, dass sie ihre eigenen Eltern verriet um fremden Menschen zu helfen?

Eines wusste sie jedoch bestimmt: Sie war fertig mit ihren Eltern; sie konnte nicht länger bei ihnen und von ihnen leben.

Nun stand ihr Entschluss fest; sie würde gehen.

Veronika erhob sich und schlich völlig niedergeschlagen aus der Stube. Sie konnte das hämische, schadenfrohe Geschwätz nicht länger mit anhören.

In ihrer Kammer begann sie ihre wenigen Habseligkeiten zusammenzusuchen und steckte alles in eine alte Tasche. Dabei tröpfelten ihr immer wieder Tränen übers Gesicht. Sie wusste sehr wohl, was dieser Schritt für sie bedeutete, dass sie damit ihre Eltern endgültig verlassen würde.

Plötzlich fuhr sie zusammen. Es hatte an ihr Fenster geklopft. Das konnte nur der Ferdl sein!

Hastig wischte sie sich die Tränen ab, dann zog sie die Vorhänge zurück und öffnete das Fenster.

»Grüß dich, Vroni!«, flüsterte ihr der Aumüller Ferdl mit verliebtem Lächeln zu. »Ich wollt nur fragen …« Er brach unvermittelt ab. Ihre verweinten Augen ließen ihn besorgt fragen: »Was ist denn?«

Von verhaltenem Aufschluchzen unterbrochen brachte sie leise hervor: »Ach nichts … Ich hab mich bloß mit meinen Eltern überworfen … Wenn mich die Forstmeisterin noch braucht, dann geh ich gleich mit!«

Er stellte erst gar keine langen Fragen, sondern stimmte ihr erleichtert zu: »Das ist gescheit von dir, Vroni! Du bist alt genug, um auf eigenen Füßen zu stehen. Und außerdem …« Hier zog er sie an sich und fügte zärtlich hinzu: »Du hast ja auch noch mich!« Er küsste ihr die Tränen vom Gesicht, dann drängte er: »Komm, ich wart auf dich!«

»Du brauchst nicht zu warten, Ferdl«, wandte sie entschlossen ein. »Ich geh nicht mehr zu meinen Eltern!« Sie befreite sich aus seinem Arm und reichte dem verblüfften Jäger ihre Tasche durchs Fenster.

»Aber …, aber …, Vroni …«, stotterte der Ferdl.

»Ich will jetzt nicht drüber reden, Ferdl«, unterbrach sie ihn. »Vielleicht erzähl ich dir später einmal, was passiert ist. Jetzt will ich nur noch fort!«

Daraufhin nickte er nur und half ihr aus dem Fenster zu klettern. Dass sie nicht leichtfertig handelte, wusste er. Es musste schon etwas Entscheidendes vorgefallen sein, was sie zu diesem Entschluss bewogen hatte.

Als sie durch den Garten geschlichen waren, nahm er sie in die Arme und versprach leidenschaftlich: »Vroni, du sollst diesen Schritt nie bereuen! Es wird dir bei uns im Forsthaus schon gefallen!« Mit einem Lächeln fügte er hinzu: »Und genügend Platz für eine Wohnung für uns zwei haben wir auch!«

Das Essen brodelte unberührt auf dem Herd, der Teller stand unbenutzt auf dem Tisch, während der Ödenhuber Pauli ganz in sich zusammengesunken auf einem Stuhl saß und dumpf vor sich hinbrütete.

Er konnte das alles einfach nicht verstehen; es wollte ihm nicht in den Kopf. Und doch wäre er nie auf den Gedanken gekommen an den Worten seines Freundes zu zweifeln. Andererseits konnte er auch nicht glauben, dass die Martina nichts weiter als eine Betrügerin gewesen sein sollte.

Doch Tatsache war, dass sie fort war, dass sie den Hof fluchtartig verlassen hatte.

Warum hatte sie ihm denn nie erzählt, wessen Tochter sie war? Hatte sie geglaubt, dass er sie deswegen weniger gern haben würde? Oder hatte sie doch von Anfang an nichts anderes im Sinn gehabt, als ihn zu hintergehen?

Dies fiel ihm schwer zu glauben.

Als es leise und zaghaft an die Küchentür klopfte, fuhr er sofort auf. Doch voller Enttäuschung sank er erneut in sich zusammen, als es nur die Brandler Veronika war, die zur Tür hereinkam. »Du bist's«, murmelte er verzagt.

Als Veronika nun zu reden begann, tat sie das verlegen und hastig, ihre Worte überstürzten sich fast, als sie berichtete: »Pauli, es ist nicht wahr, was dir der Vater erzählt hat. Er hat der Martina überhaupt kein Geld gegeben. Und sie ist bloß deswegen fort, weil sie sich geschämt hat wegen ihrem Vater; denn es stimmt, dass sie die Tochter von diesem Bachmaier ist. Der Vater hat ihr Angst gemacht, weil er sie von deinem Hof vertreiben wollt, weil sie ihm zu sehr auf die Finger geschaut hat.« Kleinlaut setzte sie hinzu: »Es war nicht das erste Mal, Pauli, dass er dich angelogen und hintergangen hat! Die Martina ist keine Betrügerin, sie hat sich bloß gefürchtet.«

Da stieß der Pauli ein hastiges: »Ich dank dir, Veronika!«, hervor und wollte zur Tür hinaus. Noch einmal blieb er stehen und rief ihr zu: »Ich hole sie bestimmt noch ein!«

Ein Stück bergauf war der Weg noch gut zu finden, trotz Martinas tränenblinder Augen. Sie war zu verzweifelt, um an die Gefahren dieses Weges, von denen ihr der Pauli erzählt hatte, zu denken. Sie wollte nur fort; fort, irgendwohin, wo sie keiner mehr erkannte.

Am Fuß einer dicken, breitästigen Buche ließ sie sich nieder, lehnte sich mit dem Rücken gegen die glatte Rinde des Stammes und deckte sich mit ihrem Mantel zu.

Plötzlich schreckte sie auf. Hatte da nicht jemand ihren Namen gerufen? Mit geweiteten Augen starrte sie ins perlgraue Mondlicht.

Nein, sie musste geträumt haben.

»Martina! Martiiiina!« Da war sie wieder. Es war Paulis Stimme, die sie rief. Er suchte sie!

Einen Moment lang war sie wie gelähmt, sie konnte sich nicht rühren. Sie saß unter den tief hängenden Zweigen der Buche, den Oberkörper starr aufgerichtet und lauschte mit erhobenem Kopf in die Stille, die nur vom leisen Säuseln und Raunen des Nachtwindes im hohen Geäst unterbrochen wurde.

Da hörte sie Paulis Stimme wieder, diesmal schon sehr viel näher: »Martina! Martiiiina!« Sie klang verzweifelt.

Nun aber sprang sie auf, der Mantel rutschte herunter sie ließ ihn achtlos liegen, während sie aus dem schwarzen Schatten der Buche hervortrat. »Pauli, Pauli, da bin ich!«, antwortete sie mit unsicherer Stimme, die ihr nicht recht gehorchen wollte.

Für Martina gab es kein Überlegen und kein Halten mehr, sie rannte ihm entgegen, stürzte sich mit einem Aufschluchzen in seine Arme, umklammerte ihn, als wollte sie ihn nie mehr loslassen.

»Gott … sei … Dank«, war alles, was der Ödenhuber Pauli schwer atmend hervorbrachte. So eng umschlungen blieben sie eine ganze Weile stehen. Keiner sagte ein Wort. Sie überließen sich ganz dem schönen Gefühl, wieder zusammen zu sein, sich wieder gefunden zu haben.

Endlich begann Pauli mit einem Räuspern, in vorwurfsvollem Ton: »Wie hast denn nur so was tun können? Ich hab gedacht, die Welt stürzt ein, als du nicht mehr da warst!« Von der boshaften Anschuldigung des Brandlers wollte er ihr lieber nichts sagen. Es genügte, wenn er wusste, wozu sein einstiger Freund fähig war, denn insgeheim schämte er sich tief für den Krispin.

Doch nun wandte Martina zaghaft ein: »Hast du denn nicht mit dem Brandler geredet?« Am Ende wusste er es noch gar nicht.

Beschwichtigend kam es vom Pauli, während seine schwere, raue Hand behutsam und zärtlich über ihr Haar strich: »Doch, das schon. Aber was hat das denn mit uns zu tun?«

»Du weißt also, dass mein Vater ...«, hauchte sie.

»Dafür hat der Krispin schon gesorgt«, gab er hart zu. »Warum hast du mir denn das nicht selber erzählt, Martina? Was mich dabei am meisten erschüttert und gekränkt hat, war, dass du zu mir kein Vertrauen hast.«

»Du weißt ja nicht, Pauli, was ich deswegen schon durchgemacht hab«, erklärte sie vorschnell, mit gebrochener, verlegener Stimme. »Man war allweil bloß so lang freundlich zu mir, bis man erfahren hat, dass ich die Tochter vom ...« Sie konnte nicht weiterreden. Mit einem Aufschluchzen verbarg sie ihr Gesicht an seinem Hals.

Wie sanft seine Stimme klang, als er sie tröstete: »Das ist jetzt alles vorbei, Martina! Es wird sich niemand mehr unterstehen die Ödenhuberin schief anzuschauen; dafür werd ich schon sorgen. Von jetzt an vergisst du, was gewesen ist. Unser Leben fängt ganz von vorn an. Und ich lass es nicht zu, dass sich jemand hineindrängt!« Etwas sarkastisch fügte er hinzu: »Auch keine sogenannten Freunde! Wir brauchen niemanden, Martina; wir zwei schaffen es auch allein, mit allem fertig zu werden!«

»Undank ist der Welt Lohn«, grantelte die Brandler Lies vor sich hin. »Zuerst hat man sich abgeschunden und jetzt lassen sie uns links liegen! Jetzt kann sich der Krispin auf seine alten Tage wieder im Holz abplagen. Bloß weil das eigene Kind, das eigene Fleisch und Blut, so aus der Art geschlagen ist! Ganz anders könnten wir dastehen, wenn uns das Mädl nicht in den Rücken gefallen wär!«

Wenn man sich jedoch Veronika, die junge Frau des Revierjägers, ansah, konnte man sich des Eindrucks nicht erwehren, dass sie nichts zu bereuen hatte.

Nicht nur für eine Nacht

Der ›Rössl-Wirt‹ in Hemerting war eine heruntergekommene Gastwirtschaft; das wusste jeder und das konnte auch ein jeder sehen. Nur eine wollte das nicht wahrhaben: die Salfermooser Thekla, die Wirtin.

Sie spielte sich noch immer auf, als herrschte sie über ein ganzes Regiment von Personal und nicht nur über drei unterbezahlte Leute. Da war einmal der Gidi. Er war gewissermaßen das Mädchen für alles; er war Schankbursche, wenn es einmal, was selten genug geschah, hoch herging, er machte sich auch im Haus nützlich. Sein Lohn war zwar gering, aber er wusste schon, wie man hier und dort Geld nebenbei verdient. Er war dreiunddreißig Jahre alt und seinem verschlagenen Fuchsgesicht mit dem schneidig gezwirbelten, Bärtchen sah man die Gerissenheit schon von weitem an.

Die alte Resl – sie war hoch in den Sechzigern – half der Wirtin in der Küche. Unermüdlich schlurfte sie den ganzen Tag herum, stets darauf bedacht, nur alles recht zu machen, denn sie fürchtete um ihre Stellung. Resl war klein und mager. Die viele Arbeit und die Last der Jahre hatten ihr den Rücken gekrümmt. Ihr Gesicht war von unzähligen Falten und Runzeln durchzogen.

Seit kurzem war im ›Rössl-Wirt‹ eine neue Kellnerin, die Lindhuber Gitta, und das nette, freundliche Wesen dieses Mädchens hatte bewirkt, dass wieder etwas mehr Gäste, meist junge Burschen, um die abgewetzten Tische saßen. Die Gitta war gerade einundzwanzig Jahre alt geworden und dies war ihre erste Stellung. Bisher hatte sie ihrem Vater, der im Forst als Hilfsarbeiter gearbeitet hatte, das kleine Häuschen versorgt. Als den Lindhuber Wastl ein stürzender Baum zum Krüppel gemacht hatte – er behielt ein steifes Bein – da langte seine kleine Rente nicht zum Leben und nicht zum Sterben und die Gitta hatte sich nach einer Arbeit als Kellnerin umgesehen. Es war zwar nicht besonders viel, was sie nun verdiente, aber immerhin war der Dienst leichter als Bauernarbeit; andere Verdienstmöglichkeiten gab es in dem kleinen Gebirgsdorf nicht.

Gitta war ein ungewöhnlich hübsches Mädchen, mit einer Figur, bei deren Anblick die Burschen glänzende Augen bekamen: Sie war schlank und biegsam, hatte ein schön geschnittenes Gesicht, in dem ein Paar meergrüner Augen von unergründlicher Tiefe leuchteten, und wenn sie lachte, erschienen zwei reizende Grübchen in ihren Wangen. Ihre Bewegungen waren flink und anmutig, ihr ganzes Wesen zeugte von einem ungewöhnlichen Temperament.

Es war noch früh am Vormittag, die Gaststube war leer. Die warme Märzsonne hatte die ersten, trägen Fliegen aus ihren Verstecken gelockt und mit leisem Summen taumelten sie gegen die Fensterscheiben.

Gitta putzte hinter der Theke die Scheiben des Gläserschrankes, während der Gidi soeben ein neues Fass Bier anzapfte.

Als er mit dieser Arbeit fertig war, drückte er sich noch untätig hinter der Theke herum. Unvermittelt und blitzschnell wollte er das Mädchen um die Taille fassen und an sich ziehen.

»Was dir nicht einfällt!«, empörte sich die Gitta sofort und mit einer geschickten Drehung entwand sie sich seinem zudringlichen Griff. Ihre grünen Augen funkelten zornig, als sie scharf hinzusetzte: »Solche Sachen magst lassen!«

Der Gidi stieß ein etwas verlegenes Lachen aus, zwirbelte seinen Schnurrbart und stieß mit spöttischer Stimme hervor: »Tu doch nicht so prüde. Du bist doch auch bloß eine Kellnerin, und jeder weiß doch, dass so eine …«

»Es steht jedem frei, was er aus seinem Beruf macht!«, fiel ihm die Gitta zurechtweisend ins Wort. »Ich bin kein Handtuch zum Händeabputzen und für dich schon gar nicht!«

Über Gidis schmales, blasses Gesicht glitt ein niederträchtiges Grinsen, als er einwandte: »Wenn man auf Trinkgelder angewiesen ist, dann braucht man nicht gar so stolz zu tun!« Er verstummte plötzlich.

Die Wirtin, die Salfermooser Thekla, kam hoheitsvoll in die Gaststube hereingesegelt. Sie war eine imposante Erscheinung, groß und stattlich. In ihrem Gesicht, das noch immer als schön zu bezeichnen war, blitzten kohlschwarze Augen. Mit herrischer Stimme fragte sie den Gidi: »Ist angezapft?«

»Ja, Wirtin«, kam es dienstbeflissen von dem Burschen.

»Dass mir das Fassl ein bissl schneller weitergeht als das letzte!«, sagte sie und schaute dabei die Gitta recht vorwurfsvoll an, so, als wäre sie für das schlechte Geschäft verantwortlich.

Ohne ihre Arbeit zu unterbrechen erwiderte das Mädchen: »Ich kann halt auch nicht mehr tun, als das bringen, was verlangt wird!«

Das Gesicht der Salfermooserin verzog sich unmutig, als sie hervorstieß: »Du wirst noch viel lernen müssen, Mädl! Eine tüchtige Kellnerin kann auch verkaufen und nicht bloß einschenken!«

Sie dachte an die vielen unbezahlten Bierrechnungen, die beim Bräu noch offen standen. Es war von jeher so gewesen, dass sie die Schuld an ihren schlechten Geschäften stets anderen in die Schuhe schob und es nicht wahrhaben wollte, dass es ihr überhebliches, unfreundliches Wesen war, das die Gäste abschreckte. »Beim ›Postwirt‹ ist die Gaststube jeden Abend voll«, schimpfte sie, »und bei uns hocken bloß ein paar Kartenspieler! Der Postwirt hat auch kein anderes Bier und meine Brotzeiten sind grad so gut ... Aber das muss anders werden! – Der Thomas kommt heim! Er ist jetzt alt genug, dass er einen richtigen Wirt abgibt!«

Sofort wurde Gidis Gesicht besorgt, er fürchtete um seinen ruhigen, gemütlichen Posten. »Das müsst doch nicht sein, Wirtin«, widersprach er. »Ich ...«

»Keine Sorge, Gidi, deswegen kannst du schon bleiben! Oder meinst du, mein Sohn«, und das klang recht überheblich, »soll eigenhändig Bier schieben und anzapfen? Er soll nur da sein und sich um die Gäste kümmern! Ich kann das nicht, mir sind die Bauernlümmel zu gewöhnlich!« Sie selbst stammte aus einer Kleinstadt und vergaß es nie, das bei passender Gelegenheit zu erwähnen.

»Wird er das denn überhaupt wollen, der Thomas?«, wagte der Gidi vorsichtig einzuwenden.

Resolut sagte die Wirtin: »Mein Sohn hat bisher immer getan, was ich wollte! Da gibt's keine Widerrede!« Damit war für sie dieses Thema abgetan. Sie schaute sich noch mit scharfen Augen überall um, ob alles blitzblank war, und als sie nichts zu bemängeln fand, verließ sie die Gaststube wieder.

Mit zusammengekniffenen Augen hatte der Gidi ihr nachgesehen. »Gib mir einen Enzian, aber einen doppelten!«, sagte er zur Gitta.

»Der gehört nicht zum Haustrunk!«, wies sie ihn sofort zurecht.

»Herrgott, was hast du denn?«, schnaufte der Gidi ungeduldig. »Ich zahl ihn schon!«

»Du musst aber einen sakrischen Lohn haben, nach allem, was man …«

»Hab ich, hab ich!«, fiel er ihr überheblich ins Wort. Hintergründig setzte er noch hinzu: »Man muss sich halt zu helfen wissen, nachher stimmt die Kasse!« Mit einem einzigen Zug leerte er sein Glas, griff mit der einen Hand in seine Hosentasche und zog einen Geldschein heraus und legte ihn auf die Theke. »Das stimmt schon, den Rest kannst du behalten!«, sagte er großspurig und stelzte hinaus.

Na ja, mich geht's ja nichts an!, sagte sich die Gitta und steckte das Geld in ihre Geldtasche.

Die Tür öffnete sich und ein hoch gewachsener, stattlicher Bursche betrat die Gaststube. Seine blauen Augen strahlten das Mädchen an, als er sie mit herzlicher Stimme begrüßte: »Grüß dich, Gitta!«

»Jessas, die Konkurrenz«, schmunzelte die Gitta. Auch ihr konnte man ansehen, dass sie sich über diesen Gast besonders freute. »Was tust du denn schon um diese frühe Zeit im Wirtshaus? Und noch dazu in einem fremden?«, fragte sie den einzigen Sohn des Postwirts.

Der Franzl setzte sich, dann erklärte er: »Ich hab grad deiner Chefin ein paar Kilo Fleisch gebracht! Es geschieht eh selten genug, dass sie bei uns kauft!« Dem Postwirt gehörte auch eine gut gehende Metzgerei.

»O mei, Franzl, so viel brauchen wir ja nicht! Außer Brotzeiten wird bei uns kaum was gegessen!«, entgegnete die Gitta. »Was kriegst du denn?«

»Bring mir eine Halbe und setz dich ein bissl her zu mir!«, erwiderte der Franzl, wobei er sie nicht aus den Augen ließ.

»Grad ist frisch angezapft worden!«, kam es wohlmeinend von der Gitta und sie hielt das Glas unter den Hahn. Zischend schoss der goldgelbe Gerstensaft in das Glas, Schaumflocken flossen über. »Jessas, wie das wieder treibt!«

Etwas abfällig meinte der Franzl: »Das Bier vom Bachbräu lässt schwer nach! – Wir haben es ihm schon gesagt, wenn er nicht bald wieder besser siedet, dann kann er seine Brühe woanders verkaufen! Wir sind auf ihn ja nicht angewiesen!«

Die Gitta missverstand ihn absichtlich, beiläufig sagte sie: »Es ist doch klar, dass wir das Bier vom Bachbräu haben, wenn schon der Thomas bei ihm arbeitet!« Wieder schöpfte sie dicke Schaumflocken mit einem Holzlöffel aus dem Glas.

Der Franzl fuhr sich mit der Rechten durch das dichte, dunkelblonde Haar, als er einwandte: »Auch so etwas, das ich nicht verstehe! Da ist daheim eine Wirtschaft, die langsam aber sicher abrutscht, und der Sohn macht beim Bräu den Handlanger! Ich hätt den Thomas für gescheiter gehalten!«

»Vielleicht hat es ihm neben seiner Mutter nicht gefallen, denn geredet hat ja allweil bloß sie …« Bestürzt verstummte sie. Sie schämte sich, über ihre Arbeitgeberin etwas gesagt zu haben, aber es war ihr halt so herausgerutscht.

»Jetzt bring mir das Bier!«, drängte der Franzl schmunzelnd. »Auf ein bissl mehr oder weniger Schaum kommt's mir nicht an. Willst auch was trinken? Einen Süßen vielleicht?«

»Nein, vergelt's Gott, Franzl!«, wehrte das Mädchen ab, während sie ihm nun das Glas hinstellte. Kaum hatte sie neben ihm Platz genommen, als er eindringlich fragte: »Hast du es dir schon überlegt, Gitta?«

Sie blickte nachdenklich auf die abgewetzte, blank gescheuerte Tischplatte und schüttelte langsam ihren Kopf.

»Sei doch nicht so dumm, Gitta!«, drang er weiter in sie. »Über kurz oder lang geht doch die Rössl-Wirtin flöten! Wie ich informiert bin – und ich weiß es aus sicherer Quelle – gehört der Salfermooserin nicht mehr viel von ihrem Wirtshaus. Der eigentliche Besitzer ist längst der Bachbräu! Und eines schönen Tages wird er ihr den Hahn und ihren Kragen zudrehen!«

Abwehrend sagte die Gitta: »Das geht mich nichts an, Franzl! – Ich arbeite hier und um das andere kümmere ich mich nicht! Ich bin erst seit kurzem da und ich möcht nicht jetzt schon die Stellung wechseln.« Davon, dass sie von Thomas' Heimkehr wusste, sage sie kein Wort. Vielleicht würde sich damit doch bald alles ändern und es würde wieder aufwärts gehen mit dem ›Rössl-Wirt‹.

»Herrgott, Gitta, aus Mitleid arbeitet doch heutzutage kein vernünftiger Mensch mehr«, hielt ihr der Franzl vor. »Bei uns kannst du das Dreifache verdienen ... Unsere Fanny schafft's bald nicht mehr allein! Sei gescheit und komm zu uns!« Er fasste nach ihrer Hand und streichelte sie zärtlich.

Hastig zog sie ihre Hand zurück und meinte mit einem Lächeln: »Schon deswegen möcht ich nicht, Franzl!«

Plötzlich klang seine Stimme flehend, als er sie fragte: »Magst du mich denn gar nicht, Gitta?«

Sie wich seinem Blick aus und versuchte die Sache ins Lächerliche zu ziehen, indem sie einwandte: »Wie schaut denn das aus, Franzl? Der Wirtssohn und seine Kellnerin? Dein Vater würde dir was Schönes erzählen ...«

»Das ist nicht wahr, Gitta! Der Vater schaut bei einer Schwiegertochter nicht aufs Geld, wenn sie nur für das Geschäft passt! Und das muss er dir doch zubilligen!«

»Müssen tut er gar nichts!«, kam es härter als beabsichtigt von der Gitta. »Außerdem gehört zu so was mehr als bloß die Zustimmung vom Vater!«

Niedergeschlagen stieß der Franzl hervor: »Was hab ich denn an mir, dass du mich gar nicht magst?«

Ihr Gesicht zeigte plötzlich einen weichen Ausdruck. »Ich mag dich ja, Franzl! Aber ich will nicht, dass gleich alles so ernst genommen wird!«

»Immer weichst du mir aus!«, hielt er ihr vor.

»Besser, als wenn du dir vorhalten lassen müsstest, ich hätt dich eingefangen!«

»Das wär mir auch einerlei! Sakrament, ich kann mir die Frauen aussuchen, keine würde nein sagen; bloß du, bei der es mir ernst ist, hast nichts wie Ausreden!«, stöhnte er.

Für seine komische Verzweiflung hatte die Gitta nur ein klingendes Lachen. »Hätt ich dir nachgegeben, Franzl, dann wärst du meiner schon längst überdrüssig! Es ist bloß dein verletzter Stolz, weil eine gewagt hat, nein zu sagen, weshalb du dich so in diesen Gedanken verrannt hast!«, versuchte sie ihn aufzuziehen. »Jetzt sei gescheit und wir bleiben gute Freunde!«

»Was ich davon schon hab!«, brummte er missmutig. »Du bringst mich noch so weit, dass ich mir was antue, wenn du mich nicht endlich ernst nimmst!«

»Jessas«, tat sie in gekünsteltem Erschrecken. »Bloß das nicht, Franzl! Das Leben ist so kurz und das Totsein dauert so furchtbar lang!«

Ein unfrohes Grinsen überzog sein Gesicht. »Du bist schon so ein Teufelsmädl, das einen um das letzte bissl Verstand bringen kann!«

Zum Glück kam nun der Lindhuber in die Gaststube hereingehumpelt und machte diesem nutzlosen Hin und Her ein Ende.

»Grüß Gott, Vater!«, sagte die Gitta erfreut und sofort sprang sie auf und lief ihm entgegen.

Über das verwitterte Gesicht des Lindhuber Wastl huschte ein glückliches Lächeln, als er sich von seiner Tochter an Franzls Tisch führen ließ. Er war erst fünfzig, aber die andauernden Schmerzen in seinem Bein und die Untätigkeit, zu der er so plötzlich verdammt worden war, hatten ihn zu einem alten, hilflosen Mann gemacht. Seit er seiner Arbeit nicht mehr nachgehen konnte, fühlte er sich nutzlos und überflüssig. Nun war seine einzige Freude seine Tochter. Er besuchte sie jeden Tag für ein paar Minuten, denn länger getraute er sich nicht zu bleiben, da es die Rössl-Wirtin nicht gern sah, wenn er in der Gaststube saß.

»So, Vater, jetzt trinkst du eine Halbe Bier!«, sagte die Gitta liebevoll und drängte ihn auf einen Stuhl.

»Ja, setz dich nur her zu mir, Lindhuber!«, kam es freundlich vom Franzl. Zur Gitta sagte er: »Bring nur gleich eine Maß für deinen Vater; das geht auf meine Rechnung!«

»Nein, nein, vergelt's Gott«, wehrte der Lindhuber sofort erschrocken ab. »So lange kann ich nicht bleiben!«

»Na, na«, lachte der Franzl gutmütig. »Was hast du denn so Wichtiges vor?«

»Vorhaben tu ich nichts«, erklärte der Lindhuber. »Aber die Wirtin hat's nicht gern, wenn ich die Gitta aufhalte!«

»Das wär ja noch schöner!«, brauste der Franzl auf. »Du bist ein Gast und damit basta! Mach weiter, Gitta, schenk ein!«

»Hast du denn Zeit, Franzl, dass du dich am helllichten Werktag ins Wirtshaus setzen kannst?«, erkundigte sich der Lindhuber verwundert, denn er kannte den jungen Postwirtssohn nur als fleißigen, tüchtigen Burschen.

»Eigentlich nicht, Lindhuber«, musste der Franzl zugeben. »Aber ich bin so quasi geschäftlich da!«

»Ach so!«, tat der Lindhuber, als wüsste er Bescheid, dabei verstand er überhaupt nichts, doch er traute sich nicht den wohlhabenden Wirtssohn weiter auszufragen. Glücklich und zufrieden neben seiner Tochter sitzend, ließ er sich das Bier schmecken.

Für den Salfermooser Thomas hatte es viele Gründe gegeben beim Bach-Bräu in Kunertsreuth zu bleiben. Einer davon war die Herrschsucht seiner Mutter, ein anderer die Tatsache, dass er allerbeste Aussichten hatte, in die Reihe der Schwiegersöhne des Bach-Bräu aufgenommen zu werden. Und das wollte schließlich schon etwas heißen!

Die Moni, eine der Töchter des Ametsbichler Florian, hatte sich in den Thomas verschaut und der Vater, der seine Töchter abgöttisch liebte und maßlos verzog, konnte sich dem nicht widersetzen.

Von Thomas' Seite her betrachtet, war es zwar nicht die himmelhoch jauchzende Liebe, aber er verstand sich gut mit der Moni, die zwei Jahre älter war als er, und es schmeichelte ihm ganz einfach eine solch gute Partie machen zu können.

Der Thomas war ein Bursche, wie man ihn sich schöner nicht denken konnte. Groß, breitschultrig und schmal in den Hüften, mit Bewegungen, die etwas von der Geschmeidigkeit einer Katze an sich hatten. Sein markant geschnittenes Gesicht schien immer von der Sonne gebräunt zu sein, wodurch das blendende Weiß seiner makellosen Zähne besonders gut zur Geltung kam. Er hatte ein scharf geschnittenes, energieversprechendes Kinn und dunkle Augen. Nur sein Mund war etwas weich und sinnlich geschwungen, doch gerade das verlieh diesem Gesicht einen ungeheuren Reiz, der die Mädchen und Frauen faszinierte. Sein Wesen war offen, unbekümmert und stets voller Humor.

Als er sich von der Moni verabschiedete, versprach er: »Ich komm bald wieder und besuch dich! Musst mich halt inzwischen nicht ganz vergessen!«

»Nimm halt mein Auto mit, Thomas!«, drängte die Moni, während sie sich in seine Arme schmiegte. »Nachher könntest mich öfter besuchen!«

Energisch wehrte er ab: »Nein, so was mag ich nicht! Ich muss erst einmal sehen, wie's daheim ausschaut; am Ende kann ich mir selber ein Auto kaufen!«, meinte er leichthin und in völliger Unkenntnis der Sachlage.

Die Moni schien hiervon einiges mehr zu wissen, denn sie machte ein recht zweifelndes Gesicht, sagte aber kein Wort.

Sie wirkte bereits, als wäre sie nicht mehr jung, obwohl sie erst siebenundzwanzig war. Sie war groß und hager, was sie aber durch aufwendige Kleidung geschickt zu verbergen wusste. Sie hatte ein schmales Gesicht mit zwei scharfen Falten, die seitlich des schmalen Mundes von der Nase zum Kinn verliefen. Ihre grauen Augen konnten einen durchdringend anblicken, sie schienen stets mehr zu sehen, als in Wirklichkeit vorhanden war. Das dunkle Haar hatte sie zu einer kunstvollen Frisur gesteckt, wodurch aber die Strenge ihres Gesichtes eher unterstrichen wurde.

Schon auf den ersten Blick wirkte die Moni älter als der Thomas. Aber das wusste er nicht und es hätte ihn auch nicht gestört. Ihm gefiel das Mädchen, denn sie zeigte sich stets von ihrer liebenswürdigsten Seite. Außerdem war er von ihrem Auftreten und ihrer Kleidung ziemlich beeindruckt. Er hatte sie ganz einfach gern; mehr Gedanken hatte er sich über das Ganze noch nicht gemacht.

Es war ein launischer Apriltag, als der Salfermooser Thomas heimkam. Zuerst ging er in die Küche um seine Mutter zu begrüßen.

»Grüß Gott, Mutter, da bin ich«, sagte er mit seiner angenehm weich klingenden Stimme.

Überschwänglich schloss ihn die Salfermooserin in ihre Arme.

»Gott sei Dank, Bub, dass du endlich wieder daheim bist«, entfuhr es ihr erleichtert und man konnte deutlich heraushören, dass sie es ernst meinte.

Lachend befreite sich der Thomas aus ihrer Umarmung.

Nun begrüßte er auch die alte Resl, die ihn umsorgt hatte, solange er denken konnte.

Die alte Frau freute sich herzlich über dieses Wiedersehen. Dabei hoffte sie im Stillen, dass nun die Salfermooserin vielleicht nicht mehr gar so unbeherrscht mit ihr umspringen würde, denn der Bub, wie sie den Thomas noch immer bei sich nannte, hatte stets zu ihr gehalten.

Als der Thomas mit seiner Mutter allein war, fragte er: »Nun, Mutter, wie schaut's denn aus? Ich weiß zwar nicht viel, aber doch so viel, dass du beim Bach-Bräu Schulden hast.«

Um ihm den Mut nicht gleich von vorneherein zu nehmen erwiderte sie ausweichend: »Wenn wir uns ein bissl anstrengen, Thomas, dann wird's schon gehen. In erster Linie musst du dich halt umtun, damit wieder mehr Gäst kommen! – Du weißt ja, wie die Leute sind, sie wollen halt einen Wirt sehen! – Eine Frau wird da nie für voll genommen und bei diesen schrecklichen Bauernrammeln schon gar nicht!«

Der Thomas wusste, wie unbeliebt seine Mutter war, doch er schwieg zu ihren Worten. Er war schon versucht ihr von der Moni zu erzählen und dass sie gewiss eine gute Wirtin abgeben würde, da kam unvermittelt die Gitta in die Küche. Vor Überraschung und Staunen verschlug es dem Thomas beinahe den Atem. Er, der sonst so gewandt und nie verlegen war, konnte dieses Mädchen nur anstarren. Sie kam ihm irgendwie bekannt vor, aber er wusste im ersten Moment nicht recht, wo er sie unterbringen sollte.

Ärgerlich über diese Störung fuhr die Salfermooserin das Mädchen grob an: »Was willst du? – Siehst doch, dass ich jetzt keine Zeit hab!«

»Grüß Gott!«, sagte die Gitta. Sie hatte den Thomas sofort erkannt, doch so überaus gut aussehend hatte sie ihn nicht in Erinnerung. Zur Salfermooserin gewandt fuhr sie fort: »Der Zigarren-Vertreter ist da und …«

»Sag ihm, ich brauch nichts! Ich hab das Geld nicht, dass ich es für ein paar Zigarren hinausschmeißen kann! Wer eine Zigarre will, der muss sie sich halt selber mitbringen!«

Aber nun mischte sich der Thomas ein und erklärte ihr energisch: »Das geht nicht, Mutter! In Zukunft kriegt jeder Gast, was er verlangt – auch Zigarren! Was wär denn das für eine Wirtschaft, wenn nicht einmal das Notwendigste zu haben ist?! – Für den Anfang reichen ein paar Zigarren und ein paar Virginia ...«

Innerlich frohlockte die Gitta: Nun würde endlich wieder ein anderer Wind wehen.

Die Salfermooserin zwang sich zu einem widerwilligen: »Wenn du meinst, Thomas!« Dann erhob sie sich und ging in die Gaststube.

Inzwischen hatte der Thomas das Mädchen ziemlich ungeniert gemustert und schien mit dem Ergebnis zufrieden zu sein. »Du bist also unsere Kellnerin?«

Die Gitta nickte. »Ich bin die Lindhuber Gitta! Ich glaub, du hast mich nicht erkannt«, meinte sie lächelnd.

Plötzlich glitt ein Schmunzeln über sein Gesicht. »Richtig, jetzt erinnere ich mich wieder! Ich hoffe, wir zwei werden gut miteinander auskommen.« Damit reichte er ihr seine Hand.

Als die Gitta seinen festen, warmen Händedruck spürte, war es, als ginge ein heiß brennender Strom von ihm aus. Ihr Herz begann ganz aufgeregt zu klopfen und rasch musste sie den Blick abwenden. Ihre Stimme klang etwas gepresst, als sie hastig hervorstieß: »Also, jetzt muss ich wieder an meine Arbeit.« Überstürzt verließ sie die Küche.

Tief betroffen und mit einer nie verspürten Unruhe im Herzen schaute der Thomas dem Mädchen nach. Plötzlich schüttelte er seinen Kopf; mit einem gezwungenen Lachen stieß er hervor: »Teufel, Teufel, was für ein Mädl!«

Lange hielt er es auf seinem Stuhl nicht aus, er musste ebenfalls in die Gaststube hinaus.

Vor der Salfermooserin lagen einige Schachteln und ein Kistchen, doch der redegewandte Herr schwatzte unermüdlich auf sie ein. Nun, da sie wieder einmal gekauft hatte, versprach er sich wohl für die Zukunft bessere Geschäfte.

Thomas mischte sich nicht ein, er setzte sich an einen leeren Tisch. Er rief Gitta zu: »Zum Einstand bringst mir ein Stamperl und für dich auch gleich eines dazu!«

Endlich machte sich der Vertreter wieder auf den Weg. Die Salfermooserin kam an Thomas' Tisch und setzte sich aufatmend.

»Das kannst in Zukunft schon du übernehmen«, sagte sie zu ihrem Sohn, »auch den Fleischeinkauf. Ich hab nämlich immer das Gefühl, dass der Gidi uns übers Ohr haut!«

Zu dieser Beschuldigung schwieg der Thomas lieber, er kannte schließlich das permanente Misstrauen seiner Mutter; trotzdem nahm er sich vor dem Burschen auf die Finger zu schauen. Laut bemerkte er: »Schaden tut's nie, wenn man sich selber um alles kümmert!«

»Grüß Gott, zusammen!«, sagte der Lindhuber Wastl. Als er die Salfermooserin sah, blieb er zögernd in der Tür stehen.

»Jessas, das ist ja der Lindhuber!«, entfuhr es dem Thomas erstaunt. »Jetzt hätt ich dich beinah nicht wieder erkannt!« Mit einer einladenden Handbewegung setzte er hinzu: »Komm, Wastl, setz dich her zu uns!«

Die Salfermooserin konnte sich nicht länger beherrschen. Ärgerlich wies sie ihren Sohn zurecht: »Ich mag's nicht gern, wenn die Kellnerin immer aufgehalten wird!«

Für einen Moment verschlug es dem Thomas die Sprache. Man konnte es ihm deutlich ansehen, wie empört er war. Er bezwang sich jedoch und sagte gefährlich ruhig: »Wenn ich den Lindhuber einlade, dann mein ich das ernst! Komm, Wastl, hock dich her!«

»Nein, vergelt's Gott, Thomas! Ich muss eh gleich wieder gehen! Ich wollt bloß der Gitta rasch Grüß Gott sagen.« Damit wollte er die Gaststube wieder verlassen.

Sofort sprang der Thomas auf und rannte ihm nach. Er nahm ihn am Arm und brachte den Mann an den Tisch.

Wütend erhob sich die Salfermooserin, und nachdem sie ihrem Sohn einen giftigen Blick zugeworfen hatte, verließ sie die Gaststube. Ehe sie ganz zur Tür hinaus war, bemerkte sie noch klar verständlich: »Ich hab doch keine Wärmestube!«

Um die aufkommende Verlegenheit zu überbrücken, sagte der Thomas mit einem gezwungenen Lachen: »Geh, Gitta, bring uns noch ein Stamperl!« Plötzlich fragte er sich, warum er nicht sofort aufgestanden war, seinen Hut genommen hatte und wieder zum Bräu zurückgegangen war? Ich hab's doch vorher gewusst, dass mit der Mutter kein Auskommen ist. Er schaute der Gitta zu, wie sie das von ihm Bestellte an den Tisch brachte und wusste die Antwort!

Nachdem sich das Mädchen an den Tisch gesetzt hatte, sagte es zu ihrem Vater: »Jetzt kommst du nicht mehr, Vater, aber jetzt besteh ich auf meinem mir zustehenden freien Tag und dann machen wir es uns daheim recht gemütlich!«

»Wär schon recht, Dirndl, wenn du wieder einmal heimkommen könntest«, gestand der Wastl mit glänzenden Augen.

»Der freie Tag steht dir natürlich zu, Gitta!«, kam es vom Thomas. »Aber ich besteh drauf, dass dein Vater jeden Tag seine Halbe Bier bei uns kriegt.«

»Aber die Wirtin ...«, versuchte die Gitta einzuwenden.

»Von heut an wird sich hier einiges ändern!«, fiel ihr der Thomas hart ins Wort. Er trank sein Glas aus und erhob sich. »Ich muss jetzt gehen, ich fürcht, es wartet einiges auf mich. – Und dass du mir morgen ja wiederkommst, Wastl! – Behüt Gott derweil.« Damit verließ er rasch die Gaststube.

»Er ist ein guter Mensch, der Thomas!«, meinte der Lindhuber nachdenklich und wie zu sich selber.

Die Gitta starrte die Tür an, die sich hinter dem Burschen bereits wieder geschlossen hatte und stimmte ihrem Vater zu: »Ja, das glaub ich auch!«

»Er wird schon seine Gründe gehabt haben, warum er sich daheim nie hat sehen lassen! Und ich kann mir vorstellen, dass es zwischen ihm und seiner Mutter noch manch harten Kampf geben wird«, kam es bedenklich vom Lindhuber.

»Hoffentlich kann er sich durchsetzen«, entgegnete die Gitta. »Wie war denn eigentlich sein Vater? Ich kann mich an den Rössl-Wirt gar nicht mehr erinnern.«

Mit schmerzverzerrtem Gesicht brachte der Lindhuber sein steifes Bein in eine bequemere Lage, dann antwortete er: »Das war ein feiner Mensch! Alle Leute haben ihn gern gehabt. Er war viel zu gut und zu nachgiebig für seine Frau. Sie hat halt alle fühlen lassen, dass sie aus der Stadt gekommen ist. So ganz unschuldig ist sie nicht daran, dass ihr Mann so früh gestorben ist. Sie hat ihm eingeheizt. Und wo sich die Wirtsleut streiten, da gefällt es keinem Gast!«

Der Frühling hatte nun endgültig über den launischen April gesiegt. Die Wiesen im Tal und die Matten, die sich sanft gegen die Berge hinaufzogen, schimmerten in frischem Grün. An den Büschen und Bäumen hatten die jungen Blättchen ihre braunen Knospenhüllen gesprengt und mit jedem Sonnentag erwachte neues Leben. Längst waren die samtenen Weidenkätzchen verblüht, nun leuchteten die weißen Schlehdornbüsche in ihrer Blütenpracht.

Beim Rössl-Wirt hatte sich einiges verändert. Zuerst hatte es einige Auseinandersetzungen zwischen dem Thomas und seiner Mutter gegeben, doch dann ließ sie ihm freie Hand. Und nun nahm das Geschäft langsam, aber stetig seinen Aufschwung. Der Thomas verstand es mit den Leuten umzugehen und nach kurzer Zeit schon war er mit Leib und Seele Wirt.

Er kümmerte sich um alles: um die Gäste, um den Einkauf, was den Gidi nicht wenig wurmte, und um die dringend notwendigen Reparaturarbeiten. Nur um eines machte er sich zu wenig Gedanken, um die im Laufe der Jahre angewachsene Schuldenlast. Er hatte sich zwar mehrmals danach erkundigt, doch immer war ihm seine Mutter geschickt ausgewichen oder hatte es verstanden ihn zu beruhigen und er war es zufrieden gewesen.

An die Zeit, die er beim Bach-Bräu in Kunertsreuth verbracht hatte, erinnerte er sich kaum noch. Nur wenn er hie und da an die Moni dachte, beschlich ihn ein etwas ungutes Gefühl. Doch rasch beruhigte er sich mit der Ausrede: Eine Frau wie die Moni, die an jedem Finger zehn Burschen haben kann, wird sich kaum wegen einem einzigen grämen!

An diesem Samstagabend war es in der Gaststube hoch hergegangen. Nun war es bald Mitternacht und noch immer waren einige Tische voll besetzt.

Die Gitta hatte alle Hände voll zu tun. Wieselflink rannte sie hin und her. Sie trug ein knapp sitzendes, zartgrünes Dirndlkleid, das die Geschmeidigkeit ihres Körpers reizvoll unterstrich.

Der Postwirts Franzl – er saß allein an einem Tisch, seine Schafkopfgenossen waren bereits gegangen – ließ keinen Blick von dem Mädchen. Er saß nun jeden Samstag hier, was aber ohne Weiteres damit erklärt werden konnte, dass der Thomas seinen gesamten Bedarf an Fleisch bei ihm deckte und er somit einer geschäftlichen Verpflichtung nachkam. Doch dem war nicht ganz so. Er kam, weil er sich immer mehr in die Idee verrannt hatte die Gitta für sich zu erobern. Und je mehr sie ihm auswich, um so hartnäckiger wurde er. Hinzu kam noch, dass er mit dem untrüglichen Instinkt des Eifersüchtigen spürte, dass zwischen ihr und dem Thomas etwas im Gange war.

»Darf ich jetzt abkassieren, Franzl?«, fragte die Gitta, als sie zum jungen Postwirt an den Tisch getreten war.

»Warum denn das? Da drüben sitzt doch auch noch ein ganzer Tisch …«, wandte er beleidigt ein.

Mit einem freundlichen Lächeln erklärte sie: »Es ist gleich zwölf und Polizeistunde! Da drüben muss ich auch gleich kassieren!«

Er, als Wirt, wusste genau, wie Recht sie damit hatte. Trotzdem ärgerte es ihn, dass sie gerade bei ihm und nicht zuerst bei den anderen damit anfing. »Bis die anderen gehen, trink ich noch eine Halbe!«, sagte er.

Sie wurde sichtlich verlegen. »Es ist gleich Sperrstunde, ich darf nichts mehr ausschenken, Franzl.«

»Also gut, dann bleib ich halt so sitzen, denn ich muss mit dir reden«, kam es entschlossen vom Franzl.

Die Gitta senkte ihre Stimme und erwiderte rasch: »Ich wüsste nicht, warum. Sei gescheit, Franzl, und geh jetzt!«

Plötzlich wurde seine Stimme schneidend, als er ihr vorhielt: »Ach so ist das! Du willst Feierabend haben, weil du noch was vorhast! Ich versteh schon. Bei euch hat sich ja einiges verändert … Und die Mädchen im Dorf verdrehen sich alle die Köpf nach dem jungen Rössl-Wirt, also wirst du auch keine Ausnahme machen.«

»Du weißt ja nicht, was du redest, Franzl!«, fiel sie ihm scharf ins Wort. Ihre grünen Augen funkelten erregt und eine leichte Röte färbte ihre Wangen, als sie fortfuhr: »Erstens bist du damit auf dem Holzweg und zweitens steht es dir nicht zu mir Vorhaltungen zu machen! – Willst du jetzt zahlen oder soll ich später kommen?«

»Die Rechnung!«, stieß er hart hervor und zog seine Brieftasche heraus. Ohne Gitta noch einmal anzusehen zahlte er und verließ die Gaststube.

Betroffen schaute ihm die Gitta nach. Jetzt hab ich ihn mir zum Feind gemacht, dachte sie. Sie warf einen raschen Blick hin zum Thomas, der mit den anderen an einem Tisch saß. Er schien überhaupt nichts bemerkt zu haben. Der scheint nie was zu bemerken, musste sie sich etwas bitter eingestehen.

Endlich war auch der hartnäckigste Gast gegangen.

»Feierabend, Gitta«, sagte der Thomas aufatmend. Wie selbstverständlich half er ihr beim Abräumen der Gläser. Beiläufig erkundigte er sich: »Hast du Ärger mit dem Franzl gehabt?«

Verdutzt begann sie zu stottern: »Ja ..., nein ..., wie kommst du denn darauf?«

Über sein dunkles Gesicht glitt ein wissendes Schmunzeln, seine Augen beobachteten sie scharf, als er gelassen erklärte: »Es ist mir schon seit längerem aufgefallen, dass der Franzl mehr Interesse ...«

Etwas atemlos unterbrach sie ihn: »Dafür kann ich nichts, wenn er sich Schwachheiten einbildet! Ich hab ihm nie einen Anlass dazu gegeben ...« Sie verstummte verlegen.

Er sagte daraufhin nichts mehr, doch um seinen Mund spielte ein amüsiertes Lächeln. Lässig an die Theke gelehnt, schaute er ihr zu, wie sie die restlichen Gläser spülte.

Unter seinem Blick wurde es der Gitta heiß und kalt. Sie hatte Mühe, das Zittern ihrer Hände zu verbergen. Warum geht er denn nicht endlich, fragte sie sich verstört. Sie musste sich dazu zwingen, Festigkeit in ihre Stimme zu bringen, als sie ihn fragte: »Willst du heut noch abrechnen?«

Wieder zuckte jenes beunruhigende Schmunzeln über sein Gesicht, ehe er erwiderte: »Ja! – Wenn du meinst ...«

Die Gitta band sich ihre Geldtasche ab und nahm das Bonbuch, damit setzte sie sich an einen Tisch. Sie begann zu rechnen, doch die Zahlen verschwammen ihr vor den Augen, denn er stand dicht hinter ihr. Sie wollte sich zur Konzentration zwingen, aber seine Nähe irritierte sie viel zu sehr. Immer wieder musste sie von vorn anfangen. Plötzlich spürte sie seine Hände auf ihren Schultern. Sein Griff wurde schmerzhaft und fest. Seine Stimme klang völlig verändert, als er sagte: »Lass das, Gitta!«

Wie gebannt blieb sie sitzen, sie fühlte nur den Druck seiner Hände, dabei klopfte ihr Herz wie rasend. Als er sie hochzog, drehte sie sich langsam zu ihm herum. Der Raum um sie her schien mit Elektrizität geladen zu sein und sie glaubte diese Spannung nicht mehr länger ertragen zu können. Langsam hob sie ihren Blick. Das Glühen in seinen Augen traf sie bis ins Innerste. Plötzlich wusste sie, wie sehr sie ihn liebte. Und sie glaubte, ihre eigenen Worte zu vernehmen, als er gestand:

»Gitta, gleich als ich dich zum ersten Mal gesehen hab, ist es mir siedendheiß ins Herz geschossen: das Mädl oder keines!«

Ein Erschauern, das sie bis in jede Faser ihres Körpers traf, durchrieselte sie, als sie seinen Mund auf ihren Lippen spürte. Mit letzter Kraft drängte sie ihn von sich, befreite sich von der Versuchung und bat mit kaum vernehmbarer Stimme: »Ich bitt dich, Thomas, spiel nicht mit mir!«

Sein Ton war beinahe hart, als er erwiderte: »Gitta, mir ist es nie so ernst gewesen! Wir zwei gehören zusammen.«

Nun war es um sie geschehen, seine Leidenschaft, mit der er sie an sich presste, mit der er sie küsste, löste nie geahnte Reaktionen in ihr aus. Und als er sie fragte: »Muss ich heut allein bleiben?«, schüttelte sie ihren Kopf.

Sie wusste nicht mehr, wie sie hinauf in ihr Zimmer gekommen war. Doch dann stand sie im Dunkeln und wartete mit schmerzlicher Sehnsucht und hart klopfendem Herzen auf Thomas, der diesen Sturm der Leidenschaft in ihr entfacht hatte.

Langsam öffnete und schloss sich die Tür.

Gitta konnte Thomas nicht sehen, doch sie fühlte ihn, spürte seine Nähe und dann lag sie in seinen Armen. Seine erfahrenen Hände hinterließen zuckende Flammen auf ihrer Haut, als er ihr sehr behutsam das Kleid über die Schultern streifte. Seine Zärtlichkeiten hatten bereits alle Bedenken fortgewischt, als er sie zu dem schmalen Bett trug.

Es war noch früh am Vormittag und die Gitta war allein in der Gaststube, als der Gidi, ein verschlagenes Grinsen im Gesicht, eintrat.

»Guten Morgen. – Aber ein bissl blass schaust heute aus«, begann er mit einem plump vertraulichen Augenzwinkern.

Man konnte es der Gitta ansehen, dass sie aus glücklichen Erinnerungen aufgestört worden war, als sie ihren Blick auf Gidi richtete. Mit Befremden sah sie, dass er wie selbstverständlich hinter die Theke ging und das Regal mit den Schnapsflaschen eingehend musterte. Als er sich jedoch ungeniert eine Flasche herausgriff, fuhr sie ihn an: »Was fällt denn dir ein? Das magst aber schon lassen!«

Der Gidi schenkte ihrem Einwand kein Gehör. Mit herausfordernder Langsamkeit goss er sich ein Glas voll, machte aber keine Anstalten, die Flasche wieder zurückzustellen. »Prost, Gidi, auf deine Wachsamkeit«, sagte er laut und leerte das Glas mit einem einzigen Zug.

Nun aber kam die Gitta mit empörtem Gesicht auf ihn zu und verlangte, dass er bezahlen sollte.

»Oho, nicht so schnell, Kellnerin«, protestierte er grinsend. »Überhaupts werd ich mir jetzt öfter ein Stamperl genehmigen …, denn soviel muss es dir schon wert sein, dass ich mein Maul halt!«

Die Gitta war wie vor den Kopf gestoßen. Betroffen fragte sie: »Wie soll ich denn das verstehen?«

Gelassen kam es vom Gidi: »Genauso wie ich's gesagt hab'! Wenn du nicht kleinlich bist, dann kannst von mir aus mit dem Thomas so viel pussieren, wie du willst!«

Über Gittas Gesicht ging ein jähes Erblassen. Mit Mühe brachte sie ihre Stimme unter Kontrolle, als sie auffuhr: »Wie kommst du denn auf so was? – Ich glaub, du bist übergeschnappt!«

Der Gidi jedoch ließ sich nicht aus dem Gleichgewicht bringen.

»Was ich gesehen hab, das hab ich gesehen! – Leider, oder zum Glück, liegt mein Zimmer grad neben der Treppe und jeder, der zu dir will, muss an mir vorbei. Ich hab halt nun einmal so einen leichten Schlaf ...«, mit einem viel sagenden Grinsen verstummte er.

Die Gitta sah ihre Chance nur noch in der Flucht nach vorn und sie wies ihn mit scharfer Stimme zurecht: »Was geht denn das dich an?«

»Eigentlich gar nichts«, gab er gemütlich zu. Doch drohend fuhr er fort: »Bloß, dass ich mich gratis bedienen möcht bei deinen Flaschen!«

»Du bist ein ganz gemeiner, hinterhältiger Lump!«, schleuderte sie ihm angewidert entgegen. »Aber da bist du verkehrt gewickelt. Ich sag's dem Thomas! Der wird dir's schon zeigen.«

Wenn Gidi davon wirklich beeindruckt war, so ließ er sich das jedenfalls nicht anmerken. Herausfordernd wandte er ein: »Ich glaube kaum, dass der Thomas so begeistert davon sein wird, wenn seine Mutter was von seinem Ausrutscher erfahrt?! Denn eine Glanzleistung ist es nicht grad, wenn er mit seiner eigenen Kellnerin erwischt wird!«

Die Gitta war nun doch verunsichert. Um das Maß vollends

voll zu machen fuhr er gehässig fort: »Am End bildest du dir ein, hier schon die zukünftige Wirtin zu sein! – Überspannt genug wärst du! Bei dir kommt ja ohnehin bloß ein Wirt in Frage. Ist es der Postwirt Franzl nicht, dann ist es ein anderer … Aber mir scheint, ich kann's erwarten, dass dir die Augen aufgehen! Oder hast dir gar eingebildet, so einer wie der Thomas hat kein anderes Eisen im Feuer als grad so eine damische Kellnerin? – Einer, der das Geld notwendiger braucht als eine arme Seel im Fegfeuer das Beten, ist doppelt vorsichtig! – Aber von mir aus …, dann träum' ruhig weiter!«

Damit schlängelte er sich wieder aus der Gaststube hinaus, jedoch nicht ohne sie vorher noch spöttisch anzugrinsen.

Kaum war die Gitta allein, ließ sie sich, am ganzen Körper zitternd, auf einen Stuhl niederfallen. Sie gestand sich ein, dass der Gidi nur ausgesprochen hatte, was sie im Geheimen befürchtet hatte und nicht wahrhaben wollte. Heiß stiegen ihr die Tränen in die Augen und mit einem schmerzlichen Aufschluchzen barg sie ihr Gesicht in den Händen.

So fand sie der Thomas, als er kurze Zeit später die Gaststube betrat. Erregt und besorgt zugleich erkundigte er sich: »Was hast du denn, Gitta? Warum weinst denn?« Dabei zog er ihr mit sanfter Gewalt die Hände herunter. Befremdet schaute er in ihr schmerzverzerrtes Gesicht.

Ehe er eine weitere Frage stellen konnte, nahm sie sich zusammen und erwiderte zaghaft: »Ich hab so furchtbar Kopfweh …«

»Da darfst du doch nicht weinen, das macht es nur noch schlimmer! Warte, ich bring dir ein Aspirin!«, sagte er besorgt und schon rannte er hinaus.

Warum hab ich ihm denn nicht die Wahrheit gesagt?, fragte sie sich. Doch sofort gab sie sich die Antwort: weil ich Angst davor hab! Mit keinem einzigen Wort hat er davon geredet, dass er ans Heiraten denkt.

Langsam wurde der Ametsbichler Moni die Warterei zu bunt und schließlich konnte es die Ametsbichlerin nicht mehr länger mit ansehen, wie ihre Tochter mit einer Leichenbittermiene und sichtlich schlechter Laune durchs Haus schlich. Offen stellte sie die Moni zur Rede.

»Was ist jetzt mit dem Thomas?«, wollte sie wissen. »Hat er wenigstens schon einmal geschrieben?«

Missmutig schüttelte die Moni ihren Kopf.

»Dann wär's besser, du würdest nicht mehr an ihn denken! Du hast es nicht nötig, wenn du einem nachtrauerst, und so einem schon gar nicht! Er hätt froh sein können, wenn er einheiraten hätt dürfen … Man weiß doch auch, wie schlecht sich die Salfermooserischen stehen!«, wetterte die Ametsbichlerin, eine große, robuste Frau, die von Liebe und derlei Larifari ohnehin nicht viel hielt. »Am End ist ihm längst eine andere über den Weg gelaufen«, bemerkte sie herzlos.

Die Moni zuckte zusammen. »Nein, das glaub ich nicht, Mutter! – Er hat halt gewiss einen Haufen Arbeit daheim«, versuchte sie ihn zu entschuldigen.

Mit einer abwehrenden Handbewegung schnitt ihr die Mutter das Wort ab. Kurz angebunden meinte sie: »So viel Arbeit kann's gar nicht geben, dass man so eine gute Partie im Stich lässt!«

Ja, sie war eine harte Frau, die Ametsbichlerin. Immerhin hatte sie sechs Töchter großgezogen, von denen nur noch zwei unverheiratet waren. Wo wäre sie denn da hingekommen, wenn sie sich aus Herzenssachen viel gemacht hätte? Zumal ihr Mann ihr keine Hilfe war, was die Erziehung anbelangte; er verwöhnte seine Töchter nur. Also war sie es, die zusehen musste, dass eine jede unter die Haube kam. Freilich, auch sie wollte, dass es einer jeden gut ging, aber bei sechs Mädchen hatte man eben nicht die Zeit allzu lange zu überlegen. Ein Hallodri wagte sich an die Bräu-Erbinnen sowieso nicht heran.

Wenn sie doch nur wüsste, was es mit diesem Salfermooser Thomas auf sich hatte? Er hatte einen so guten Eindruck auf sie gemacht, aber nun?

Die Ametsbichlerin zwang sich zu einer etwas milderen Tonart und fragte ihre Tochter: »Willst du ihn nicht doch lieber laufen lassen?«

Das blasse Gesicht der Moni verzog sich eigensinnig, als sie erwiderte: »Nein, Mutter! Entweder der Thomas oder gar keiner!«

Gott behüte, das fehlte gerade noch; eine unverheiratete Tochter! – Energisch kam es von der Ametsbichlerin: »Ich rede mit dem Vater!«

Sofort glitt ein zufriedenes Lächeln über Monis Gesicht. Der Vater würde das schon regeln, da konnte sie ganz sicher sein.

Der Gidi überlegte hin und her, ganz ging ihm die Sache doch nicht aus dem Kopf.

Wenn die Gitta ihren Mund nun nicht hielt und dem Thomas von seinem kleinen Erpressungsversuch erzählte, dann konnte ihn das unter Umständen seine Stelle kosten.

Nein, da wäre es schon vernünftiger, wenn er ihr zuvorkam. Außerdem würde ihm die Salfermooserin auch noch dankbar dafür sein, dass er sie warnte.

Die Salfermooser Thekla war schon seit geraumer Zeit damit beschäftigt, eine vorgekochte Kalbslunge für ein Lüngerl in kleine, dünne Streifen zu schneiden – eine zeitraubende Arbeit. Mit einem Mal fiel es ihr auf, dass sich der Gidi schon ziemlich lange untätig in der Küche herumdrückte. »Was suchst du denn eigentlich hier? Hast du keine Arbeit?«

Mit ein paar raschen Schritten war der Gidi neben ihr. Ein Ausdruck von ungeheuerer Wichtigkeit stand in seinem Gesicht und mit gedämpfter Stimme begann er: »Ich hätt was auf dem Herzen ...«

»Ach so«, stieß die Salfermooserin hervor. »Du willst mehr Lohn?! Da wird nichts draus!«

»Nein, Wirtin!«, fiel er ihr rasch ins Wort, »es geht gar nicht um mich.«

Sie legte das große Messer aus der Hand, wischte sich ihre Hände an dem weißen Leinenhandtuch ab, das sie über ihre Schürze gebunden hatte, und schimpfte unmutig: »Wenn du was zu sagen hast, dann heraus damit! – Ich hab nicht die Zeit mich von meiner Arbeit abhalten zu lassen.«

Ein bissl freundlicher hätt sie schon sein können, dachte sich der Gidi. Und nun war er mit seinen Formulierungen etwas vorsichtig, als er berichtete: »Es geht mich ja nichts an, Wirtin ... Aber es kann kaum in deinem Interesse liegen ...«

Langsam wurde es der Thekla ungemütlich. »Herrgott, so red schon!«, fuhr sie ihn an.

»Ich sag's, aber du darfst mich nicht verraten, dass du es von mir weißt. – Also: der Thomas und die Gitta haben was miteinander!«

Zuerst konnte ihn die Salfermooserin nur verblüfft ansehen. Plötzlich stieß sie ungläubig hervor: »Dass kann nicht sein!«

Diese Wirkung hatte er erwartet und nun hatte er Oberwasser. Er warf sich stolz in die Brust und erwiderte gewichtig: »Natürlich ist das wahr, Wirtin! Ich hab ihn doch aus ihrer Kammer kommen sehen und das um vier Uhr in der Früh!«

»Du lieber Himmel«, entfuhr es der Salfermooserin entsetzt. »Wenn das wahr ist ...«

»Freilich ist's wahr! – Gleich auf der Stell soll mich der Teufel holen, wenn ...«

»Schon recht, Gidi«, fiel ihm die Rössl-Wirtin erregt ins

Wort. »Jetzt kannst dir einen Schnaps einschenken, auf meine Rechnung!«

Das ließ sich der Gidi nicht zweimal sagen und schlängelte sich mit zufriedener Miene davon.

Die Salfermooser Thekla wandte sich wieder ihrem Züngerl zu, aber sie schien nicht recht bei der Sache zu sein, denn die Brocken, die sie von der Lunge säbelte, wurden immer größer.

Leider führte ein Unstern den Thomas gerade zu der Zeit in die Küche, als die schlechte Laune seiner Mutter ihren Höhepunkt erreicht hatte.

Ihre Stimme klang unbeherrscht, als sie ihn zur Rede stellte: »Warum meinst du denn, dass ich dich heimgeholt hab? Dazu, dass du dich mit meiner Kellnerin verlustierst, bestimmt nicht.«

Aha, daher weht der Wind, dachte der Thomas und nahm sich vor, den Stier gleich bei den Hörnern zu packen. Beinahe gelassen und selbstsicher wandte er ein: »Ich weiß zwar nicht, wie du das so rasch in Erfahrung gebracht hast, Mutter, aber da du es nun schon einmal weißt, will ich dir die ganze Wahrheit sagen. Von Verlustieren, wie du das nennst, kann keine Rede sein; ich will die Gitta heiraten und zwar bald.«

»Bist du denn ganz übergeschnappt?«, unterbrach sie ihn aufgeregt, wobei ihre schwarzen Augen ihn böse anfunkelten. »Ausgerechnet unsere Kellnerin? Was denkst dir denn?«

»Lass das Zetern, Mutter«, sagte der Thomas ruhig. »Ich hab die Gitta gern! Eine bessere Wirtin kann ich mir gar nicht wünschen. Wir bringen das Geschäft schon wieder auf die Füß! Außerdem brauchen wir uns gar nicht so viel einzubilden, Mutter. Was haben wir denn, außer einem Haufen Schulden?«

»Und grad deswegen musst du dich nach einer umschauen,

die was hat und was mitbringt!«, warf sie ihm scharf vor. »Ich hab auch viel opfern müssen, wegen dem Geschäft!«

Dazu schwieg er lieber, doch er dachte sich seinen Teil.

»Also gelt, du lässt die Finger von der Kellnerin, wenn du nicht willst, dass ich sie hinausschmeiße!«, drohte sie und das meinte sie auch ernst. »Das wär ja noch schöner! Man schuftet und rackert sich ab und dann würde sich so eine Person ins gemachte Nest setzen!«

Der Thomas war nahe daran, seine mühsam aufrechterhaltene Beherrschung zu verlieren. Soweit jedoch wollte er es nicht kommen lassen. Wortlos verließ er die Küche. Sie würde sich schon wieder beruhigen und dann wäre es ein leichteres, vernünftigeres Reden mit ihr.

Woher sie es nur so schnell erfahren hat?, dachte er sich. Nun ja, das war auch einerlei. Jetzt wusste sie es und würde sich damit abfinden. Denn nie würde er sich von ihr umstimmen lassen! Jetzt wusste er, wie es war, wenn man ein Mädchen wirklich liebte. Alles andere, was er vorher erlebt und für Liebe gehalten hatte, war bedeutungslos geworden.

Wenn es um das Glück einer seiner Töchter ging, dann kannte der Ametsbichler Florian kein Zaudern. Kaum hatte seine Frau ihre ersten Andeutungen gemacht, als sein Entschluss auch schon feststand: Wenn seine Moni den Thomas wollte, dann sollte sie ihn auch haben!

Er war ein Mann, der nicht lange zögerte. Noch am gleichen Tag machte er sich auf den Weg.

Als der wohlbeleibte Bach-Bräu ziemlich mühsam aus seinem eindrucksvollen Auto kletterte, das er vor dem ›Rössl-Wirt‹ geparkt hatte, verriet sein rundes Vollmondsgesicht mit den kleinen, schlauen Äuglein nichts von seiner inneren Erregung. Er war nicht der Mann, der gleich mit der Tür ins Haus fiel. Er regelte seine Angelegenheiten lieber mit lächelndem

Gesicht, was aber keineswegs bedeutete, dass er nicht auch ungemütlich werden konnte. Er war eben ein schlauer Fuchs, der Ametsbichler Florian aus Kunertsreuth!

Er war viele Jahre nicht mehr hier gewesen und zuerst besah er sich den ›Rössl-Wirt‹ einmal eingehend von außen. »Na ja«, brummte er, »da wär was draus zu machen! Das wird mich eine schöne Stange Geld kosten! In Gottes Namen kauf ich die Wirtschaft halt zweimal!«, denn er dachte an die vielen Schulden, die die Salfermooserin bereits bei ihm hatte.

Es war noch früh am Nachmittag, die Gaststube war leer, als der Bach-Bräu eintrat. Mit sichtlichem Wohlgefallen betrachtete er die Kellnerin. Jovial rief er: »Grüß dich Gott, Mädl! Ich bin der Bach-Bräu. – Ich hätt gern mit der Wirtin geredet und mit dem Thomas.«

Das also war der große Bräu. Beinahe ehrfürchtig erwiderte die Gitta seinen Gruß. »Grüß Gott! Setz dich nieder, ich sag der Wirtin gleich Bescheid. Der Thomas ist nicht daheim, er ist geschäftlich unterwegs.« Damit eilte sie dienstbeflissen zur Salfermooserin.

»Was willst du denn?«, fuhr die Wirtin ihre Kellnerin ärgerlich an.

»Der Bräu sitzt draußen und möcht dich sprechen, Wirtin.«

Die Salfermooser Thekla zuckte zusammen. Was, der Bräu persönlich? Das konnte nur bedeuten, dass er ihr nun das Messer an den Hals setzen und sein Geld, das er immer so bereitwillig vorgestreckt hatte, zurückfordern würde. Mit nervösen, fahrigen Bewegungen band sie sich die Schürze ab und dann ging sie in die Gaststube hinaus. Doch zu ihrem großen Erstaunen begrüßte sie der Bräu mit überfließender Freundlichkeit.

»Wie geht's euch denn so? Gelt, Salfermooserin, lange haben wir uns nicht mehr gesehen?«, sagte der Bräu, wobei er die Wirtin nur so anstrahlte.

»Bring uns eine Flasche Roten, Gitta! Aber vom besten! Und dann lässt du uns allein«, rief die Salfermooserin ihrer Kellnerin barsch zu.

»Ich hab's schon gehört, dass der Thomas nicht daheim ist«, meinte der Bräu bedauernd. »Schade, wirklich recht schade!«

»Hättest ihn gebraucht?«, erkundigte sich die Wirtin gespannt.

Nun schmunzelte der Ametsbichler Florian, wobei er die Thekla recht aufmunternd anstrahlte. Er wartete mit seiner Antwort jedoch, bis der Wein auf dem Tisch stand und die Kellnerin die Tür hinter sich zugemacht hatte. Dann erwiderte er viel sagend: »Ich eigentlich nicht, Salfermooserin, aber meine Moni macht sich schon Gedanken darüber, dass er sich nicht mehr sehen lässt.«

Sofort ging der Salfermooserin ein Licht auf. Dieser Hallodri, schoss es ihr siedendheiß ein. »Ja mei, Bräu, weißt ja, wie das ist. – Einen Haufen Arbeit gibt's, aber es geht wieder aufwärts.«

»Das hört man gern!«, lobte der Bräu. »Er ist ja ein fleißiger Mensch, der Thomas. – Ich hätt ja sonst nie meine Einwilligung gegeben. Von meinen Töchtern kriegt eine jede so viel mit, dass sie sich damit nicht zu verstecken braucht. Aber ich verlange, dass sie es gut haben und respektvoll behandelt werden!« Das war nun eine deutliche Drohung.

Und die Salfermooserin hatte verstanden. Mit spürbarer Wärme legte sie sich ins Zeug, als sie versicherte: »Er hat ja nur gut von der Moni geredet, mein Thomas. Aber um ehrlich zu sein, Bräu, ich hab's nicht recht glauben können, dass du deine Tochter … Na ja, du weißt schließlich am besten, wie's um uns steht.«

Plötzlich kam der Geschäftsmann zum Vorschein, seine Stimme wurde messerscharf, als er erklärte: »Deswegen bin ich da, Salfermooserin! Meine Tochter hat's nicht nötig, dass sie sich zum Gespött machen lässt. Entweder er meint es ernst, der Thomas, oder ...«, hier verstummte er viel sagend.

»Er will ja, er will ja«, beeilte sich die Salfermooserin zu versichern. »Bloß ich hab gemeint, daraus könnte nichts werden und das Mädl wär für eine Bandlerei, die zu nichts führt, zu schade. Drum hab ich den Thomas immer davon abgehalten, zu euch zu fahren. Wenn das natürlich so ist ...«

Es war schwer zu sagen, ob ihr der Bräu glaubte, wahrscheinlich tat er es nicht. Aber das spielte auch keine Rolle, denn er war hergekommen um seiner Tochter ihren größten Wunsch zu erfüllen. Wie das zu bewerkstelligen war, war einerlei. Hauptsache, sie bekam, was sie sich in den Kopf gesetzt hatte!

»Meine Moni ist siebenundzwanzig ..., ja, sie ist zwei Jahre älter als der Thomas, aber was macht das schon ... Und ich bin der Meinung, mit der Hochzeit soll nicht lang gewartet werden!«

»Da hast ganz Recht, Ametsbichler«, musste ihm die Rössl-Wirtin beipflichten. »Ich übergebe, sobald alles ausgeredet ist!«

»Das ist bloß recht und billig! – Schließlich muss ich deine Schulden schlucken und den Karren wieder flott machen. Wirtin muss meine Moni sein, das seid ihr ihr schon schuldig!«, hielt er ihr ungeniert vor.

Die Salfermooserin schluckte zwar etwas, aber ihr blieb keine andere Wahl. Mit einem Aufseufzen gestand sie: »Ich bin froh, wenn ich mich endlich nicht mehr ums Geschäft kümmern muss. Sollen nur die Jungen werken!«

Mit einem Mal wurde der Bach-Bräu wieder freundlich und mit einem nachsichtigen Lächeln meinte er: »Das ist gescheit, Salfermooserin! Für jeden kommt einmal die Zeit, wo er abtreten muss. Und du wirst es sehen, meine Moni versteht was vom Geschäft! Dazu sind meine Töchter erzogen worden!« Sein Ton enthielt eine versteckte Drohung, als er hinzusetzte: »Freilich, zum Klagen darf sie nicht heimkommen, sonst kann ich ungemütlich werden! – Ich möchte dabeisein, wenn der Ehevertrag aufgesetzt wird!«

»Was soll denn da noch schief gehen, wenn zwei junge Leute sich gern haben …«, versuchte die Salfermooserin schwach einzuwenden.

»Sicher ist sicher. Männer kommen halt oft auf dumme Gedanken. Ich sag halt immer: Tue recht und scheue niemand!« Das alles hatte er ihr mit einem wohlmeinenden Lächeln unter die Nase gerieben.

Sie wusste, dass sie sich erniedrigte, trotzdem sagte sie: »Bei meinem Buben gibt es keine Gefahr! Er weiß, was sich gehört! Er ist keiner, der einer Frau kein Recht lassen würde.«

»Dann ist ja alles klar, Salfermooserin! Jetzt soll er halt bald kommen und meine Moni nicht mehr zu lange warten lassen. – Denn am Ende …«

»Keine Sorge, Ametsbichler! Jammerschade, dass du den Thomas nicht selber angetroffen hast, er hätt sich über alle Maßen gefreut«, meinte die Rössl-Wirtin überschwänglich. »Es würd mich halt sakrisch freuen, wenn die Moni auch einmal kommen tät.«

Großspurig fiel ihr der Bach-Bräu ins Wort: »Sie weiß schon, dass ihr Vater alles so richtet, dass es zu ihrem Besten ist!«

Warum er nur immer gleich so angeben muss, dachte die Salfermooserin verärgert. Schließlich will seine Tochter meinen Sohn und nicht umgekehrt. Und was sind für ihn schon das bissl Schulden?

Auf seiner Heimfahrt überlegte sich der Bach-Bräu so allerlei. Und auch ihm erschien es als das Nächstliegendste, Thomas'

Abkühlung seiner Moni gegenüber auf die überaus hübsche Kellnerin zurückzuführen, die er beim ›Rössl-Wirt‹ gesehen hatte. Das war ein Mädchen, bei dessen Anblick auch ihn der Hafer wieder stach. Aber Schönheit hin, Schönheit her, er wusste, welche Macht sein Geld besaß, zumal den Salfermooserischen das Wasser bis zum Hals stand. Und die Salfermooserin hatte sich ja auch ganz verständig gezeigt.

Als er heimkam, begrüßte ihn die Moni sogleich mit erwartungsvollen Augen, wobei sie den Eindruck einer hungrigen Katze machte.

Beim Anblick seiner Tochter schmolz das Herz des Bach-Bräu wie Butter in der Sonne. Und nun bediente er sich der gleichen, barmherzigen Lüge, die ihm die Salfermooserin aufgetischt hatte, als er erzählte: »Gut, dass ich hinübergefahren bin, Mädl! Denk dir, es war seine Mutter, die ihn abgehalten hat, dass er dich besucht. Freilich nicht aus Bösartigkeit, aber sie hat's halt nicht glauben wollen, dass du wirklich Rössl-Wirtin werden willst! Sie hat gemeint, er steigt dir bloß nach und aus der Sach könnte nie was werden.«

Mit einem zufriedenen Lachen fiel die Moni ihrem Vater um den Hals und er wusste, dass er das Richtige getan hatte.

»Wann kommt er denn, der Thomas?«, fragte sie begierig und etwas atemlos.

»Gewiss in den nächsten Tagen«, versprach der Ametsbichler Florian mit Bestimmtheit und tätschelte seiner Tochter die Wange. Beschwichtigend setzte er hinzu: »Aber ehe du Rössl-Wirtin wirst, muss zuerst noch allerhand instand gesetzt werden, denn in so eine armselige Gastwirtschaft lass ich meine Tochter nicht einheiraten!«

»So arg wird's schon nicht sein, Vater«, kam es leichthin von der Moni. »Das können wir doch auch nach der Hochzeit richten!«

»Oh, Mädl, so pressiert's nicht! Vergiss nicht, du bist die

Tochter vom Bach-Bräu, und da ist das Beste grad gut genug«, hielt er ihr vor. »Nur nichts vergeben, Moni.«

Zum Dank drückte ihm die Moni einen stürmischen Kuss auf die dicke Wange. »Vater, du bist halt doch der Beste!«

Neben der Küche hatte die Salfermooserin eine kleine Wohnstube eingerichtet, in der sich aber kaum einmal jemand aufhielt; Wirtsleute verbrachten ihre Zeit in der Gaststube. Und so hatte sich in dem kleinen Zimmer im Laufe der Zeit allerhand angesammelt und es sah einigermaßen kunterbunt darin aus.

Die Salfermooserin musste zuerst einmal zwei Sessel von diversen alten Zeitungen und etlichem Schreibkram befreien, ehe sie ihren Sohn auffordern konnte: »Jetzt setz dich einmal her, Thomas, ich muss mit dir reden!«

In Thomas' Gesicht stand deutlich Argwohn geschrieben, als er etwas widerwillig dieser Aufforderung nachkam: »Was ist denn schon wieder, Mutter? Ich bin heut den ganzen Tag herumgerannt und will auch endlich meinen Feierabend. Außerdem muss ich wieder in die Gaststube hinaus …«

Lange hatte es sich die Salfermooserin überlegt, wie sie mit ihrem Sohn reden sollte. Nach reiflichen Überlegungen hatte sie sich zu einem sachlichen, nüchternen Ton entschlossen. Und so begann sie auch: »Du hast mir ja gar nichts davon erzählt, dass du was mit der Ametsbichler Moni angefangen hast …«

»Warum hätt ich denn das erzählen sollen? – Schließlich geht kein Bursche heim und beichtet, wenn er …«

»Das mein ich doch gar nicht, Thomas«, fiel ihm seine Mutter nachsichtig ins Wort. »Es muss doch was Ernsteres gewesen sein?«

»Nein, jetzt nicht mehr«, kam es gedehnt vom Thomas. »Das hab ich lang schon wieder vergessen.«

»Bist du nie auf den Gedanken gekommen, dass es sich der Bräu nicht gefallen lässt, wenn einer bloß mit seiner Tochter anbandelt und nachher nichts mehr von sich hören und sehen lässt?«, wandte sie mit Nachdruck ein.

Über Thomas' Gesicht huschte ein Schmunzeln. »Aha, jetzt wird mir einiges klar! Aber was soll er denn machen, wenn ich mich anders besinne? Schließlich ist eine Liebschaft noch lange keine Heirat und anders besonnen haben sich schon viele.«

Über so viel Unverstand wurde die Salfermooserin aber nun doch ungehalten. »Bei einer Ametsbichler-Tochter besinnt man sich nicht wieder auf was anderes«, hielt sie ihm streng vor. »So ein Mädl lässt man nicht sitzen! – Nicht, wenn man für ein Fünferl ein Hirn hat.«

»So was hat mit dem Hirn nichts zu tun, Mutter, sondern mit dem Herzen«, wandte der Thomas lächelnd ein. »Und das Herz war halt nie dabei.«

»Aber bei der Moni! – Heute ist ihr Vater bei mir gewesen und er hat dich an dein Versprechen erinnern wollen.«

»Halt, Mutter«, fuhr nun der Thomas erregt auf. »Ich habe nie ein Versprechen gegeben, auch der Moni nicht!«

»Sei's wie's mag, jedenfalls erwartet das Mädl, dass du sie heiratest. Und der Bräu hat ziemlich massiv gedroht, falls du dich weigern solltest, was aber ein glatter Unsinn wär. Ich hab ihm deutlich zu verstehen gegeben, dass du …«

Plötzlich sprang der Thomas auf. Sein Gesicht war fahl geworden, scharf traten die Backenknochen hervor, seine Augen schossen Blitze, als er sich empörte: »Das geht jetzt aber zu weit, Mutter! Über meinen Kopf hinweg hast du gar nichts zu bestimmen und zu versprechen! Das mit der Moni ist aus und damit basta!«

»Am Ende gar wegen unserer Kellnerin? So verbohrt kannst …«

Er rannte aufgeregt in der kleinen Stube hin und her, zwei lange Schritte vor, zwei zurück. »Kann sein, dass die Gitta dran schuld ist«, gab er zu, und es klang erleichtert. »Ja, ich bin froh, dass es noch nicht zu spät war, als ich sie kennen gelernt hab. Jetzt erst weiß ich, worauf ich mich mit der Moni eingelassen hätt! – Beide wären wir todunglücklich geworden. Heute ist es nicht mehr so, dass man sich vorschreiben lassen muss, wen man heiratet.«

Das Gesicht der Salfermooserin war bleich geworden. Mit glasharter Stimme wandte sie drohend ein: »Und das Haus? Was soll denn aus der Wirtschaft werden?« Sie sprang auf und begann in einem Stapel Geschäftsbüchern mit zitternden Händen herumzuwühlen. Endlich schien sie gefunden zu haben, was sie suchte. Zwischen den Seiten eines Buches lag ein Päckchen Zettel: unbezahlte Rechnungen und Schuldverschreibungen, alle auf einen einzigen Namen ausgestellt: Florian Ametsbichler, Bach-Bräu in Kunertsreuth!

»Mit der Gitta bring ich das Geschäft schon ...« Weiter kam er nicht, denn seine Mutter drückte ihm das Buch in die Hand.

»Da, das sind die Schuldscheine und auf dieser Seite kannst du es ablesen, wie viele Schulden wir beim Bräu haben. – Wenn du es genau wissen willst, dann siehst du, dass wir eh noch Glück haben, dass uns der Bräu nicht schon lange den Hahn abgedreht hat!«

Thomas' Gesicht wurde noch blasser. Seine Knie begannen zu zittern und er musste sich setzen. Immer wieder prüfte er die Zahlen, bis sie vor seinen Augen verschwammen. »Das kann doch nicht sein, Mutter?!«

»Siehst du jetzt, dass uns gar nichts anderes übrig bleibt? Es ist mehr als großzügig vom Ametsbichler, wenn er dir erstens seine Tochter gibt, und wenn er, zweitens, auch noch sein gutes Geld dem Schlechten nachschmeißt und uns das

Haus und alles, was dazugehört, zusammenrichtet, so dass wir wieder schuldenfrei anfangen können«, hielt ihm seine Mutter eindringlich vor.

Völlig niedergeschlagen saß er da. Endlich stieß er gepresst hervor: »Nein, Mutter, nicht um diesen Preis!«

»Was soll das heißen?«, schrie die Salfermooserin auf.

»Das heißt, dass ich die Moni trotz allem nicht heiraten werde! -« Mit plötzlicher Festigkeit in der Stimme fuhr er fort: »Es ist zwar hart, Mutter, aber ich muss es dir sagen: Ich hab die Schulden nicht gemacht und ich werde auch nicht dafür geradestehen! Ich gehe und die Gitta wird mitgehen! Wir kriegen jederzeit eine Pachtwirtschaft, mit der wir anfangen können.«

Für einen Moment war die Salfermooserin sprachlos; damit hatte sie nicht gerechnet. Und sie wusste, dass er es ernst gemeint hatte. »Und ich?«, kreischte sie nun laut. »Was soll denn dann aus mir werden? Du kannst doch deine Mutter nicht im Stich lassen?« Anklagend setzte sie hinzu: »Du kannst nicht zulassen, dass das Haus, das über hundert Jahre lang im Besitz deiner Vorfahren war, unter den Hammer kommt! – Das kannst du nicht verantworten!«

»Mutter, hör auf, ich bin nicht schuld an dieser Misere! – Warum hast du es nicht schon früher gesagt, wie schlecht es steht?«

Sie zuckte die Schultern, dann gab sie bitter zu: »Ich hab halt auch geglaubt, dass wir uns schon wieder rausreißen und wenn der Bräu noch gewartet hätt, dann ... – Aber jetzt wartet er nicht mehr, wenn du seine Tochter sitzen lässt!«

Mit einem schwachen Hoffnungsschimmer in der Stimme sagte der Thomas: »Vielleicht hat's einen Sinn, wenn ich einmal mit der Moni selber rede und ihr sage ...« Kopfschüttelnd verstummte er.

Auch seine Mutter hatte die Nutzlosigkeit dieses Gedankens eingesehen, denn sie entgegnete überzeugt: »Nie wird sie dir das verzeihen! – Das wär schon ein bissl viel verlangt, wenn sie dir helfen soll, bloß weil du sie nicht heiraten willst!«

Ja, seine Mutter hatte gewiss Recht. Mit einem hörbaren Aufatmen legte er das Buch aus der Hand. »Ich muss wieder hinaus in die Gaststube!«

»Und alles wegen dieser gerissenen Person!«, zischte die Salfermooserin erbost, als sie wieder allein war. »Aber die kauf ich mir noch! – Ohne Weiteres schau ich da nicht mehr zu! – Der werd ich sagen, was sie in meinen Augen wert ist!«

Während des ganzen Abends machte der Thomas einen ziemlich abwesenden Eindruck. Er war freundlich zu den Gästen und unterhielt sich mit einem jeden, aber seine Gedanken waren woanders. Dann stand sein Entschluss fest. Er wollte es doch versuchen, mit der Moni zu reden, sich von ihr freundschaftlich zu trennen. Aber davon brauchte die Gitta ja nicht unbedingt etwas zu erfahren. Er wollte vermeiden, dass sie sich seinetwegen Vorwürfe machte.

Endlich war der letzte Gast gegangen und es war still in der verrauchten Gaststube.

»Was hast du denn heute, Thomas?«, wollte die Gitta wissen, denn ihr war sein verändertes Wesen nicht entgangen.

Mit gespieltem Gleichmut erwiderte er: »Nichts! Was soll ich denn haben?«

»Das hätt ich ja grad von dir wissen wollen. Aber wenn du es mir nicht sagen willst …«

Schnell trat er zu ihr und legte seinen Arm um sie. Kaum spürte er ihren warmen Körper, als er mit tiefer, weicher Stimme bat: »Komm, Herzl, mach Schluss für heute!« Ihre erregende Nähe ließ ihn alle Sorgen und Probleme vergessen, sie wurden kleiner und kleiner, bis nur noch ein einziges Gefühl in ihm brannte; seine Liebe zu diesem Mädchen.

Seine wilden Lippen, seine zärtlichen Hände jagten ihr prickelnde Schauer über die Haut; sobald er sie nur berührte, war es um sie geschehen.

Und wieder wurde es für Thomas und Gitta eine lange Nacht voller Hingabe und Leidenschaft.

Längst hatte draußen der neue Tag die letzten dunklen Schatten der Nacht verdrängt; die Vögel sangen ihr Morgenlied.

»Du musst gehen, Schatzl!«, mahnte die Gitta mit müder, weicher Stimme.

»Nur noch ein paar Minuten, Herzl!«, bat er, dabei sog er tief den süßen Duft ihrer Haut ein, während seine Hände streichelnd über ihren Körper glitten.

Beide schienen unfähig sich voneinander zu lösen. Wussten sie, dass dies ihre letzte Liebesnacht war?

Auch die Salfermooser Thekla hatte eine schlaflose Nacht verbracht. Immer wieder hatte sie nach einem Ausweg gesucht, wie sie ihren Sohn umstimmen konnte.

Ihr war der Gedanke, nur wegen Thomas' Egoismus, denn anders konnte sie seinen Starrsinn nicht nennen, alles aufgeben zu müssen, unerträglich. Sie war die Rössl-Wirtin und das wollte sie auch bleiben! Sie würde vor nichts zurückschrecken um ihren Willen durchzusetzen.

Endlich – draußen graute bereits der Morgen – glaubte sie einen Ausweg gefunden zu haben. Ja, sie musste auch dies noch versuchen.

Der Thomas wurde mit einer langen Liste von Bestellungen fortgeschickt. Damit würde er gewiss bis zum Mittag beschäftigt sein. Inzwischen würde sie Zeit und Muße haben mit der Gitta zu reden; sie würde ihr schon ordentlich einheizen!

Die Salfermooserin überließ ihre Küche der Obhut der alten Resl und begab sich in die Gaststube.

Die Gitta hatte bereits den Boden geschrubbt und es roch scharf nach Lauge. Die Fenster waren weit geöffnet, goldene Sonnenstrahlen fielen in die Gaststube.

Nachdem sich die Salfermooserin umgesehen hatte, lobte sie mit ungewohnter Freundlichkeit: »Mhm, ich muss schon sagen, recht sauber hältst du alles!«

Beim Eintreten der Wirtin war die Gitta erschreckt zusammengezuckt; sie hatte sich auf eine scharfe Auseinandersetzung gefasst gemacht. Nun brachte sie vor Überraschung kein Wort über ihre Lippen. Sie war verlegen, als es ihr durch den Kopf schoss: Sie muss doch gehört haben, wie der Thomas so spät und ohne besonders vorsichtig zu sein – mir scheint, das hat er mit Absicht getan – meine Kammer verlassen hat?

Nachdem sich die Salfermooser Thekla an einen Tisch gesetzt hatte, forderte sie das Mädchen mit einem wohlwollenden Lächeln auf: »Komm, Gitta, setz dich einmal her zu mir! Ich hab was zu bereden …«

Zögernd und mit weichen Knien kam Gitta dieser Aufforderung nach, dabei konnte sie sich eines unguten Gefühls nicht ganz erwehren. Die plötzliche Freundlichkeit der Thekla kam ihr höchst verdächtig vor. »Ja, Wirtin?«

Mit gleichbleibender Milde begann nun die Salfermooserin: »Was ich dir jetzt zu sagen habe, das gilt von Frau zu Frau, Gitta! – Du bist nicht mehr achtzehn und ich weiß gewiss, dass du mich verstehen wirst. – Ich weiß, du hast den Thomas gern … Und es hat den Anschein, soweit man das bei einem Mann überhaupt sagen kann, als wenn er dich auch mag! Burschen sind ja recht schnell entflammt, aber auch ebenso rasch wieder abgekühlt. Aber dass ich weiterred': Ich hab nichts gegen dich, Gitta! Du wärest mir als Schwiegertochter willkommen, aber …«, hier brach sie ab und machte ein unheilvolles Gesicht.

Ganz ruhig hatte die Gitta zugehört, doch ihr Gesicht war von einer fahlen Blässe. Um das Zittern ihrer Hände zu verbergen, hatte sie ihre Finger fest ineinander verkrampft. Sie wagte keine Frage, stumm wartete sie, dass die Wirtin weiterreden würde.

Gelassen fuhr nun die Salfermooserin fort: »Ich weiß nicht, ob es dir der Thomas gesagt hat, dass er mit der Ametsbichler Moni, einer Tochter vom Bräu, versprochen ist?«

»Nein!«, entfuhr es der Gitta und es hatte wie ein Aufschrei geklungen.

Mit einem feinen Schmunzeln erklärte die Wirtin: »Du hast doch nicht angenommen, dass ein Bursche wie mein Thomas völlig frei und ungebunden wäre? Damit muss doch ein denkendes Mädl rechnen, dass es eine andere geben kann … Aber lassen wir das. – Kurz und gut, Gitta: Jetzt muss er halt heiraten!«

Gittas Augen füllten sich mit Tränen. Schwach versuchte sie einzuwenden: »Aber wir haben uns doch gern …«

Die Salfermooserin blieb voller Nachsicht, als sie ihr vorhielt: »Das glaub ich dir, Mädl, und gerade darum muss ich mit dir reden. Ich weiß, dass du den Thomas gern hast und dass du gewiss sein Bestes willst … Was ich dir jetzt gesteh, das bleibt unter uns. Versprichst mir das?«

Gittas Antwort bestand aus einem zustimmenden Nicken.

»Wir haben Schulden …, sogar hohe Schulden, beim Bräu … Wir können das Haus nicht mehr erhalten, wenn uns der Bräu die Hypotheken kündigt. Und das wird er tun, wenn der Thomas sich weigert, die Moni zu heiraten.« Mit plötzlicher Eindringlichkeit fuhr sie fort: »Kannst du es verantworten, dass der Thomas wegen dir vom Haus seiner Vorfahren verjagt wird? Dass uns am End vielleicht auch noch ein Prozess gemacht wird? Mädl, das bringt auch die größte Liebe um, das kannst du mir glauben. Es würde nicht lange dauern und er würde dich, hörst du, ganz allein dich dafür verantwortlich machen. Er wird sagen, du hast ihn um alles gebracht, wegen dir hat er alles aufgeben müssen. Willst du das wirklich verantworten?«

Ein schmerzliches Aufschluchzen entrang sich Gittas Brust.

Aber die Salfermooserin drang weiter in sie: »Du musst nicht glauben, dass ich das alles bloß erfunden habe, um euch auseinanderzubringen, Mädl. Mir wär's auch lieber, wenn ich das meinem Buben ersparen könnt. – Schau«, damit zog sie einen Packen zusammengerollter Papiere aus ihrer Schürzentasche hervor und hielt ihn dem Mädchen entgegen. »Da kannst dich selber überzeugen, dass ich nicht übertrieben hab'. Das sind Schuldverschreibungen! Es sind viel mehr, als ihr zwei, du und der Thomas, je abbezahlen könntet! – Sei gescheit und gib ihn auf, später wird er dir dafür dankbar sein. Und du bist ein hübsches Mädl, du findest auch einen anderen! – Was wiegt das bissl Herzweh gegen das Unglück, in das du ihn mitreißt? Glaub mir, die Liebe ist was arg Zerbrechliches, und wenn die Not zum Fenster hereinschaut, dann geht die Liebe zur Tür hinaus. – Was hast du denn dann noch? Nichts als Vorwürf und einen Mann, der dir die Schuld an allem zuschiebt; die Männer sind halt nun einmal so und der Thomas ist da auch keine Ausnahme!«

Gittas Kopf sank vornüber und sie begann bitterlich zu weinen. Diese Worte hatten auf sie ihre Wirkung nicht verfehlt. »Was soll ich denn jetzt tun?«, schluchzte sie verzweifelt.

»Du musst ihm ausweichen, ihm nicht mehr nachgeben«, riet die Salfermooserin sanft.

»Er wird's nicht wahrhaben wollen … er wird's mir nicht …«

»Er wird schon, verlass dich drauf! – Sag ihm, du hast dir alles überlegt ...« Unvermittelt verstummte sie. Ihr schien etwas eingefallen zu sein, denn gleich darauf fuhr sie fort: »Ich hab doch gemerkt, dass der Postwirts Franzl sich Hoffnungen auf dich gemacht hat. Du musst halt bloß zum Thomas sagen, dass du mit dem Franzl wieder einig geworden bist ...«

»Nie würde er mir das glauben«, kam es bitter von der Gitta.

Mit einem schlauen Lächeln wandte die Salfermooserin ein: »Er hat dir ja schließlich auch nichts von der Moni erzählt. Du könntest es doch genauso gehalten haben.«

Noch einmal lehnte sich das Mädchen dagegen auf und stieß gequält hervor: »Ich kann ihn nicht anlügen ...«

Hart kam die Entgegnung: »Er hat's doch auch getan. Oder hast du von der Moni gewusst?« Als sie das verneinende Kopfschütteln des Mädchens sah, fuhr sie mit falschem Mitgefühl in der Stimme fort: »Am Ende hat er ohnehin bloß sein Vergnügen gesucht ... O mei, da hilft die beste Erziehung nichts; die Burschen sind halt nun einmal solchene Hallodri ... Wenns um ihr Vergnügen geht, dann kennen sie keine Rücksicht. Da muss schon ein Mädl so vernünftig sein und ...«. Sie brach ab, denn sie sah, dass sie ihr Ziel erreicht hatte. Nun lag alles an Gitta, und wie sie sich Thomas gegenüber verhielt.

Ehe sie das völlig verzweifelte Mädchen verließ, riet sie noch besorgt: »Das Beste wär, wenn du von heute an wieder bei dir daheim schlafen würdest. Du bräuchtest dafür am Morgen nicht mehr so früh anzufangen. – Es kann ja auch die Resl die Gaststube saubermachen.«

»Ich kann nimmer bleiben unter dem gleichen Dach mit ihm ...«, sagte die Gitta verstört.

»Das kann ich verstehen, Mädl, obgleich mir das Leid tut. Aber bis ich jemanden gefunden hab, musst noch durchhalten. Es tät ja auch sonderbar aussehen, wenn du Hals über Kopf davonlaufen würdest.«

»Es wird schon gehen!«, versprach die Gitta niedergeschlagen. »Musst dich halt gleich nach einer anderen Kellnerin umsehen!«

Erleichtert kam es von der Salfermooserin: »Mädl, ich kann dir gar nicht sagen, wie dankbar ich dir für dein Verständnis bin! – Du hilfst ein großes Unheil zu verhüten!« Damit verließ sie zufrieden die Gaststube.

»Lieber Gott, hilf mir«, stöhnte die Gitta auf. »Ich hab ihn doch so gern. Wenn er mich bloß anschaut, dann …« Nein, es konnte nicht sein und es durfte nicht sein; sie wollte ihm nicht im Weg stehen. Sie hätte es nicht ertragen an seinem Unglück – ein solches würde es für ihn bedeuten, wenn er das alles hier wegen ihr aufgeben musste – die Schuld zu tragen.

Mit eiserner Willenskraft nahm sie sich zusammen und es gelang. Aber sie fühlte, wie etwas in ihr erstarb; eine eiskalte Faust schien ihr das Herz zu zerdrücken.

In ihrer Kammer wusch sie sich das Gesicht. Die verräterischen Tränenspuren waren nicht mehr zu sehen.

Dann besah sie sich im Spiegel.

»Sonderbar, ich seh aus wie immer, als wenn nichts geschehen wär! – Dabei ist doch der Himmel für mich eingestürzt!«

Den ganzen Tag über war Thomas vollauf beschäftigt, es war ihm keine Zeit geblieben, sich mit der Gitta ungestört zu unterhalten.

Als er am Abend in die Gaststube kam, wurde er bereits sehnlichst erwartet.

»Geh endlich weiter, Thomas«, rief ihm der Raffner Schorsch zu. »Wir brauchen einen vierten Mann zum Schafkopfen!«

Dieser Bitte konnte er sich nicht widersetzen und gesellte sich zu den drei Bauern, die mahnend mit den Spielkarten auf den Tisch klopften.

»Was soll ich dir denn bringen?«, fragte die Gitta den Thomas. Ihre Stimme klang seltsam verändert und sie vermied seinen dunklen Blick.

Erstaunt sah er auf. »Was ist dir denn über die Leber gelaufen?«, fragte er schmunzelnd.

Sie zuckte nur mit den Schultern, ihr Gesicht war verschlossen, ihre Augen ausdrucklos. »Soll ich dir eine Halbe Bier bringen?«

»Von mir aus!«, antwortete er verwirrt.

»Ja mei«, grinste der Schorsch anzüglich. »Die Frauen sind die reinsten Wetterfahndl. Auskennen tut man sich da nie!«

Dem Thomas war es sichtlich peinlich, dass sich der Schorsch eingemischt hatte und so wandte er sich schweigend seinen Karten zu.

Mit einem gemurmelten: »Zum Wohlsein«, stellte ihm die Gitta sein Bierglas auf den Tisch, wartete aber eine Erwiderung erst gar nicht ab, sondern drehte sich rasch um und machte sich hinter der Theke zu schaffen.

Kurze Zeit später erschien des Postwirts Franzl, gefolgt von einigen jungen Burschen, in der Gaststube.

Mit einem strahlenden Lächeln, dem keiner ansah wie schwer es sie ankam, begrüßte Gitta ihn.

Über diese unerwartete Gunst geriet der Franzl ganz aus dem Häuschen. »Bringst ihnen«, dabei wies er auf seine Begleiter, »jedem eine Maß Bier auf meine Rechnung. Und wir zwei setzen uns allein an einen Tisch!«, sagte er fröhlich lachend und schon hatte er sich erhoben.

Nachdem die Gitta jedem seine Maß hingestellt hatte, setzte sie sich zum Franzl. »Lange hast dich nicht mehr sehen lassen«, bemerkte sie leichthin.

Franzls Augen begannen erregt zu funkeln, als er gedehnt erwiderte: »Hast am Ende auf mich gewartet?«

»Das nicht grad, aber gefehlt hast du mir halt doch!«, antwortete sie schmunzelnd. Als sie lächelte, ging eine eigenartige Veränderung in ihrem Gesicht vor sich, denn es war ein Lächeln nur mit den Lippen, während die Augen ernst blieben.

Dem Franzl schien das nicht aufzufallen, er war glücklich, dass sie ihm überhaupt so viel Aufmerksamkeit widmete.

Gitta bemerkte, dass Thomas' halb fragender, halb verärgerter Blick sie immer öfter streifte. Ihr Herz klopfte laut und hart, doch es gelang ihr sich ihre Unsicherheit nicht anmerken zu lassen. Sie fühlte sich innerlich so zerrissen, dass sie am liebsten vor Schmerz aufgeschrien hätte, aber sie lächelte; ein starres, wie eingefrorenes Lächeln, das ihrem Gesicht etwas Maskenhaftes verlieh.

»Soll ich warten, bis du heute mit deiner Arbeit fertig bist?«, fragte der Franzl hoffnungsvoll.

Sie zögerte, dann meinte sie leichthin: »Ich muss heute noch heim!«

Verwundert erkundigte er sich: »Wie denn das?« Dabei schossen ihm die verwegensten Gedanken durch den Kopf.

»Mein Vater ist nicht gut beieinander und es ist ihm lieber, wenn er die Nacht über nicht allein bleiben muss.« Sie wunderte sich über sich selber, wie glatt und leicht ihr die Lüge über die Lippen kam.

»Ach so«, meinte der Franzl. »Aber dann könnte ich dich doch auch heimbringen?«

»Von mir aus! Wenn du mir versprichst, dass du schön brav bist?«, entgegnete sie und stand auf.

»Warum bleibst du denn nicht da?«

»Du bist gut! Schließlich hab ich andere Gäste auch noch zu bedienen!«, wandte sie ein, damit ließ sie ihn allein. Mit raschen, flinken Bewegungen füllte sie Gläser nach und nahm neue Bestellungen entgegen. Als ihre Gäste wieder versorgt waren, verließ sie die Gaststube. Kaum jedoch hatte sie die Tür hinter sich geschlossen, kam ihr auch schon der Thomas nachgestürzt.

Seine dunklen Augen blickten sie scharf an, sein Gesicht war verärgert, als er sie anfuhr: »Was soll denn das heißen, dass du dich mit dem Franzl allein an einen Tisch setzt?«

Es gelang ihr ihrer Stimme Festigkeit zu verleihen, als sie erwiderte: »Was ist denn dagegen einzuwenden? – Er ist ein Gast!«

Eifersüchtig fiel er ihr ins Wort: »Du musst ihm ja etwas recht Schönes erzählt haben, weil er dich gar so verliebt anschaut! – Er verschlingt dich ja direkt mit den Augen.«

Wie gern hätte sie ihm gestanden, wie unsinnig seine Eifersucht war, doch statt dessen fuhr sie ihn an: »Was geht das dich an?«

Er war wie vor den Kopf gestoßen, ungläubig schaute er sie an. »Was ist denn bloß in dich gefahren, Gitta?«, fragte er verdutzt und wollte sie an sich ziehen.

Mit einer Drehung wich sie ihm aus. »Lass das, Thomas!«

Plötzlich aber wurde er laut. Ungeduldig wollte er wissen: »Was hab ich dir denn getan, dass du dich auf einmal so gegen mich stellst?«

»Ich hab mir halt so einiges durch den Kopf gehen lassen ...«

»So plötzlich? Das musst mir nicht weismachen. Für wie dumm hältst du mich denn? Heute Nacht ..., das kannst du doch nicht vergessen haben ... Gitta ...« Seine Stimme war bittend geworden.

Wollte sie nicht weich werden, so musste sie bald ein Ende schaffen. Sie wusste, dass sie ihm weh tat, ihn zutiefst verletzte, doch hart stieß sie hervor: »Was gewesen ist, zählt nicht mehr! – Es tut mir Leid, dass ich vergessen hab.«

»Vergessen nennst du das jetzt? – Gitta, wir haben uns gern gehabt und ich will keine Minute davon vergessen!«

»Ich schon! – Es ist nur geschehen, weil ich mich mit dem Franzl überworfen hab, aber jetzt haben wir uns wieder versöhnt.«

Mit einem einzigen Griff hatte er sie am Arm gepackt und zu sich herangerissen. Seine Stimme klang verzerrt, sein Gesicht war kalkig, als er hervorstieß: »Sag das noch einmal, ich kann das nicht glauben! – Nicht, nach allem …«

»Lass mich in Ruh, du tust mir weh! – So sieh es doch endlich ein, es war keine Liebe, es war …, es war halt bloß …«

Unvermittelt ließ er sie los. »Es kann nicht sein …«, murmelte er tonlos. Wie zerschlagen musste er sich an die Wand lehnen.

Rasch schlüpfte die Gitta an ihm vorbei und betrat wieder die Gaststube. Bis sie sich etwas beruhigt und gefasst hatte, machte sie sich mit tief gesenktem Kopf an der Theke zu schaffen. Ihre Hände zitterten, alles in ihr war aufgewühlt, heiß brannten die Tränen hinter den Augen.

Als der Thomas wieder in die Gaststube kam, saß sie bereits wieder neben dem Franzl. Sein Blick, mit dem er sie kurz streifte, war von einer unsagbaren Traurigkeit, gemischt mit Verständnislosigkeit.

Lange hielt er es in dem Gastzimmer nicht mehr aus. Er konnte es nicht mitansehen, wie sie mit dem Franzl lachte und flirtete.

Es war eine klare, mondhelle Maiennacht; die milde Nachtluft war erfüllt vom süßen Duft des Flieders. Nirgends brannte mehr ein Licht, still und einsam lag die Dorfstraße vor ihnen, als die Gitta mit dem Franzl den ›Rössl-Wirt‹ verließ.

Gitta musste es geschehen lassen, dass der Franzl seinen

Arm um ihre Schultern legte, denn es hätte ja sein können, dass der Thomas sie beobachtete.

Das Lindhuber-Häuschen lag am anderen Ende des Dorfes und so mussten sie am ›Postwirt‹ vorbei.

»Schau, bei uns brennt noch Licht in der Gaststube«, sagte der Franzl. »Möchtest du nicht mit mir noch ein bissl reingehen? – Wir könnten Brotzeit machen und was trinken ...«

»Nein, Franzl«, wehrte die Gitta sofort hab. »Ich hab keinen Hunger um diese Zeit!«

»Sei doch nicht so«, drängte er. »Bei einem Schluck könntest du mir schon noch Gesellschaft leisten! – Nachher bring ich dich heim. Du bist ja eh schon eine Ewigkeit nicht mehr bei uns gewesen.«

Vielleicht sollte sie ihm diese Bitte doch erfüllen, es war immer noch besser, als allein ihren Gedanken und Sehnsüchten ausgeliefert zu sein. An Schlaf war ohnehin nicht zu denken. »Also gut, Franzl«, willigte sie unvermittelt ein. »Aber lange bleiben wir nicht.«

Mit einem zufriedenen Schmunzeln führte er sie ins Haus.

Hier konnte man auf den ersten Blick sehen, dass hinter allem eine gediegene Wohlhabenheit steckte.

In der Gaststube, die größer war als die beim ›Rössl-Wirt‹, war nur noch die Kellnerin, die Gläser wusch.

»Grüß dich, Fanny«, sagte die Gitta freundlich.

Die Fanny, ein etwa fünfundzwanzigjähriges Mädchen, schien von diesem späten Besuch nicht sehr erbaut zu sein. Denn sie murmelte nur einen undeutlichen Gruß, wobei sie den Franzl mit einem missbilligenden Blick streifte. Sie war ein hübsches Mädchen, groß und schlank mit braunem Haar, das sie zu einem Pferdeschwanz gebunden hatte, und großen braunen Rehaugen.

»Setz dich, Gitta«, sagte der Franzl geschäftig. »Ich hol uns gleich was!«

»Wir sollten doch lieber gehen, Franzl! Die Fanny will gewiss auch Schluss machen …«, versuchte die Gitta einzuwenden.

Sofort jedoch widersprach er energisch. »Sie kann ja schlafen gehen; ich hol mir mein Zeug schon selber.« Damit eilte er davon.

Mit einiger Vewunderung konnte die Gitta sehen, dass sich Fannys Gesicht ärgerlich verzog. Was hatte sie denn nur? Sie war doch sonst nicht so abweisend. Etwas unsicher wollte sie ein Gespräch beginnen. »Bei uns ist heut schon ein bissl früher Schluss gewesen …«

»Bei euch ist ja überhaupt nicht so viel los wie bei uns«, kam es abweisend von der Fanny.

»Seit der Thomas daheim ist, geht's wieder aufwärts«, meinte die Gitta leichthin, während sie sich in der gemütlich eingerichteten Gaststube umsah.

Nun kam der Franzl mit einer Flasche Sekt. »Zur Feier des Tages!«, rief er übermütig aus. »Bring uns zwei Gläser, Fanny!«

Mit undurchdringlichem Gesicht stellte die Fanny die Gläser auf den Tisch. »Kann ich jetzt gehen?«, fragte sie knapp. Als der Franzl nickte, verließ sie mit einem kalten »Gute Nacht!«, die Stube.

»Was hat sie denn? – Mir scheint, es hat ihr gar nicht gepasst, dass wir noch gekommen sind.«

Gelassen erklärte der Franzl: »Sie ist halt überarbeitet! – Sie muss von der Früh bis in die Nacht hinein rennen und schuften. Wir würden halt eine zweite Kellnerin brauchen. – Willst es dir nicht doch noch überlegen, Gitta?«

Sie tat, als sähe sie heute zum ersten Mal wie einer eine Sektflasche öffnete, und wie nebenbei erwiderte sie: »Könnt schon sein …«

»Herrschaftszeiten, Gitta, das wär schon was! – Der Vater

liegt mir eh schon andauernd in die Ohren, dass ich mich nach einer zweiten Kellnerin umschauen soll! – Früher, als die Mutter noch gelebt hat, hat halt sie immer ein bissl mitgeholfen; aber jetzt …« Mit einem auffordernden Schmunzeln reichte er ihr nun das gefüllte Glas. »Prost, Gitta, auf uns zwei!«, sagte er, dabei schaute er sie mit strahlenden Augen an.

Um ihre Gedanken und vor allem ihr Herz zum Schweigen zu bringen, trank sie ziemlich hastig.

Als die Flasche geleert war, fragte der Franzl: »Was ist, genehmigen wir uns noch eine?«

»Nein, nein, Franzl!«, widersprach sie sofort. »Ich muss jetzt heim!«

Arglos meinte er daraufhin und es klang fast ein bisschen entschuldigend: »Dein Vater ist ja krank … Das hab ich direkt vergessen! – Komm, gehen wir!«

Ja, er war wirklich ein netter, anständiger Bursche, des Postwirts Franzl, das musste sie sich eingestehen. Man musste ihn einfach gern haben. Aber wirklich lieben …? Nein, das könnte sie wohl nie! Und nun, da sie erfahren hatte, welch überwältigendes Gefühl die echte Liebe war, schon gar nicht mehr!

Als sie das winzige Lindhuber-Häusl erreicht hatten, war Mitternacht längst vorüber.

Die Gitta reichte ihm zum Abschied die Hand. »Gute Nacht, Franzl! – Es war nett von dir, dass du …«

»Gitta!«, stieß er gepresst hervor und versuchte sie an sich zu ziehen. »Du weißt, dass ich dich gern hab! – Sag, kann es nicht doch was werden mit uns?«

Geschickt wich sie ihm aus. »Du weißt, wie ich darüber denk, Franzl! Und ich muss dich bitten, nicht wieder damit anzufangen!«, erwiderte sie ernst.

»Warum denn nicht, Gitta?«

Sie hatte sich bereits hinter dem Gartentürchen verschanzt. »Weil's doch nicht sein kann!«, erwiderte sie. Rasch winkte sie ihm noch zu, dann ging sie ins Haus.

»Ich geb die Hoffnung nicht auf«, rief er ihr nach, dann machte auch er sich auf den Heimweg.

Leise, um ihren Vater nicht zu wecken, schlich sie sich in ihre Kammer. Ohne vorher Licht zu machen, ließ sie sich auf ihr Bett fallen und begann bitterlich zu weinen.

Als der Thomas gesehen hatte, dass die Gitta, mitten in der Nacht, mit dem Franzl zum ›Post-Wirt‹ gegangen war, musste er sich widerwillig eingestehen, dass sie ihm die Wahrheit gesagt hatte. Obgleich er sich hundertmal vor Augen hielt, dass sie nur mit ihm gespielt hatte, war er rasend vor Eifersucht. Doch um nichts in der Welt hätte er sich verraten.

Er verrichtete seine Arbeit wie gewohnt, das Lachen jedoch schien er verlernt zu haben. Sein Gesicht glich einer Maske, nur in seinen dunklen Augen glühte ein verzehrendes Feuer. Gitta behandelte er mit einer eisigen Reserviertheit, meist aber ging er ihr aus dem Weg. Er hatte aufgehört nach dem Warum und Wieso zu fragen, er wollte vergessen.

Mit Genugtuung hatte die Salfermooserin zur Kenntnis genommen, dass die Gitta Wort gehalten hatte.

Sie ließ einige Tage verstreichen, dann erst bemerkte sie leichthin: »Es wär langsam an der Zeit, dass du dich beim Bräu meldest, Thomas.« Gespannt wartete sie auf seine Antwort.

Der Thomas brummte nur etwas Unverständliches, wobei sein Gesicht einen harten, verbissenen Ausdruck hatte.

Aber die Salfermooserin nahm dies als ein gutes Zeichen, denn immerhin hatte er nicht widersprochen.

Einen Tag später war es so weit.

Am frühen Morgen erschien der Thomas in seinem Sonntagsanzug. Eine eiserne Entschlossenheit war aus seiner Stimme herauszuhören, als er erklärte: »Ich fahr heut auf Kunertsreuth!«

Vor Freude und Erleichterung traten der Salfermooserin die Tränen in die Augen. Überschwänglich lobte sie: »Das ist Recht, Bub! – Da wird sich die Moni aber freuen! – Vergiss ja nicht, dass du alle recht schön grüßt von mir und lade das Mädl ein!«

»Herrgott, Mutter«, fuhr der Thomas ungeduldig auf. »Ich bin doch kein kleiner Bub mehr. Du musst keine Angst haben: Was ich mir vorgenommen hab, das führ ich auch durch!«

Das war für die Salfermooserin ein Versprechen und beruhigt ließ sie ihn gehen.

Es war noch am gleichen Tag, als gegen Abend ein schnittiges Auto, das von einem Mädchen gesteuert wurde, vor dem ›Rössl-Wirt‹ hielt.

Zuerst stieg der Thomas aus; dann, als die Moni keine Anstalten machte, ihren Wagen zu verlassen, öffnete er ihr die Tür und war ihr beim Aussteigen behilflich. Sein Gesicht war verschlossen, es verriet nichts.

Die Moni trug ein gesticktes, hirschledernes Trachtenkostüm. Ihr dunkles Haar war sehr sorgfältig frisiert. Ihre stechenden grauen Augen bekamen einen harten Glanz, als sie das Gasthaus musterte, während auf ihren schmalen Wangen hektische rote Flecken sichtbar wurden. Es wäre gelogen, wollte man behaupten, sie hätte den Thomas freudestrahlend und mit weit offenen Armen aufgenommen, als er sie heute besucht hatte. Die Wahrheit war vielmehr, dass sie sich zuerst beleidigt und ziemlich gereizt gegeben hatte. Denn schließlich wollte sie ihn dafür büßen lassen, dass er sie so lange hatte warten lassen.

Selbst jetzt noch ließ sie ihn ihre Verstimmung spüren und abfällig bemerkte sie: »Eigentlich hab ich mir ein bissl was anderes vorgestellt«, wobei sie mit ihrem spitzen Kinn auf das Haus wies. »Aber mit meinem Geld lässt sich schon was draus machen!«

Thomas kam nicht dazu, etwas zu erwidern, denn soeben stürzte seine Mutter heraus und kam auf sie zugerannt.

»Jessas, das ist aber einmal eine nette Überraschung«, schrie sie überschwänglich. »Gelt, du musst die Moni sein? Mein Bub hat mir ja schon so viel von dir erzählt ... Es war aber auch allerhöchste Zeit, dass du dich einmal anschauen lässt. Komm nur gleich rein!«

Von diesem überaus herzlichen Empfang zeigte sich die Moni ziemlich beeindruckt und geschmeichelt. Als sie der Salfermooserin ins Haus folgte, trug sie ihren Kopf stolz erhoben. Sie zog ein wie eine Königin, die nun die Regentschaft übernehmen würde.

Der Salfermooser Thekla war es zwar etwas peinlich, aber sie konnte nicht umhin, sie musste ihren unerwarteten Besuch in die Gaststube hineinbitten. Hätte der Thomas nur ein einziges Wort davon gesagt, dass er das Mädchen mitbringen würde, dann hätte sie wenigstens in der kleinen Wohnstube etwas Ordnung gemacht. Dort hätte man sich ungestört unterhalten können, während hier alle Augenblicke ein Gast erscheinen konnte.

Die Gitta, sie stand hinter der Theke, erstarrte; ein glühend heißer Strom schien sie innerlich zu zerreißen. Sie wusste sofort wer das Mädchen war. Ihr Gruß war nur ein gehauchtes Flüstern.

Die Moni nickte der Kellnerin hoheitsvoll zu und rasch vertiefte sie sich wieder in die Inneneinrichtung, wobei man ihr ansah, dass sie mit dem Ergebnis keineswegs zufrieden war.

Der Thomas hatte sich so gesetzt, dass er mit dem Rücken zur Theke saß, dann musste er die Gitta nicht ansehen. Er war nicht glücklich über diesen Besuch.

Die Salfermooserin rannte aufgeregt hin und her und fragte ein ums andere Mal: »Was willst denn essen, Moni? Was soll ich dir denn zu trinken bringen?«

Plötzlich fuhr der Thomas unbeherrscht auf: »Jetzt hör doch einmal auf, Mutter! Du machst einen ja ganz nervös mit deiner Rennerei!«

»Ich mein's doch nur gut, gelt Moni?«, verteidigte sich die Salfermooserin mit einem gutmütigen Schmunzeln, dabei tätschelte sie liebevoll Monis Wange.

Mit deutlichem Vorwurf in der Stimme bemerkte die Moni: »Dem Thomas hat's halt eigentlich nicht gepasst, dass ich mitgefahren bin!?«

»Nein, nein«, fiel ihr die Salfermooserin energisch ins Wort, »das darfst du nicht sagen, Moni. Wo er es doch schon fast nicht mehr hat erwarten können.«

Die Moni war allzu gern bereit diesen Worten Glauben zu schenken und ein zufriedenes Lächeln glitt über ihr Gesicht.

Inzwischen hatte sich die Salfermooserin höchstpersönlich bemüht, denn sie kam mit einem Tablett, worauf Gläser und eine Flasche standen. »Jetzt müssen wir zuerst einmal miteinander anstoßen! Und dann mach ich das Stüberl ein bissl zurecht, da können wir uns dann in aller Ruhe unterhalten. Wenn ich gewusst hätt, dass du kommst ...«

»Von mir aus können wir auch hier sitzen bleiben«, meinte die Moni.

»Nein, nein, jeden Augenblick können Gäste kommen«, widersprach die Salfermooserin schnell und warf der Gitta, die sich mit tief gesenktem Kopf hinter der Theke zu schaffen machte, einen raschen Seitenblick zu.

Als der Thomas dann etwas später mit der Moni allein

war, fühlte er sich noch ungemütlicher. Er dachte an die Gitta, die jedes Wort mitanhören musste, und suchte krampfhaft nach einem möglichst unverfänglichen Thema.

Leider kam ihm die Moni zuvor, als sie erklärte: »So, wie das jetzt ausschaut, kannst du mir nicht zumuten, dass ich hierher komme!« Dabei schaute sie sich wie angewidert um. »Da muss schon vorher was geschehen! – Wie lange meinst du, dass es dauert, bis alles halbwegs instand ist?«

Er zuckte die Schultern, nahm einen langen Schluck aus seinem Glas, dann erst erwiderte er vage: »Schwer zu sagen. Wer weiß, ob man jetzt, so mitten im Jahr, überhaupt Handwerker …«

»Du bist gut«, unterbrach sie ihn hart. »Wenn mein Vater Handwerker bestellt, dann kommen sie auch, schließlich wird bei uns alles gleich bezahlt.«

»Herrgott, Moni«, brauste er unvermittelt auf. »Warum bist du denn überhaupt gekommen, wenn dir hinten und vorn nichts passt? – Du hast genau gewusst, dass wir uns nicht zum Besten stehen und jetzt …«

»Ich mein es doch nur gut«, fiel sie ihm jammernd ins Wort. »Ich will doch nur, dass wir alles aufs Beste haben!«

Zum Glück erschien nun die Salfermooserin und machte dieser Debatte ein Ende. »So, jetzt gehts weiter«, drängte sie. »Drüben ist's gemütlicher!«

Endlich waren sie draußen und die Gitta war wieder allein.

»Jessas«, stöhnte sie auf. »Ich hab gemeint, ich müsste ersticken!«

Es war schon eine Herzlosigkeit von der Wirtin, dachte die Gitta bitter. Sie hätt mich doch wenigstens hinausschicken können.

Plötzlich erschien die Salfermooserin erneut und rief der Gitta befehlend zu: »Bring uns noch so eine Flasche in die Stube hinüber! Aber ein bissl rasch!«

»Nein, das werd ich nicht tun!«, erwiderte erregt die Gitta. Kaum waren ihr diese Worte über die Lippen gekommen, als sie auch schon über ihren eigenen Mut erschrak. Es war das erste Mal, dass sie ihrer Chefin widersprochen hatte.

Bei so viel Frechheit geriet die Salfermooserin außer sich und schrie: »Wenn ich sag, du tust das, dann hat das auch zu geschehen …«

»Und ich geh da nicht hinüber! Es war schon boshaft genug von dir, dass du sie hier reingebracht hast, und ich hab zuhören müssen … Du kannst von mir nicht noch verlangen, dass ich sie bediene!«

»Das wirst schon noch lernen müssen, denn wenn sie heiraten …«

»Dann werd ich längst nicht mehr da sein«, wandte die Gitta ein. »Ich hab's dir gleich gesagt, du sollst dich nach einer anderen Kellnerin umsehen, weil ich fort möcht …«

»Ich kann auch nicht hexen!«, schrie die Salfermooserin erbost. »Du bleibst, solange wir dich brauchen!«

Plötzlich war es mit Gittas mühsam aufrechterhaltener Beherrschung ganz vorbei. In ihrem Gesicht war eine kalte Entschlossenheit, als sie sich ihre Geldtasche abband und sie mit lautem Klirren auf den Tisch warf. »Ich geh, und zwar gleich! Ich hab mir eh schon zu viel gefallen lassen!«

»Nein, was dir nicht einfällt!«, rief die Salfermooserin mit hochrotem Kopf. »Wer bedient denn dann die Gäste?«

»Was kümmern mich deine Gäste? – Soll doch die zukünftige Wirtin zulangen!«, hielt ihr die Gitta mit schneidender Stimme vor. Und schon machte sie sich an ihre Abrechnung.

»Das wird dich was kosten! – Das lass ich mir nicht gefallen, so einfach mir nichts, dir nichts die Arbeit hinzuschmeißen. Dableiben musst, sag ich!«, schrie die Wirtin außer sich.

»Das ist dein Geld! Behüt Gott!« Ohne sich noch weiter um die scheltende Salfermooserin zu kümmern, verließ die

Gitta die Gaststube. Alles war so rasch und überstürzt vor sich gegangen, dass sie zum richtigen Nachdenken gar nicht gekommen war. Aber als sie in den schönen, warmen Juniabend hinaustrat, atmete sie erleichtert und befreit auf. Langsam wanderte sie durchs Dorf heimwärts.

Die Sonne ging hinter den Gipfeln zur Ruhe; in wenigen Stunden würde die Nacht kommen. Schwalben schossen durch die warme, klare Luft, noch immer auf der Jagd nach Beute für ihre ewig hungrige Brut. In den Vorgärten blühten die ersten Rosen und überall sah man die süßduftenden Wicken, die sich mit ihren zarten Schmetterlingsblüten an Zäunen und Mauern emporrankten.

Hie und da war ein helles, rhythmisches Klingen zu hören, das von einem der Bauernhöfe kam. Dort wurden die Sensen gedengelt, die erste Heumahd hatte begonnen.

Das winzige Häusl des Lindhuber Wastl lag ganz am anderen Ende des Dorfes, inmitten eines sorgsam gepflegten Gemüsegartens.

Der Lindhuber, so schwer ihm das Bücken mit dem steifen Bein auch fiel, verbrachte seine ganze Zeit in seinem Garten, der sein größter Stolz war.

Auch jetzt, da es schon auf den Abend zuging, hockte er vor einem Gemüsebeet und rupfte sorgfältig jedes kleinste Unkrauthälmchen aus der aufgelockerten Erde.

Als die Gitta das Häusl ihres Vaters erreicht hatte, blieb sie wie abwartend am Gartentürchen stehen. Mit glänzenden Augen beobachtete sie ihren Vater. Nun erst kam ihr die ganze Tragweite ihres überstürzten Handelns zum Bewusstsein. Sie hatte ihre Stellung verlassen ohne sich vorher nach einer neuen umzusehen.

Nun würde sie ihrem Vater alles erzählen müssen, denn er würde sich kaum mit Ausflüchten zufriedengeben.

»Grüß dich, Vater!«, rief Gitta laut.

Der Lindhuber richtete sich etwas auf, in seinem früh gealterten Gesicht malten sich Überraschung und Verständnislosigkeit. Mühselig erhob er sich. »Was ist denn mit dir los, Gitta? Warum kommst du denn heim, jetzt, mitten am Tag?«, fragte er und humpelte auf seine Tochter zu.

War es das Mitleid mit ihrem schwergeprüften Vater oder die Ungerechtigkeit, die ihr selbst widerfahren war, was ihr die Tränen in die Augen trieb? Plötzlich stürzte sie auf ihren Vater zu und fiel schluchzend in seine Arme.

»Na, na, Mädl«, stieß der Lindhuber erschreckt hervor, dabei klopfte er Gitta beruhigend auf die bebenden Schultern. »Was ist denn nur geschehen? – Komm, gehen wir zuerst ins Haus, dann erzählst du mir alles!«

Sie ließ sich von ihrem Vater ins Haus führen, dabei liefen ihr unaufhörlich die Tränen übers Gesicht.

In der kleinen, ärmlich möblierten Wohnstube gestand die Gitta ihrem Vater alles und das Reden verschaffte ihr Erleichterung.

Still hatte der Lindhuber zugehört. Als seine Tochter geendet hatte, stieß er gepresst und leise hervor: »Armes Mädl! – Aber du hast ganz Recht getan, dass du den Thomas aufgegeben hast! – Du hast dir und auch ihm viel Kummer erspart. Und fürs Erste bleibst du bei mir daheim und versuchst nicht mehr dran zu denken. Es wird schon wieder irgendwie weitergehen.«

»Ja, Vater, das hoff ich auch«, kam es aufatmend von der Gitta. »Ich hab schon gefürchtet, du würdest schimpfen, weil ich …«

»Geh zu, Mädl! Wo sollst du denn hin, wenn nicht zu deinem Vater?! Ich bin froh, dass du mir alles erzählt hast. So was Ähnliches hat mir schon lang geschwant … gleich, wie du zum Schlafen heimgekommen bist, hab ich mir gedacht, da kann was nicht ganz stimmen … Und jetzt mach ich uns einen Pfefferminztee; der beruhigt und wird dir gut tun.« Damit humpelte er in die Küche hinaus.

Der Gitta tat es unendlich gut, so umsorgt zu werden. Ein heißes Gefühl der Dankbarkeit für das Verständnis, das ihr der Vater entgegengebracht hatte, durchströmte sie. Nein, sie war nicht ganz allein, sie hatte einen Menschen, zu dem sie kommen konnte, bei dem sie Trost fand. Draußen wurde es langsam finster. Die alte Wanduhr schlug mit lautem Schnarren acht Uhr, als es an die Tür klopfte.

Es war des Postwirts Franzl, der mit etwas verlegenem Gesicht eintrat. »Grüß Gott, zusammen! Gelt, ich hab mir's ja gleich gedacht, dass du daheim bist«, begann er erleichtert. Sein Ton war sachlich, als er fortfuhr: »Endlich ist es dir doch zu dumm geworden. Ich hab mich eh schon gefragt, wie du es mit der giftigen Raffel so lang hast aushalten können. Die hat doch seit jeher ihre Kellnerinnen gewechselt wie ihre Küchenschürze.«

Während sich der Franzl weiter ereiferte, schauten sich die Gitta und ihr Vater mit einem erleichterten Blick an. So wie der Franzl würden gewiss alle denken; niemand würde einen anderen Zusammenhang vermuten.

»Kommst du grad vom ›Rössl-Wirt‹?«, erkundigte sich der Lindhuber Wastl.

»Freilich«, bestätigte der Franzl. »Als ich nach der Gitta gefragt hab, hat mich die Salfermooserin sofort angefaucht: ›Die musst dir schon woanders suchen! Zu mir kommt sie jedenfalls nicht mehr! – Na ja, hab ich mir gedacht, weit kannst du ja nicht sein.« Dabei glitt ein zufriedenes und erwartungsvolles Schmunzeln über sein Gesicht.

Aber so ganz hatte sich die Gitta vom ›Rössl-Wirt‹ doch noch nicht gelöst, denn sie fragte: »Waren viele Gäste drinnen? – Wer hat denn bedient?«

Arglos antwortete der Franzl daraufhin: »So zehn, zwölf

werden es gewesen sein. – Eine Tochter vom Bach-Bräu war da: Mir scheint, sie hat was mit dem Thomas – sie hat ausgeholfen. Recht viel Freude werden die Leute mit der nicht haben, denn sie ist genauso unfreundlich und überheblich wie die Salfermooserin.«

Im Stillen wunderte sich der Lindhuber darüber, dass sich der Postwirt Franzl so viel um seine Tochter kümmerte, und er hatte da so einen bestimmten Verdacht. Jessas, nein, nicht schon wieder einer, der ein armes Mädl ja doch nicht heiraten darf, dachte er voller Besorgnis.

Ungeniert über die Anwesenheit des Lindhubers, fragte nun der Franzl rundheraus: »Was ist jetzt, Gitta? Jetzt könntest du doch bei uns anfangen?«

Ach so, daher wehte der Wind. Rasch sagte der Lindhuber: »Zuerst soll das Mädl noch ein bissl daheim bleiben. Und dann sehen wir weiter.« Nun, wenn der Bursche an seiner Tochter lediglich ein rein berufliches Interesse hatte, dann wäre gegen diese Stellung nichts einzuwenden.

Je mehr er darüber nachdachte, umso besser gefiel ihm diese Idee. So konnte er seine Tochter auch weiterhin bei sich behalten, während sie ihrer gewohnten Beschäftigung nachgehen konnte.

Unruhig trat der Franzl von einem Fuß auf den anderen. Niemand machte Anstalten ihn zum Bleiben aufzufordern und so blieb ihm nichts anderes übrig, als sich schließlich zu verabschieden: »Na ja, also dann geh ich halt wieder.«

»Gute Nacht, Franzl!«, kam es rasch von der Gitta. Sie schämte sich für ihre Schroffheit, die er nicht verdient hatte, doch sie brachte es nicht fertig, sich zu einem harmlosen Plauderstündchen aufzuraffen.

Auch der Lindhuber spürte, dass seiner Tochter an einem längeren Bleiben des Burschen nichts lag, und er erhob sich. »Ich geh noch mit hinaus, Franzl«, sagte er.

Doch als er sich dann am Gartentürchen von dem Burschen verabschiedete, hatte seine Stimme einen besonders herzlichen, warmen Klang.

»Redest der Gitta halt ein bissl gut zu, Lindhuber, damit sie sich's nicht gar zu lange überlegt«, bat der Franzl noch rasch und dann wandte er sich zum Gehen.

Kopfschüttelnd schaute ihm der alte Lindhuber nach. »Mir scheint, der ist auch ein guter Mensch! Aber das war schließlich der Thomas auch ...«, murmelte er vor sich hin; dann versperrte er umständlich die Haustür.

Mit einer weit ausholenden, großzügigen Handbewegung sagte der Bach-Bräu, als er der Salfermooserin in der Gaststube gegenübersaß: »Im Grunde genommen hab ich ja nichts dagegen, dass dir das Mädl hilft! – Aber ich will nicht, dass sie allzu viel und allzu hart arbeiten muss!«

»Nein, nein, Ametsbichler, da sorg ich schon dafür«, beteuerte die Salfermooserin schnell. »Außerdem kann's der Moni bloß von Nutzen sein. Und wegen dem«, nun senkte sie ihre Stimme, »dass du oder die Ametsbichlerin Sorge haben müsstet, dass was passiert, da kann ich euch ganz beruhigen. Ich pass schon auf das Mädl auf. Außerdem weiß ja mein Bub auch, was sich gehört!«

Daran hatte der Ametsbichler eigentlich zuallerletzt gedacht, immerhin war seine Tochter siebenundzwanzig Jahre alt und würde wissen, was sie tat. Vielmehr bereitete ihm etwas anderes viel größeres Kopfzerbrechen. Er war jedoch nicht der Mensch, der sich lange mit Vorreden aufhielt; rundheraus sagte er:

»Wenn im Herbst die Hochzeit sein soll, dann wird's allerhöchste Zeit, dass die Handwerker anfangen! Aber bevor ich einen herschicke, musst du deinem Buben alles überschrieben haben ... Und die zwei, die Moni und der Thomas, müssen einen Ehevertrag machen. Ich verlang es und es ist nicht mehr als recht und billig, dass mein Mädl abgesichert ist. – Ich sag ja nicht, dass ich deinem Buben was Schlechtes zutraue, nein! – Aber wenn die Männer wissen, wie sie dran sind, dann fällt ihnen das Bravsein gleich viel leichter!«

Mit einem ziemlich süßsauren Lächeln nickte die Salfermooserin. Damit hatte er ihr unumwunden zu verstehen gegeben, dass sie in Zukunft nichts mehr zu reden hatte, dass die Moni schalten und walten konnte, wie es ihr gefiel.

»Wir könnten's gleich morgen beim Notar machen, Salfermooserin«, schlug der Bach-Bräu gelassen vor. »Dann wird nächste Woche gleich das Renovieren angefangen. Und, das bitt ich mir aus, sobald du eine Kellnerin auftreibst, dann schickst mir das Mädl wieder heim. Ich werd mich selber auch ein bissel umschauen.«

»Ja freilich, Ametsbichler!«

Der Thomas hatte Gittas vermeintlichen Treuebruch noch immer nicht verwunden. Immer wieder grübelte er über ihr unverständliches Verhalten nach. Und so sehr er auch dagegen ankämpfte, er liebte sie immer noch. Aber das würde sich, nein, das musste sich ändern, wenn er erst mit der Moni verheiratet sein würde.

Und plötzlich war auch er es, der auf die Heirat drängte. Ihm konnten die Instandsetzungsarbeiten gar nicht schnell genug vorangehen.

Die Moni bestand darauf, dass im Obergeschoss eine komplette Wohnung für sie eingerichtet wurde; mit Wohnzimmer, Schlafzimmer, Bad und allem, was dazugehörte. Und obgleich dies in einem Gasthaus nicht üblich und auch ziemlich überflüssig war, weil sich das Leben der Wirtsleute bei den Gästen abspielte, widersprach ihr der Thomas nicht. Er ließ ihr auch in vielen anderen Dingen ihren Willen und das geschah nicht etwa aus übergroßer Liebe. Nein, eher aus einem Gefühl der Schuld heraus, das er ihr gegenüber empfand, weil er nicht imstande war, ihr zu geben, worauf sie ein Recht hatte: seine Liebe.

Und Moni schwamm in einem Meer himmelblauer Träume. Sogar ihre Spitzzüngigkeit ließ etwas nach und sie zeigte sich auch den Gästen gegenüber etwas umgänglicher.

Ihre gehobene Stimmung hielt bis zu jenem geheimnisvollen Gespräch mit dem Gidi an.

Der Gidi wollte nichts weiter, als seine Stellung sichern, ja, wenn möglich, sogar noch weiter ausbauen. Und das gelang nur, wenn er Monis Vertrauen errang, wenn er sich schlau auf ihre Seite schlug. Es war nie von Nachteil, wenn einem jemand verpflichtet war, und gerade dafür wollte er sorgen.

Der alte Postwirt war ein kleines, rundliches, stets munteres Männchen. Seine Freundlichkeit allen Leuten gegenüber entsprang seinem Herzen und nicht seinem Geschäftssinn.

Seit seine Frau vor ein paar Jahren gestorben war, gab es auf der Welt nur noch zwei Dinge, die er über alles liebte: seinen Sohn und seine Behaglichkeit. Und so war es auch zu verstehen, dass er dem Franzl, trotz seiner Jugend – er war erst sechsundzwanzig Jahre alt – in geschäftlichen wie auch in persönlichen Dingen freie Hand ließ. Der Franzl konnte schalten und walten wie es ihm passte, und er tat dies zur vollen Zufriedenheit seines Vaters.

»Ja«, pflegte der Postwirt seinen Gästen mit einem zufriedenen Schmunzeln und einem lustigen Augenzwinkern zu versichern, wobei er seine Hände gemütlich über seinem umfangreichen Bauch gefaltet hielt, »auf meinen Franzl ist Verlass! Der Bub kümmert sich wirklich um alles, der schaut, dass alles vorwärts geht.«

Und so machte der Alte auch nicht viel Aufhebens davon,

als ihm der Franzl eine neue Kellnerin vorstellte. Herzlich begrüßte er die Gitta: »Das ist recht, Mädl, dass du bei uns arbeiten willst! Wirst es schon sehen, mit uns ist ein gutes Auskommen!«

Die Gitta hatte zum alten Postwirt sofort Vertrauen gefasst; sie hatte ihn immer schon recht gern gehabt. Doch eines machte ihr Sorge: Fannys offen zur Schau getragene Ablehnung.

»Wär nicht unbedingt notwendig gewesen, dass wir zu zweit sind«, sagte die Fanny zur Gitta, als diese sie begrüßte. »Bis jetzt bin ich immer noch allein fertig geworden.« Ihre sonst sanften, rehbraunen Augen blickten die Jüngere wenig freundlich an.

Zuerst war die Gitta so verdutzt, dass sie kein Wort über ihre Lippen brachte. Dann meinte sie beschwichtigend: »Ich will dir ja nichts wegnehmen, Fanny. – Wir könnten es uns doch so einteilen, dass wir abwechselnd unseren Dienst machen; die eine von der Früh bis zum Nachmittag, und die andere den ganzen Abend.«

Mürrisch stieß die Fanny hervor: »Von mir aus. Ich bin ja vorher auch nicht gefragt worden.«

»Ich hab halt bloß gemeint«, wandte die Gitta zaghaft ein. »Es muss ja nicht sein, dass wir alle gleichzeitig da sind. So hast du doch ein bissl mehr Zeit für dich und kannst dich auch einmal ausschlafen!«

»Ich wüsste nicht, was ich mit meiner freien Zeit anfangen sollt. Ich bin hier daheim«, entgegnete die Fanny unwirsch.

Langsam wandte sich die Gitta um. »Ja, dann geh ich halt wieder …«

Die Fanny wartete, bis die Jüngere die Tür fast erreicht hatte, dann erst rief sie sie zurück. »Brauchst doch nicht gleich davonlaufen! Von mir aus machen wir es halt so, wie du gemeint hast!«

Mit einem unguten Gefühl kam die Gitta zurück. Dann ließ sie sich von der Fanny in ihre Arbeit einweisen.

Am Nachmittag hatte sich ein heftiges Gewitter über dem Tal entladen. Für zwei lange Stunden hatte eine Weltuntergangsstimmung geherrscht. Doch nun wurde es bereits wieder heller und hie und da stahl sich ein Sonnenstrahl hinter den abziehenden Wolkenbänken hervor.

Die Moni schaute aus dem Fenster; menschenleer lag die Dorfstraße vor ihr. Bei dem immer noch anhaltenden Nieselregen würde sich kaum ein Gast sehen lassen, aber das beunruhigte sie nicht sonderlich. Sie verließ ihren Fensterplatz und vertiefte sich in eine Zeitung.

Plötzlich streckte der Gidi seinen Kopf zur Tür herein. »Bist ganz allein?«, fragte er.

Die Moni faltete ihre Zeitung zusammen und erwiderte gelangweilt: »Bei so einem Sauwetter traut sich kein Mensch vor die Tür!«

Nun kam der Gidi vollends in die Gaststube herein; sehr sorgfältig schloß er die Tür. In seiner Stimme war ein fast unterwürfiger Ton, als er bat: »Könnt ich ein Stamperl Enzian haben? Mir ist gar nicht recht gut.«

Wäre es der Moni nicht so langweilig gewesen, dann hätte sie ihn sicher mit einer heftigen Erwiderung fortgeschickt. Doch nun bequemte sie sich dazu, gönnerhaft zu entgegnen: »Von mir aus kannst du dir ein Glas eingießen!«

Das ließ sich der Gidi nicht zweimal sagen. Geschwind schlängelte er sich hinter die Theke, während er jammernd meinte: »Es ist die fette Kost, die ich nicht vertragen kann.«

»Das glaub ich dir gern«, konnte ihm nun die Moni beipflichten. »Ich hab's ihr«, damit war ihre zukünftige Schwiegermutter gemeint, »gewiss schon oft genug gesagt, sie soll nicht so fett kochen, aber da redest du gegen eine Wand. Sie geht mit Schmalz und Butter um, als wenn es so sein müsst!

Erstens ist das viel zu teuer und dann ist's ja auch gar nicht gesund!«

Mit einem einschmeichelnden, hinterhältigen Grinsen bemerkte der Gidi: »Ewig wird's ja nicht mehr dauern! – Nach der Hochzeit wirst ja du die Küche übernehmen?«

»Ja, und dann wird anders gekocht!«, kam es hart von der Moni.

Den Blick schmerzlich auf das geleerte Glas gerichtet, stieß der Gidi hervor: »Wenn's nur schon so weit wär!« Etwas lebhafter fuhr er fort: »Ich muss es dir eingestehen, ich bin froh, dass du Wirtin wirst! – Mit der anderen wär er gewiss von Federn auf Stroh gekommen ...« Er verstummte, ein lauernder Ausdruck erschien auf seinem Gesicht.

Ob sie das soeben Gehörte getroffen hatte, ließ sich die Moni nicht anmerken. Ihre Hand zitterte kaum, als sie ihm nachschenkte.

»Vergelt's Gott, Moni!«, bedankte sich der Gidi überschwänglich. In gelassenem Plauderton sprach er weiter: »Sie war zwar eine gute Kellnerin, aber zu einer Wirtin gehört schon mehr! – Na ja, und lang hat's auch nicht gedauert, das G'spusi. – Er wird halt selber bald daraufgekommen sein, dass es zu nichts führt. – Also, wenn du mich fragst: Ich hab nie recht verstanden, was an der Gitta schon groß dran sein soll! Da gibt's schon noch andere ...« Er schaute Moni bewundernd an.

Sie brachte ein gekünsteltes Lächeln zustande und entgegnete: »O mei, über Geschmack kann man nicht streiten!« Dabei erschien ein hartes Glitzern in ihren grauen Augen.

Plötzlich hatte es der Gidi sehr eilig die Gaststube zu verlassen. Etwas überstürzt bedankte er sich: »Vergelt's Gott, Moni! – Ich muss wieder an die Arbeit ...«, und schon machte er sich davon. Er fragte sich, ob er nicht vielleicht doch über das Ziel hinausgeschossen war!

Bolzengerade und wie erstarrt blieb die Moni sitzen. Ihre Wut steigerte sich bis zur Weißglut. Und nun, da sie allein war, konnte sie sich gehen lassen. Ihr Gesicht war fahl, zwei scharfe Falten, die sich um ihren schmallippigen Mund eingruben, ließen sie um zehn Jahre älter erscheinen. »Der Schuft, der miserablige ..., der Haderlump ... das werd ich ihm heimzahlen! – Der wird sich noch wundern ..., mit mir kann er das nicht machen ...«, stieß sie zischend hervor, dabei hieb sie mit den geballten Fäusten auf die Tischplatte.

Als ihre größte Wut verraucht war, begann sie zu überlegen. Gewiss, am wirkungsvollsten würde sie ihn treffen, wenn sie das Verlöbnis lösen würde. Doch dieser Gedanke wurde sofort verworfen. Wie würde sie denn vor den Leuten dastehen? Außerdem wollte sie den Thomas – und zwar für sich allein! Vorerst würde sie sich schon noch beherrschen müssen; aber aufgeschoben war ja noch lange nicht aufgehoben!

Seit dem Gespräch zwischen der Moni und dem Gidi war noch keine Stunde verstrichen, als der Thomas die Gaststube betrat.

»Denk' dir, Moni, ich hab eine Kellnerin aufgetrieben«, berichtete er. »Jetzt bist von deinem Posten wieder erlöst und kannst heim.«

»Zuerst möcht ich schon wissen, was das für eine Person ist«, fiel sie ihm scharf ins Wort.

»Es ist die Gruttauer Nanni ... Du wirst sie ohnehin nicht kennen, denn sie ist ein Mädl aus unserem Dorf. – Sie ist ein fleißiges, junges Mädl und hat bisher bei der Kramerin im Laden bedient. Sie verdient da zu wenig, sagt sie, und tät gern bei uns als Kellnerin anfangen.«

Nun, da ihr Misstrauen einmal geweckt war, hatte er das Mädchen für ihren Geschmack viel zu sehr gelobt. Argwöhnisch wandte sie ein: »Eine Ältere wär mir lieber!«

Arglos meinte Thomas: »Eine junge, freundliche Kellnerin ist bei den Gästen beliebter als …«

»Ich versteh gar nicht, warum du dich für das Mädl so ins Zeug legst«, kam es gedehnt von der Moni.

Verwirrt entgegnete der Thomas: »Ich hab gemeint, du wärst froh, wenn du von dem Geschäft erlöst wirst? Fürs Erste könnten wir die Nanni doch nehmen, und wenn sie uns nicht zusagt, dann schauen wir uns in Ruhe nach einer anderen um. Ich hab es ihr gleich gesagt, dass ich erst sehen will, ob sie mit der Arbeit auch zurechtkommt.«

»Wie alt ist sie denn?«, wollte die Moni wissen.

Er zuckte mit den Schultern, ehe er vage erwiderte: »So um die Zwanzig vielleicht.«

»Sie soll sich halt zuerst einmal bei mir vorstellen!«, entschied die Moni knapp.

Der Thomas war zufrieden, obgleich er sich im Stillen über ihr seltsames Verhalten wunderte. Sie war es doch gewesen, die es ihm unter die Nase gerieben hatte, dass es für eine Bräutochter entwürdigend sei, Gäste zu bedienen!

Der Hochsommer kam und mit ihm die Hitze, die über dem Tal brütete. Verschwunden war die Blumenpracht; die erste Heuernte war vorüber, das Heu in den Scheunen.

Beim ›Post-Wirt‹ ging alles seinen gewohnten Gang. Die beiden Kellnerinnen hatten sich aneinander gewöhnt und die anfänglichen Reibereien nahmen ein Ende, zumal die Fanny bald gemerkt hatte, dass sich die Gitta nichts aus dem Franzl machte.

Nur der Franzl war mit dem Lauf der Dinge ganz und gar nicht einverstanden. Seine Hoffnung, dass er die Gitta bald erobert hätte, wenn sie nur erst einmal bei ihnen im Haus war, hatte sich nicht erfüllt. Und es hatte ganz den Anschein, als würde sie sich auch nicht mehr erfüllen.

So sehr er sich auch um das Mädchen bemühte, er kam bei ihr keinen Schritt vorwärts. Sie war nett und freundlich, aber sonst wich sie ihm geschickt aus.

Seit einiger Zeit war mit der Gitta eine Veränderung vor sich gegangen. Sie wirkte niedergeschlagen und bedrückt. Sie musste sich dazu zwingen, zu den Gästen freundlich zu sein und ihre Arbeit ordentlich zu verrichten. Ihr Gesicht war schmaler und blasser geworden, in ihren großen, grünen Augen war ein ängstlicher, verstörter Ausdruck. Ziemlich oft wurde sie dabei ertappt, wie sie minutenlang vor sich hinstarrte, ohne irgendetwas wahrzunehmen. Wurde sie daraufhin angeredet, so zuckte sie zusammen und bemühte sich um ein krampfhaftes Lächeln.

»Was hast du denn, Gitta?«, fragte der Franzl sanft, als er wieder einmal sah, dass sie mit ihren Gedanken weit fort war.

Wie eine Erwachende schaute sie ihn an und antwortete mit einem verlegenen: »Ich? Nichts hab ich!«

Die beiden waren allein in der Gaststube, es ging bereits auf Mitternacht zu.

Während die Gitta noch Ordnung machte, ließ der Franzl keinen Blick von ihr. Nein, dachte er grimmig, so geht das nicht mehr weiter; wie ein Schulbub lass ich mich von ihr nicht hinhalten!

Plötzlich trat er hinter sie und kurzentschlossen versuchte er sie in seine Arme zu ziehen.

»Hör auf, Franzl«, fuhr ihn die Gitta an. »Du weißt, dass ich das nicht mag!« Damit trat sie ein paar Schritte zurück und schaute ihn abweisend an.

Aber nun verlor auch der Franzl die Geduld. Erbittert hielt er ihr vor: »Du weißt, dass ich dich gern hab und dass ich es ehrlich mit dir mein.«

»Ich hab's dir schon öfter gesagt, dass ich davon nichts hören will«, fiel sie ihm kalt ins Wort.

»Herrgott, was willst du denn noch? Reicht dir das nicht, was ich dir zu bieten hab?« Plötzlich wurde er sarkastisch, als er hinzusetzte: »Du hältst dich wohl für was Besseres? Kann sein, dass dir ein anderer in die Augen sticht. Aber vergiss nicht, wenn's ans Heiraten geht, dann rechnen sich die meisten aus, was die eine ist und was sie mitbringt!«

Nun wurde auch sie wütend. Zornig schleuderte sie ihm entgegen: »Ach so einer bist du! Sagst mir, dass ich, eine arme Kellnerin, ein Mordsglück hab, dass du mir die Ehre geben würdest und ...«

»Da ist was dran. Es gibt einen Haufen Mädchen, die sich alle zehn Finger abschlecken würden, wenn sie Postwirtin werden könnten«, wandte er erregt und ziemlich laut ein.

»Und ich dank für die Ehre«, erwiderte sie beleidigt und den Tränen nahe. »Warum kannst mich denn nicht in Ruhe lassen, wenn du schon merkst, dass ich von dir nichts will?«

Aber nun nahm der Franzl seinen ganzen Stolz zusammen und entgegnete kalt: »Also gut, von heute an hast deine Ruhe von mir. Ich hab's nicht nötig, dass ich lange betteln muss.« Damit drehte er sich um und verließ die Gaststube.

Fürs Erste atmete sie erleichtert auf; das wäre ein für allemal geklärt. Plötzlich aber liefen ihr die Tränen über die Wangen, ein schmerzliches Aufschluchzen entrang sich ihrer Kehle. Es wäre so leicht für sie gewesen, alle Sorgen loszuwerden. Sie hätte dem Franzl nur ihr Jawort zu geben brauchen.

Mit einem Mal schämte sie sich, diesen Gedanken auch nur für eine einzige Sekunde erwogen zu haben. Nein, was sie sich eingebrockt hatte, das wollte sie auch allein auslöffeln.

Sie nahm sich zusammen, wischte sich die Tränen ab, dann machte sie sich auf den Heimweg.

Es war eine helle, warme Sommernacht und der Mond hing wie eine silberne Scheibe am sternenbestickten Firmament.

Niemand begegnete ihr, als sie die Dorfstraße entlangging. Als sie beim ›Rössl-Wirt‹ vorbeikam, blieb sie stehen. Nun konnte sie betrachten, wozu ihr beim hellen Tageslicht der Mut fehlte. Hier waren die Handwerker schon fleißig an der Arbeit und bald würde in das stattlich herausgeputzte Haus ein junges Paar einziehen.

Daran durfte sie nicht länger denken, diese Gedanken waren allzu schmerzlich. Rasch ging sie weiter.

Der Lindhuber Wastl war ein Frühaufsteher. Er versorgte in aller Herrgottsfrühe schon seinen sorgsam gehegten Garten. Noch ehe die Sonnenstrahlen mit aller Kraft vom Himmel brannten, schleppte er viele Gießkannen voll Wasser zu seinen Gemüsebeeten. Er goss so lange, bis alle Beete durchtränkt waren und die lockere, schwarze Erde dampfte. »So, das muss reichen bis zum Abend!«, sagte er und sein zufriedener Blick streifte über die üppige Pracht. Seit er dem Postwirt so manchen Korb mit Gemüse und Salat verkaufte, bereitete ihm seine Arbeit im Garten doppelten Spaß.

Als der Lindhuber ins Haus humpelte, war es sechs Uhr. Bald würde die Gitta aufstehen, denn sie hatte heute Frühschicht; ihr Dienst begann um halb acht Uhr.

So wie jeden Tag richtete er das Frühstück. Seit seine Tochter wieder bei ihm im Haus wohnte, tat er das mit besonders viel Sorgfalt; dabei freute er sich schon auf das gemütliche Beisammensitzen. Als alles auf dem Tisch stand, der Kaffee in der Kanne dampfte, rief er seine Tochter: »Gitta, aufstehen, es ist halb sieben!«

Die Gitta war schon seit geraumer Zeit aus dem Bett und kämpfte mit der morgendlichen Übelkeit.

Als sie zu ihrem Vater in die Stube trat, die von den Strahlen der Morgensonne durchflutet war, fühlte sie sich elend und zerschlagen.

»Guten Morgen, Vater!«, sagte sie müde und sie setzte sich zu ihm an den Tisch.

»Guten Morgen, Gitta! Das wird wieder ein Tagerl, heut! Ich hab heut schon wie narrisch gegossen, denn es wird wieder ganz schön heiß werden. Heut kann ich meine ersten Fiesolen abnehmen … Magst du sie lieber als Salat oder soll ich ein Gemüse kochen? Als Salat wären sie vielleicht besser, weil sie noch so jung und zart sind; da findest du kein Faderl drin …«, plauderte der Lindhuber munter drauflos, dabei schob er seiner Tochter die Kaffeekanne über den Tisch.

Kaum stieg der Gitta der Kaffeegeruch in die Nase, als sie sofort von einer erneuten Übelkeitswelle erfasst wurde. Rasch sprang sie auf und verließ hastig die Stube.

Verwirrt schaute ihr der Lindhuber nach. »Na, was hat sie denn? Das ist jetzt schon das dritte Mal, dass sie …« Plötzlich verschlug es ihm die Sprache; ein Gedanke war ihm durch den Kopf geschossen. »Jessas, Maria und Josef, sie wird doch nicht schwanger sein?«, stöhnte er erschüttert. »Du heilige Mutter Annerl, das nicht auch noch!«

Seine Augen waren ängstlich auf die Gitta gerichtet, als sie wieder hereinkam. Zögernd, doch ohne Vorwurf, fragte er: »Mädl, was hast du denn?«

Fast unhörbar stieß die Gitta hervor: »Vater, ich krieg ein Kind!« Dabei starrte sie mit blinden Augen aus dem Fenster.

Für einen Moment war es sehr still in der kleinen Stube.

Aufseufzend sagte der Lindhuber: »Hab ich's mir doch gedacht!« Seine Augen waren voller Mitleid auf seine Tochter gerichtet. »Armes Mädl, ich wünschte, das wär dir erspart geblieben!«

Hätte er geschimpft und getobt, dann wäre es für sie leichter gewesen, so aber konnte sie sich nicht länger beherrschen und begann herzzerbrechend zu weinen. »Vater, was soll ich denn jetzt tun?«, schluchzte sie verzweifelt.

Der Lindhuber streichelte beruhigend ihre Hand. »Sei still, Mädl, es gibt Schlimmeres! Du bist nicht die Erste und du wirst auch nicht die Letzte sein! Willst du es ihm sagen?«, fragte er sanft.

Sofort schüttelte sie energisch den Kopf. »Nein, Vater. Ändern lässt sich ohnehin nichts mehr!«

Er wollte sie nicht auch noch verletzen; das hatte bereits das Schicksal besorgt. Tröstend meinte er: »Hör auf zu weinen, Gitta. – Es wird schon weitergehen. Schau, du hast ja noch mich.«

»Ich werd bald nicht mehr arbeiten können«, wandte sie sorgenvoll ein.

»Dann bleibst du bei mir bis alles vorbei ist! – Und wenn das Buzerl erst einmal da ist, dann lern ich halt um auf Kindermädchen; da hab ich dann gleich wieder eine Beschäftigung. Und du kannst wieder zur Arbeit gehen.«

Sie zwang sich ein dankbares Lächeln ab. »Vater, was tät ich bloß, wenn ich dich nicht hätt?« Seine Fürsorge und seine Hilfe taten ihr unendlich wohl, sie fühlte sich erleichtert.

»Der ›Post-Wirt‹ nimmt dich gewiss wieder«, meinte er überzeugt.

Nun musste sie zugeben: »Das glaub ich kaum, Vater. – Der Franzl hat es sich in den Kopf gesetzt, dass ich ihn heiraten soll und gestern hab ich mich deswegen mit ihm überworfen. Das wird er mir kaum verzeihen.«

»Weiß er, dass du …?«

»Nein, das könnt ich ihm nie sagen! Und es geht ihn auch nichts an!«, erwiderte die Gitta niedergeschlagen. Nachdenklich fuhr sie fort: »Eigentlich müsst er mir ja dankbar sein. Denn es wär für mich ein Leichtes gewesen ihn zu hintergehen und …«

»Jessas, Mädl, ich kann dir gar nicht sagen, wie froh ich bin, dass du dich auf so was nicht eingelassen hast«, entfuhr es dem Lindhuber. »So was bringt kein Glück und du hättest keine ruhige Minute mehr!«

»Ja, das hab ich mir auch gedacht. Die Leut werden sich halt ihre Mäuler zerreißen.«

»Sie sollen nur reden! Dazugeben tut dir eh keiner was! – Und es ist die größte Schande nicht, wenn eine ihr Kind auf die Welt bringt und dafür gradsteht!«, wandte er hart ein. Aufmunternd setzte er hinzu: »Jetzt lass den Kopf nicht mehr hängen, Gitta. Es wird schon werden.

An diesem Morgen war die Laune des Franzl rabenschwarz. Er hatte sich gestern, nachdem die Gitta heimgegangen war, einen ordentlichen Rausch angetrunken. Schließlich war es ihm zum ersten Mal passiert, dass er von einem Mädchen so schroff abgewiesen worden war, und da hatte es schon eines Trostes bedurft. Seine anfängliche Wut war nach dem zehnten Glas in heftiges Selbstmitleid umgeschlagen, das er aber ebenfalls mit einer gehörigen Menge Alkohol zum Schweigen gebracht hatte.

Und nun fühlte sich sein Kopf an, als hätte er die Größe eines Kürbisses. Er fühlte sich in jeder Hinsicht verkatert, seelisch und auch körperlich.

Aber eines hatte er sich vorgenommen: Der Gitta sollte ihre Lieblosigkeit noch bitter Leid tun! Als sie am frühen Morgen in der Gaststube erschien, saß der Franzl bereits vor einer Halbe Weißbier, er musste seinen Brand löschen. Auf ihren Gruß antwortete er nur mit einem undeutlichen Brummen. Er strafte sie mit Verachtung.

Ist mir auch recht, dachte sich die Gitta, so hab ich wenigstens meine Ruh!

Bald darauf erschien die Fanny. Sie hatte beim Post-Wirt ihr Zimmer, doch die meiste Zeit verbrachte sie, auch wenn sie frei hatte, unten in der Gaststube.

Als sie sich mit ihrem Frühstück an einen Tisch gesetzt hatte, spürte auch sie die gespannte Atmosphäre. In ihren braunen Augen erschien ein boshaftes Funkeln, als sie gelassen fragte: »Na, ist hier heute Gewitterstimmung?«

Der Franzl hatte eine heftige Erwiderung auf der Zunge, als er es sich plötzlich anders überlegte. Seine Stimme klang einschmeichelnd, als er die Fanny aufforderte: »Was ist, Fannerl, willst du dich nicht lieber zu mir hersetzen?«

Vor Erstaunen riss die Fanny Mund und Augen auf: »Wenn du meinst?«, stieß sie zögernd hervor, dann nahm sie ihr Tablett und trug es an Franzls Tisch. Noch immer misstrauisch über diese ungewöhnliche Gunstbezeugung, fragte sie vorsichtig: »Bist du nicht gut beieinander heut?«

Er stieß ein gepresstes Lachen aus und versicherte laut: »Ich hab mich noch nie gesünder gefühlt, Fannerl!«

Vor Freude schoss ihr eine heiße Blutwelle ins Gesicht. Sie sah, dass sein Glas leer war und erbot sich fürsorglich: »Soll ich dir noch eine Halbe bringen, Franzl?«

Er betrachtete sie wohlgefällig, ganz so, als sähe er sie heute zum ersten Mal, ehe er antwortete: »Nein, Fannerl, lass gut sein! – Du hast dienstfrei und bleibst bei mir sitzen! – Das soll nur die Gitta machen …« Laut und gebieterisch rief er, obgleich sie seine Worte ohnehin gehört hatte: »Gitta, noch eine Halbe Weißes!«

Die Gitta nahm das nicht weiter tragisch, er kam ihr nur dumm und kindisch vor, weil er sich auf so billige Art an ihr rächen wollte. Unbewusst glitt ein etwas überhebliches Lächeln über ihr Gesicht, als sie ihm mit einem freundlichen »Zum Wohlsein« das Glas auf den Tisch stellte.

Und gerade dieses Lächeln war es, was ihn sofort wieder in Wut brachte. »Davon, dass eine Zitrone ins Weißbier gehört, hast wohl noch nichts gewusst?«, fuhr er sie an.

Wortlos wandte sich die Gitta um. Sie wusste, er mochte es

nicht, oder er hatte es bis heute nicht gemocht, denn er konnte den Zitronengeschmack nicht ausstehen. Trotzdem brachte sie ihm auf einem Tellerchen eine Zitronenschnitte.

Die Fanny wusste nicht, was sie von alledem halten sollte. Sie wurde von ihren Gefühlen förmlich hin und her gerissen. Einerseits freute sie sich über die Missstimmung, die zwischen den beiden herrschte, andererseits ärgerte sie sich über die Art und Weise, wie er mit ihrer Kollegin umsprang.

Achtlos ließ der Franzl die Zitronenscheibe liegen und nahm einen großen Schluck aus dem hohen Kelchglas. »Was meinst, Fannerl, willst heut mit mir in die Stadt fahren? Ich hab da was zu erledigen und es würd mich freuen, wenn du mitkommen würdest. – Du hast doch eh frei …«

Vor Überraschung blieb der Fanny für einen Moment direkt die Luft weg. Aber dann erwiderte sie rasch: »Wär nicht schlecht! Ich bin eh schon eine halbe Ewigkeit nicht mehr aus dem Dorf herausgekommen. Wann kommst du denn zurück, Franzl?«

Er zuckte mit den Schultern, dann meinte er anzüglich: »Kommt ganz darauf an, wie gut wir uns unterhalten, Fannerl.«

Nun mischte sich die Gitta ein und sagte aufmunternd zur Fanny: »Wegen dem Geschäft musst du dir nichts denken, Fanny! Fahr nur mit! Es macht mir wirklich nichts aus, wenn ich für heut deinen Dienst mit übernehm!«

»Das wär aber nett von dir, Gitta; Vergelt's Gott«, kam es erleichtert von der Fanny.

Und den Franzl wurmte es nicht schlecht! Er hatte geglaubt, sie zu ärgern, während es ihr nicht das Geringste auszumachen schien … Er warf der Fanny einen prüfenden, abschätzenden Blick zu. Nun, zum Glück war auch sie nicht ohne, mit ihr konnte man sich schon sehen lassen. Komisch, dass ihm das bis heute noch nie aufgefallen war.

Als der Franzl und die Fanny endlich fort waren, ging der Gitta plötzlich ein Licht auf: Natürlich, das war es: Die Fanny war in den Franzl verliebt! Ihr schroffes, abweisendes Verhalten ihr, Gitta, gegenüber war nichts anderes als Eifersucht gewesen.

Unmerklich, doch stetig wurden die Tage kürzer; der Sommer neigte sich seinem Ende zu. Zwar war es tagsüber noch heiß und schwül, aber die Abendnebel brachten eine allzu rasche Abkühlung. Immer länger blieb der Tau morgens auf den Wiesen liegen, die Sonne verlor an Kraft.

Das Getreide war eingebracht. Die Obstbäume schienen unter der schweren Last ihrer Früchte schier auseinanderzubrechen. Doch noch war die Zeit der Reife nicht beendet.

Schon fing der Bergwald an sich bunt zu färben. Vor den Fenstern blühten noch die Geranien und in den Vorgärten blühten Dahlien, groß wie Kinderköpfe, und Astern in kräftig leuchtenden Farben, so, als würde es nie einen Winter geben. Doch die Tage ihres Blühens waren bereits gezählt. Eine einzige Frostnacht würde genügen um alle Pracht zum Welken zu bringen. Noch einmal zeigte sich die Natur in all ihrer Schönheit und Vielfalt, ehe sie sich für eine lange Zeit unter einer starren Schneedecke ausruhen würde.

Das ganze Dorf befand sich in Aufruhr. Schon seit dem ersten Morgengrauen zerrissen Böllerschüsse die Stille. Heute wurde die größte und prächtigste Hochzeit gefeiert, die das Dorf je gesehen hatte. Heute gab der Ametsbichler Florian, Bach-Bräu zu Kunertsreuth, seine Tochter dem Salfermooser Thomas zur Frau. Und wie bei jeder Hochzeit, die der Bräu seinen Töchtern ausrichtete, floss auch diesmal das Bier in Strömen; das ganze Dorf war eingeladen.

Der ›Rössl-Wirt‹ erstrahlte in neuem Glanz und noch viel

prächtiger als je zuvor. Weder Geld noch Mühe waren gescheut worden um der Moni ein angemessenes neues Zuhause einzurichten.

So ziemlich jeder Dorfbewohner, der schon oder noch halbwegs laufen konnte, feierte kräftig mit; bewirtet wurde jeder.

Nur eine, die Gitta, konnte sich an diesem Tag nicht freuen. Mit unbeweglichem, steinernem Gesicht verrichtete sie ihre Arbeit. Und als sie den Klang der Kirchenglocken hörte, zerriss es ihr fast das Herz. Nun wurde dieser Bund vor Gott und den Menschen besiegelt; unwiderruflich.

Die Gitta stand am Fenster und starrte hinaus in den azurblauen Herbsttag, während ihr die Tränen übers Gesicht rollten.

In der Gaststube sowie auch oben im großen Saal waren alle Tische festlich geschmückt. Und sobald die Trauung vorbei sein würde, erwartete man den großen Ansturm der Gäste. Für eine Hochzeit dieses Ausmaßes brauchte es schon zwei Wirtshäuser, um die Zahl der geladenen Gäste aufnehmen und bewirten zu können.

Unbemerkt war die Fanny hinter die Gitta getreten. Spontan legte sie dem weinenden Mädchen ihren Arm um die Schultern und versuchte sie zu trösten: »Musst nicht mehr weinen, Gitta!« Sie hatte das Mädchen, nun da sie mit dem Franzl einig war und von ihr nichts mehr zu befürchten brauchte, lieb gewonnen. Und sie hatte bald die näheren Zusammenhänge erspürt.

»Denk nicht mehr dran, er ist es nicht wert, Gitta«, redete sie beschwichtigend weiter. »Sonst würde er jetzt nicht mit einer anderen vor dem Altar stehen!«

Mit tränenüberströmtem Gesicht schaute die Gitta die Fanny ganz verstört an. »Woher weißt du denn …?«, stieß sie mühsam hervor.

»Das war leicht zu erraten«, antwortete die Fanny. »Zuerst hab ich gedacht, du hättest es auf den Franzl abgesehen. Aber als ich dann gemerkt hab, dass du ihn nicht magst, ist mir ein Licht aufgegangen; auch weil grad zu der Zeit die Moni beim ›Rössl-Wirt‹ aufgekreuzt ist. Ich hab mich oft gefragt, warum der Franzl nicht dahintergekommen ist. Aber die Männer denken halt bloß an sich!« Sie legte ihren Arm um Gittas Taille, um sie zu einem Stuhl zu führen. Plötzlich zuckte sie zurück und rief tief erschrocken aus: »Jessas, Gitta, du bist doch nicht …?«

Kein Wort brachte die Gitta über ihre zuckenden Lippen, doch sie nickte zustimmend.

»Um Gottes willen und der Bazi steht in der Kirche und lässt sich mit einem Geldsack verheiraten …«, ereiferte sich die Fanny völlig außer sich.

Die Gitta wankte zu einem Stuhl, dann berichtete sie stockend und mit verzagter Stimme, was sich wirklich abgespielt hatte. Sie schloss mit den bitteren Worten: »Ich weiß nicht, ob ich das durchgestanden hätt, wenn ich gewusst hätt, dass ich ein Kind von ihm erwarte?«

Aus ihren Worten klang deutlich Hochachtung, als die Fanny zugab: »Das hätt ich nie übers Herz gebracht!«

Plötzlich ergriff die Gitta Fannys Hand und flehte: »Versprich mir, dass kein Sterbenswort über deine Lippen kommt! Ich bitt dich, es darf kein Mensch erfahren, wer der Vater von meinem Kind ist! Ich hätt ja keine gute Stunde mehr im Dorf und müsst am Ende auch noch fort.«

»Musst dir nichts denken, Gitta, von mir erfährt keiner was!«, versprach die Fanny. »Und mach dir nur keine Sorgen, ich helf dir schon weiter! Solang's geht, kannst bei uns arbeiten. Und wenn wir geheiratet haben – der Franzl will noch heuer ernst machen – kannst du auch wieder zu uns kommen!«

»Aber der Franzl und die Leut?«, wandte die Gitta zaghaft ein.

Resolut meinte die Fanny: »Das lass nur meine Sorge sein! – Und jetzt wasch dir noch dein Gesicht; die Leute werden gleich kommen! – Und es muss ja nicht gleich das ganze Dorf erfahren, dass …«

»Wenn doch nur dieser Tag schon vorbei wär«, stöhnte die Gitta.

»Jeder Tag hat einmal ein Ende, auch der längste! Und wenn du wirklich nicht mehr kannst, dann gehst du heim! Müssen sich halt die Aushilfskellnerinnen ein bissl schneller umtun!«, kam es energisch von der Fanny. Sie wusste, dass sie ihr so am besten half.

In diesem Jahr fiel bereits Mitte November der erste Schnee. Große, schwere Flocken taumelten zur Erde, wo sie als pappiger Schneematsch liegen blieben.

Die Arbeit des Sommers und des Herbstes war getan; auf den Bauernhöfen kam die stille Zeit. Die Dunkelheit kam früh und an den langen Abenden gingen die Männer und Burschen ins Wirtshaus. Freilich nicht jeden Tag, aber so ein oder zwei Abende in der Woche verbrachte man beim Schafkopf oder Tarock und dazu wurden etliche Maß Bier getrunken.

Es war noch vor Kathrein, als des Postwirts Franzl die Fanny zu seiner Wirtin machte. Es war eine große, lustige Hochzeit, doch keineswegs mit derjenigen vom Salfermooser Thomas vergleichbar.

Und nachher ging alles seinen gewohnten Gang weiter; nur dass die Fanny jetzt in der Küche wirtschaftete.

Beim ›Rössl-Wirt‹ ging es ziemlich turbulent zu und die Leute, teils neidisch auf den angeheirateten Wohlstand, teils schadenfroh, wetzten sich gehörig ihre Mäuler.

Die junge Wirtin, so hörte man, sollte Haare auf den Zähnen haben! Und so unrecht wurde damit der Moni nicht getan. Zwischen ihr, der jungen Wirtin und ihrer Schwiegermutter, der alten Wirtin, gab es ständig Zank und Reibereien. Das artete zuweilen derart aus, dass sogar vor den Gästen gestritten wurde.

Der Leidtragende war der Thomas, denn er geriet zwischen zwei Mühlsteine, die ihn zu zermalmen drohten. Sowohl seine Mutter wie auch seine Frau bestanden darauf von ihm unterstützt zu werden, wenn es gegen die andere ging. Zuerst hatte er sich unvorsichtigerweise einige Male eingemischt, hatte zu vermitteln versucht, doch das war ihm schlecht bekommen. Der Effekt war nun, dass er die beiden Streithähne ihre Machtkämpfe untereinander ausfechten ließ, was wiederum zur Folge hatte, dass jede auf ihm herumhackte.

Mit wutverzerrtem Gesicht kam die Moni zu ihrem Mann gelaufen und jammerte ihm vor: »Thomas, mit deiner Mutter ist einfach kein Auskommen. Grad vorhin sag ich der Resl, sie soll die Küche putzen. Und was tut sie? Sie verbietet es der Resl und sagt, das wär jetzt nicht notwendig; das hätt erst am Abend zu geschehen! Das wär schon immer so gewesen.«

Thomas' Gesicht verzog sich unmutig, in seinen dunklen Augen erschien ein zorniges Glimmen. Aufseufzend stieß er hervor: »Herrgott, könnt ihr denn nicht endlich Ruhe halten?! Ihr bringt es noch fertig, dass ich auf und davon geh! Moni, denk an deinen Zustand und lass die Mutter werken! – Es ist doch nicht notwendig, dass du selber mitarbeitest. Grand jetzt sollst dich schonen! Wenn einmal das Kind da ist, dann kannst wieder arbeiten.«

»Kommt gar nicht in Frage!«, fiel sie ihm keifend ins Wort. »Bis dahin hat sie mich längst weggeekelt! – Ich bin die Wirtin und mit meinem Geld …«

»Moni«, fuhr er sie warnend an. »Wie oft soll ich mir noch vorschmeißen lassen, dass es dein Geld ist …«

»Stimmt's denn nicht?«, hielt sie ihm vor. »Ich und das Geld von meinem Vater haben den Karren wieder aus dem Dreck gezogen, sonst wär sie eh untergegangen, deine tüchtige Mutter!«

Nachdenklich schaute er sie an, wie sie da vor ihm stand und wild mit den Armen herumfuchtelte. Ihre Schwangerschaft war ihr noch nicht anzusehen, nur ihr Gesicht hatte sich verändert. Es war schärfer, um vieles älter geworden. Er entschuldigte ihren Starrsinn und ihre Herrschsucht mit ihrem Zustand und bat sie eindringlich: »Ich bitte dich, Moni, beruhige dich! – Wofür haben wir denn unsere schöne Wohnung oben? Geh hinauf und ruh dich aus!«

»Ich lass mich nicht abschieben und beiseite drängen«, schimpfte sie erbost und ihre grauen Augen schauten ihn kalt an. »Jetzt, wo ich eure Schulden gezahlt hab, soll ich mich nicht mehr sehen lassen.«

In seiner Stimme war ein mahnender Unterton, als er hervorstieß: »Moni, ich warne dich, treib es nicht zu weit!«

Plötzlich begann sie zu weinen, was aber eher einem krampfhaften Heulen glich. Schrill hielt sie ihm vor: »Ich hätt dich gar nicht heiraten sollen! Gleich damals, als ich das mit deiner Kellnerin erfahren hab, hätt ich gehen sollen ... Belogen und betrogen hast du mich.«

Thomas' Gesicht war blass geworden; dies war das erste Mal, dass sie zugab, etwas von dieser Geschichte erfahren zu haben. Sofort wurde er verlegen und begann zu stottern: »Moni, du weißt ja nicht, was du redest ...«

»Ich weiß, was ich weiß!«, trumpfte sie auf. »Und weil ich dir Wurscht bin, weil du die andere lieber hast, darum kümmerst du dich nicht um mich! Darum ist es dir einerlei, wie mich deine Mutter schikaniert ...« Damit rannte sie heulend davon.

Er konnte ihr nur bestürzt nachsehen. Hatte sie die Wahrheit gesagt? Nein, denn er hatte sich wirklich bemüht ihr ein liebevoller Ehemann zu sein, wenn sie ihm das wahrhaftig auch nie sehr leicht gemacht hatte. Aber sollten dieses Gezänk und die andauernden Reibereien auch weiterhin so fortgehen, dann konnte er für nichts mehr garantieren. So etwas trieb schließlich jeden Mann aus dem Haus. Wäre er überzeugt davon gewesen, dass nur seine Mutter dafür verantwortlich war, so hätte er nicht gezögert. Er wäre mit der Moni fortgegangen, denn er hatte sie geheiratet und sie war seine Frau. – Aber inzwischen hatte er einsehen müssen, dass auch sie eine herrschsüchtige, zänkische Person war, die an allem und jedem etwas auszusetzen hatte.

»Himmelherrgott, worauf hab ich mich da bloß eingelassen?«, stöhnte er verbittert. »Wenn ich das geahnt hätt ... So hab ich mir meine Ehe nicht vorgestellt!«

Unwillkürlich musste er an die Gitta denken. Und wie so oft in der letzten Zeit fragte er sich: Warum hat sie den Franzl nicht geheiratet? Hat er sie sitzen lassen? Kaum, denn sonst wär sie gewiss nicht mehr beim Postwirt! Und sie soll ja mit der jungen Wirtin eine innige Freundschaft haben. – Warum nur, aus welchem Grund hat sie mich damals nicht mehr mögen? – Alles hätt anders werden können.

Der Kramer Flori und der Aichner Ignaz, die Söhne der beiden reichsten Bauern im Tal, jeder ebenso dummfrech und eingebildet wie groß – und das wollte bei diesen Prügel-Mannsbildern schon etwas heißen – betraten die Gaststube. Gewichtig und doch irgendwie linkisch nahmen sie an einem freien Tisch Platz, lehnten sich breit zurück und machten ein Was-kostet-dieWelt-Gesicht.

»Kellnerin, ein Bier!«, schrien sie gleichzeitig.

Die Zenzi, sie war erst seit kurzer Zeit beim ›Rössl-Wirt‹ und sah sich heimlich bereits nach einer neuen Stellung um, da es neben der Moni keine junge Bedienung aushalten konnte, kam an den Tisch gesurrt. Sie war ein mittelgroßes, kräftiges Mädchen mit einem runden, lustigen Gesicht und brandroten Haaren. »Was plärrt ihr denn so laut? – Schau ich aus, wie wenn ich schwerhörig wär?«, fragte sie mit gutmütigem Spott. Sie war lange genug Kellnerin um zu wissen, wie man solche Bauernlümmel zu nehmen hatte. »Gelt, jetzt hat's euch die Sprache verschlagen!«

Mit wenig geistreichen Gesichtern starrten die beiden Burschen das hübsche Mädchen mit dem flotten Mundwerk verdutzt an.

»Also, was ist? – Wärmestube sind wir keine«, kam es rasch von der Zenzi.

Ein dümmliches Grinsen glitt über die Gesichter der beiden. Der Kramer Flori sagte nun gönnerhaft: »Bringst uns halt eine Flasche Roten; aber vom besten!« , dabei stieß er seinen Spezi rüpelhaft mit dem Ellenbogen in die Seite.

Die Zenzi nickte, dann drehte sie sich wortlos um. Solche Maulhelden, die sich besonders gewieft vorkamen, nur weil sie mit dem Geld des Vaters protzen konnten, kannte sie zur Genüge. Einer allein war harmlos, er getraute sich kaum die Zähne auseinanderzubringen, aber wehe, wenn sie zu mehreren auftraten.

Als sie ihnen die Flasche und die Gläser hinstellte, sagte der Flori zu seinem Spezi: »Was meinst, Naz, soll sie uns Gesellschaft leisten?«

Ehe der schwerfällige Ignaz etwas erwidern konnte, fauchte die Zenzi: »Ich danke für die Ehre! Aber meine Gesellschaft such ich mir schon selber aus!«, und schon surrte sie wieder davon.

»Teufel«, stieß der Naz bewundernd hervor, »das ist aber eine Resche!«

Nun trat der Thomas zu den beiden Burschen an den

Tisch und begrüßte sie. Sie waren ihm zwar nicht gerade sympathisch, aber ein Wirt konnte sich seine Gäste nicht aussuchen. »Schön, dass ihr euch auch einmal bei uns anschauen lasst!«

Wenig taktvoll sagte der Flori: »Deine neue Kellnerin haben wir uns anschauen wollen!«

Ausweichend erwiderte der Thomas: »Ja, sie ist recht beliebt bei den Gästen.«

»Hock dich halt ein bissl her zu uns«, forderte der Naz den Wirt auf und schob ihm mit einem Schlenkerer seines Beines einen Stuhl zu.

Der Thomas zwang sich zu einem freundlichen Gesicht und nahm am Tisch Platz.

»Wir sind ja sonst allweil beim ›Post-Wirt‹ drüben«, fühlte sich nun der Flori bemüßigt zu erklären. »Aber mit der Kellnerin ist ja rein gar nichts los! – Sie tut ja grad so, wie wenn ihr ein jeder zu gering wär, und ich frag mich, woher sie eigentlich ihr Kind hat.« Dabei lachte er anzüglich.

»Die Gitta hat doch kein Kind«, entgegnete der Thomas arglos.

»Ja, noch nicht, aber bald! Sie ist schon ganz schön dick!«, erklärte der Naz grinsend und schaute seinen Spezi beifallheischend an. »Hab ich Recht, Flori?«

Die beiden waren so sehr mit dem Berichten ihrer Neuigkeit beschäftigt, dass ihnen Thomas' Verstörtheit völlig entging. »Da sieht man's wieder, dass die alten Sprichwörter auch nicht immer zutreffen«, meinte der Flori. »Denn: Hochmut kommt vor dem Fall! – Aber bei der Gitta war das umgekehrt; zuerst ist sie gefallen und dann ist sie hochmütig geworden … Wär gescheiter gewesen, sie hätt's …«

Plötzlich war der Thomas aufgesprungen, hatte blitzschnell zugepackt und nun schleifte er die beiden Burschen zur Tür. Sie waren so verdutzt, dass sie vergaßen, sich zu wehren. Mit einem Fußtritt öffnete der Thomas die Tür und schon flogen die beiden hinaus ins Freie.

Das alles hatte kaum eine Minute gedauert, es war wortlos vonstatten gegangen. Erst jetzt stieß der Thomas gepresst hervor: »So, jetzt ist mir wohler!« Ohne sich um die wissbegierigen und aufgeregten Gesichter der übrigen Gäste zu kümmern verließ er die Gaststube.

Draußen, vor dem Hintereingang, musste er sich gegen die Hauswand lehnen. Dichte, nasse Schneeflocken umwirbelten ihn, er spürte es nicht. Alles in ihm war aufgewühlt, Schweißperlen erschienen auf seiner Stirn.

Er musste sich zwingen hier stehen zu bleiben. Am liebsten wäre er hinübergerannt zum ›Post-Wirt‹ und hätte die Gitta sofort zur Rede gestellt. – Aber er war ja verheiratet. Es war sein Gewissen, das ihn hier festhielt, er war hier angekettet; an seine Frau, an dieses Haus!

Für den Franzl war es ein ziemlich harter Schlag, als er erfahren hatte, dass die Gitta ein Kind erwartete: »Und ich Depp war so verschossen in sie, dass ich gar nicht gemerkt hab, dass sie an einem anderen hängt!«, schalt er sich selbst.

Aber nun, da er mit seiner Fanny glücklich und zufrieden war, dachte er nur noch schmunzelnd an diese, wie er meinte, alte Geschichte. Er war ein gutmütiger Mensch und gab seiner Fanny Recht, als sie ihm sagte, dass man dem Mädchen helfen müsse.

»Bedienen kannst du jetzt nicht mehr«, sagte die Fanny in ihrer hilfsbereiten, wohlmeinenden Art. »Aber wenn du willst, dann kannst du bei mir in der Küche noch weiterarbeiten!«

»Vergelt's Gott, Fanny!«, kam es erleichtert von der Gitta. »Du kannst dir ja denken, dass ich jeden Pfennig brauchen kann.«

Und von da an arbeitete die Gitta beim ›Post-Wirt‹ in der Küche.

Im Dorf gab es indessen ein Flüstern und Raunen; ein großes Rätselraten, wer nun eigentlich der Vater von Gittas Kind wäre, hub an. Es wurden die absonderlichsten Vermutungen laut. Natürlich kam auch der Thomas ins Gespräch, aber auch der Postwirts Franzl wurde hinter der vorgehaltenen Hand genannt; doch etwas Gewisses wusste niemand.

Im Januar, als der Schnee meterhoch lag und die große Kälte einsetzte, hörte die Gitta auf zu arbeiten. Nun blieb sie zu Hause bei ihrem Vater und wartete auf ihre Niederkunft.

Der alte Lindhuber hatte sich schon so an den Gedanken gewöhnt, nun bald ein kleines Kind im Haus zu haben, dass er es kaum noch erwarten konnte. Aufgeregt zappelte er durchs Haus, sein steifes Bein nachziehend, und immer wieder musste er sich davon überzeugen, dass alles für die Ankunft des Enkels bereit war. Eine Wiege hatte er selbst gezimmert und es störte sich niemand daran, dass sie ein bisschen ungeschlacht und plump wirkte. Sie stand bereits in Gittas Schlafkammer und jeden Tag schlich sich der Lindhuber hinein und schüttelte heimlich die Kissen auf. »Da drin' wird er liegen wie ein Prinz!«, schmunzelte er. Für ihn war es natürlich eine ausgemachte Sache, dass es sich nur um einen Enkelsohn handeln konnte.

Er umsorgte und umhegte seine Tochter und las ihr jeden Wunsch von den Augen ab. »Überanstreng dich nicht, Gitta!«, warnte er ein ums andere Mal. »Das könnt euch schaden!«

An einem stürmischen Februarabend war es dann endlich so weit.

Kleine Schweißtröpfchen perlten auf Gittas Stirn, als sie ihren Vater bat: »Vater, ich glaub' jetzt musst du die Hebamme holen.«

Sofort wollte er aus der Tür hasten.

»Halt«, rief ihn seine Tochter zurück. »Draußen stürmt's und schneit's, Vater! – Du musst schon zuerst was Warmes anziehen; auch Schuhe. In deinen Hauspantoffeln würdest du nicht weit kommen!«

»Jessas, das hätt ich doch glatt vergessen«, stieß er aufgeregt hervor und schon fuhr er in seine alte Lodenjacke. Ehe er seine Tochter allein ließ, rief er ihr noch rasch zu: »Musst dir nichts denken, Mädl! – Gleich bin ich mit der Hebamm wieder bei dir!«

Bis zum Morgen hatte sich der Sturm ausgetobt; frischer Schnee war gefallen. Eine helle Wintersonne stieg hinter den weiß überzuckerten Berggipfeln herauf und ihre Strahlen zauberten aus den Schneekristallen schimmernde Diamanten.

Mit erschöpftem, aber glücklichem Gesicht nahm die Gitta das weiße Bündel entgegen, das ihr die Hebamme reichte. Und nun hielt sie ihren Sohn im Arm. Mit tränenverschleiertem Blick betrachtete sie sein schönes Gesichtchen, seinen dichten Haarschopf und die niedlichen, fest geschlossenen Fäustchen. Als das kleine Kerlchen für einen kurzen Moment seine Augen öffnete, sah sie, dass er Thomas' schwarze Augen geerbt hatte. Und mit einem Aufschluchzen barg sie ihr Gesicht an dem ihres Sohnes.

»Nein, nein«, protestierte die Hebamme gutmütig. »Du erdrückst ihn ja, Gitta! – Ich hab zwar selten so ein großes, kräftiges Kind gesehen, aber das hält er dann doch nicht aus!«

Als die Hebamme fort war, saß der Lindhuber am Bett seiner Tochter. Man sah ihm an, dass er etwas auf dem Herzen hatte. Endlich druckste er, flüsternd, um ja den Kleinen, der nun in seiner Wiege schlummerte, nicht zu wecken, zögernd heraus: »Wie soll er denn heißen?«

Ja, darüber hatte sie seit langem schon nachgedacht. Denn

den Namen, der ihr der liebste war, durfte sie ihm nicht geben; das hätte alles verraten.

Nach einer Weile erwiderte die Gitta: »Ich will, dass er Florian heißen soll!«

Nun probierte der Lindhuber etliche Male: »Florian …, Flori …, Florian Lindhuber …, Flori … Ja, Flori gefällt mir gut und es passt auch zu ihm!« Damit schlich er sich auf Zehenspitzen aus der Kammer.

Oft dachte die Salfermooser Thekla wehmütig an die alten Zeiten zurück, als sie noch allein schalten und walten konnte, wie es ihr gepasst hatte.

Aber nun, seit ihre Schwiegertochter im Haus war, musste sie viel einstecken. Obgleich das noch lange nicht bedeutete, dass sie in der Moni ihre Meisterin gefunden hatte. Doch manchmal gab sie halt nach, um sich eine kleine Verschnaufpause zu gönnen, ehe es wieder aufs Neue rumpelte und schepperte.

Sie ist schon ein böses Fegefeuer, die Moni, sagte sich die Thekla. Und aus dem Thomas macht sie sich nicht so viel!

Heimlich begann sie sich zu fragen, ob sie damals das Richtige getan hatte. Freilich, die drückende Schuldenlast war man los, und man saß in einem aufs Beste ausgestatteten Haus. Doch was wog das gegen Glück und Zufriedenheit?!

»Ist der Thomas glücklich?«, fragte sie sich laut. Ehrlich beantwortete sie die eigene Frage mit einem entschiedenen: »Nein!«

Mit eigenen Augen konnte sie schließlich sehen, wie die Moni ihrem Mann mit ihrer Eifersucht, ihrem ständigen Argwohn und ihrem andauernden Gezänke zusetzte.

Und plötzlich bekam die Salfermooserin vor lauter Reue und Zerknirschtheit, wohl auch aus Selbstmitleid, das heulende Elend.

So fand sie der Thomas, als er kurze Zeit später zu ihr in das kleine Stübchen, das nun zu ihrem ständigen Domizil geworden war, stürmte. »Mutter, wo sind denn die Bonbücher?«, stieß er hastig hervor. »Die Moni sucht schon die ganze Zeit und macht mir die Hölle heiß …« Unvermittelt brach er ab, denn er sah, dass seine Mutter weinte. Er war darüber so bestürzt, denn in seinem ganzen Leben hatte er sie noch nie mit Tränen in den Augen gesehen, dass es ihm für einen Moment die Sprache verschlug. »Mutter, was hast du denn?«, fragte er zaghaft mit weicher Stimme.

Die Salfermooserin schneuzte sich kräftig, wischte sich über die Augen und erwiderte jammernd: »Bub, ich kann's nicht mehr mitansehen, wie du um alles betrogen wirst! Sie ist dir keine gute Frau … Anders, ganz anders hab ich mir alles vorgestellt! Aber wie hab ich denn wissen können, dass alles so kommt?« Erneut kullerten ihr die Tränen über die Wangen. Niedergeschlagen fuhr sie fort: »Ich, ich ganz allein bin schuld an allem! Ich hab die Gitta fortgeschickt und ihr gesagt, dass sie dich und mich ins Unglück reißt, wenn sie nicht von dir lässt! – Die Schuldscheine hab ich ihr gezeigt …«

»Mutter!«, fiel ihr der Thomas ins Wort; er war völlig außer sich. »Ist das wahr? Hast du das wirklich getan?« Mit unheimlich glimmenden Augen und kalkweißem Gesicht wartete er auf ihre Antwort.

»Ich hab's doch nur gut gemeint, Thomas«, kam es von der Salfermooserin. »Und sie war ja auch recht verständig.«

»Ja, recht verständig! Wie kann so ein Mädl da verständig sein, wenn du ihr das Messer auf die Brust setzst! – Und jetzt sind halt gleich drei Menschen gestraft! – Und was das Bitterste ist: Sie hat ein Kind – unser Kind!« Schwer ließ er sich auf einen Stuhl fallen; es war, als hätten ihn seine Kräfte verlassen.

»Du bist nicht ganz gescheit, Thomas! Woher willst denn

wissen, ob das Kind überhaupt von dir ist? Man hat ja so viel gehört«, wandte die Salfermooserin kleinlaut ein.

Thomas Stimme war nur noch ein Flüstern, als er hervorstieß: »Die Gitta war nie mit einem anderen zusammen, weder vorher, noch nachher! – Das weiß ich …, jetzt weiß ich es mit Bestimmtheit!«

Plötzlich wurde die Tür aufgerissen und die Moni stürzte herein. Ihr Gesicht, das nun fleckig und sehr eingefallen war, war wutverzerrt, als sie schrie: »Was ist denn hier los? – Die zwei halten ein gemütliches Plauderstündl, während ich wegen einem Bonbuch herumrenne! – Bei deiner Ordnung ist es kein Wunder, wenn man nichts findet …«

»Sei still und hör mit deinem Gekeife auf!«, fuhr der Thomas mit ungewohnter Schärfe seine Frau an. »Muss denn allweil gleich geschrien und gezetert werden?«

Erschreckt zuckte die Moni zurück. In so einem Ton hatte er bisher noch nie mit ihr geredet. Unvermittelt fing sie an zu weinen und jammerte: »Niemand nimmt Rücksicht auf mich und meinen Zustand!«

»Wär gut, wenn du es selber einmal tun würdest!«, unterbrach der Thomas sie kalt. »Noch kein einziges Mal hab ich von dir gehört, dass du dich auf das Kind freust; immer hast es bloß dazu benutzt um mich damit zu erpressen!«

Ganz verdattert, mit weit aufgerissenen Augen, hatte die Salfermooserin dagesessen und zugehört. Nun mischte sie sich ein: »Ja, das ist wahr! – Nie hast du Rücksicht …«

»Ich bitte dich, Mutter, halt dich da raus!«, herrschte der Thomas sie an. »Wenn von heute an nicht Ruh und Frieden im Haus herrschen, dann geh ich auf und davon! – Und das ist mein Ernst!«

»Das kannst du ja drauf ankommen lassen«, zischte ihm die Moni erbost zu und schon rauschte sie aus der Stube. Mit einem lauten Knall ließ sie die Tür hinter sich zufallen.

»Wo sind denn jetzt die verdammten Bonbücher?«, stieß der Thomas ungnädig hervor.

Sofort sprang die Salfermooserin auf und hastete zur Kommode.

»Da sind sie doch und das hat sie genau gewusst!« Und sie hielt dem Thomas ein Buch entgegen.

Wortlos nahm er es an sich und verließ damit die Stube.

Wütend und noch immer erbittert über Thomas' rücksichtsloses Verhalten, wie sie es bei sich nannte, kochte die Moni das Abendessen für die Familie und das Personal.

»Grad extra mache ich heut Karmanadl!«, sagte sie sich. Damit wollte sie sich rächen, und zwar an allen, denn von allen fühlte sie sich verkannt und verraten. Sie wusste, wie unbeliebt diese Frikadellen, die aus Fleischresten zubereitet wurden, bei allen waren. Aber dieses Rachegericht kam auch ihrem Geiz sehr entgegen.

Und so drehte sie jeden Fleisch- und Wurstrest, den sie nur auftreiben konnte, durch den Fleischwolf, dabei umspielte ein grimmiges Lächeln ihren schmallippigen Mund. Dann tat sie noch ein Übriges und sie briet die Karmanadl in altem Fett, das sie aus allen Pfannen zusammenkratzte. Es rauchte und qualmte, aber das schien sie nicht zu stören.

Sie deckte den großen Tisch, der in der äußersten Ecke der neu eingerichteten Küche stand. Dann stellte sie die Platte mit den dunkelbraunen Karmanadln drauf und eine Schüssel mit fein gehobeltem Krautsalat dazu; ein Brotlaib sollte dieses frugale Mahl vervollständigen.

Als alle versammelt waren, wurde zuerst das Tischgebet gesprochen.

Thomas' Gesicht drückte deutlichen Missmut über dieses Abendessen aus und er ahnte, dass es nicht von ungefähr auf dem heutigen Speiseplan stand. Auch die anderen machten keinen besonders begeisterten Eindruck.

Unmutig schob der Thomas seinen Teller zurück und sagte: »Ich hab keinen Hunger!« Er würde die Moni später deswegen zur Rede stellen, denn er mochte keinen Streit vor dem Personal.

Auch die Salfermooserin schloss sich ihm mit deutlich gerümpfter Nase an. »Ich bin auch überhaupt nicht hungrig!«

Nur der Gidi und die Resl mussten sich wohl oder übel dranhalten, denn für sie würde es danach nichts mehr geben, womit sie ihren Kohldampf stillen konnten; die Moni hielt alles hinter Schloss und Riegel.

Der Gidi kaute noch am ersten Bissen herum, als er plötzlich ausrief: »Die Karmanadl sind ja schlecht!« Und er griff sich eines und roch daran. »Pfui Teufel, das stinkt ja wie die Pest!«

Mit zornrotem Gesicht schrie die Moni: »Was dir nicht einfällt!« Und sie stopfte sich einen Riesenbissen in den Mund.

Nun nahm der Thomas ein Fleischpflanzl, zerteilte es und roch ebenfalls daran. Auch er verzog das Gesicht. Doch gelassen sagte er: »Die sind wirklich nicht gut! – Was hast du denn da reingetan?«

Mit vollem Munde kauend, erwiderte die Moni ungehalten: »Was werd ich schon reingetan haben? Fleisch halt und ein bissl Wurst. Mir schmecken sie!«

»Nein, die sind schlecht!«, kam es nun mit Bestimmtheit von der Salfermooser Thekla. »Lasst sie lieber liegen, nicht dass noch einer von euch krank wird! Ich koch euch dafür noch schnell eine Pfanne voll Ochsenaugen!«

Aber nun begann die Moni erst recht zu geifern: »Von meinem Essen wird kein Mensch krank. Wo glaubt ihr denn, dass ihr seid? Im Schlosshotel vielleicht?«

Beherrscht, ohne Vorwurf in der Stimme, unterbrach sie der Thomas. »Es kann ja sein, Moni, dass du was verwendet hast, was nicht mehr ganz frisch gewesen ist. Das kann doch einmal passieren ...«

»Bei mir nicht! – Aber bittschön, wenn bei euch das Schludern der Brauch ist, dann kocht ihr halt für das Personal extra. Ich ess die Karmanadl, aber ich bin ja auch bloß die Wirtin, für mich ist es ja gut genug!«

»Ich bitt dich, Moni, lass es stehen«, warnte der Thomas. »Da könntest die schönste Fleischvergiftung kriegen.«

»Wen das schon groß kümmern würde!«

Um einem weiteren Krach aus dem Weg zu gehen, erhob sich der Thomas und verließ die Küche.

Mit angewiderten Gesichtern sahen die Resl und der Gidi zu, wie die Moni mit Verbissenheit ein Karmanadl nach dem anderen in sich hineinstopfte.

Inzwischen hantierte die Salfermooserin bereits am Herd und schlug Eier in eine Pfanne.

Endlich brachte die Moni beim besten Willen keines der übelriechenden Fleischgebilde mehr hinunter. Demonstrativ nahm sie die Platte an sich, auf der noch gut ein Dutzend brauner Klößchen lagen, und bemerkte laut: »Die werden bis morgen aufgehoben! Die ess ich zur Brotzeit! Denn ich bin's von daheim nicht gewohnt, dass was weggeschmissen wird! Dafür kommt es auch nie so weit, dass abgewirtschaftet wird!«

Als die Moni das eheliche Schlafzimmer betrat, schoss ihr plötzlich ein Gedanke durch den Kopf. »Dem werd ich helfen! Der fällt mir vor allen Leuten nicht noch einmal in den Rücken!«, stieß sie wütend hervor.

Sie packte von einem Bett das Bettzeug zusammen und ging damit hinüber ins angrenzende Wohnzimmer. Boshaft warf sie alles auf den Boden. »Der kann von mir aus auf dem Kanapee schlafen!«

Wieder im Schlafzimmer, versperrte sie die Tür, wobei ihre Augen hart glitzerten, und ein hämisches Lächeln um ihren Mund erschien. »Das wird er nicht probieren, dass er mir die Tür einrennt!«

In der Gaststube war heute nicht viel los. Draußen herrschte ein arges Schneetreiben und das hielt viele ab, die warme Stube zu verlassen; da blieb man lieber daheim.

Es war noch nicht zehn Uhr, als der Thomas die Treppe ins obere Stockwerk hinaufstieg.

Um in das Schlafzimmer zu gelangen, musste er zuerst durchs Wohnzimmer. Er knipste das Licht an. Vor ihm, mitten im Zimmer, lag sein Bettzeug auf dem Boden.

Plötzlich stieg kalte Wut in ihm auf. Was würde sie sich denn noch alles ausdenken um ihn zu ärgern und zu demütigen? Das hier ging entschieden zu weit.

Mit einem einzigen Satz war er an der Tür, die zum Schlafzimmer führte. Er drückte die Klinke, die Tür öffnete sich nicht.

»Himmelherrgott, Moni, mach auf!«, schrie er laut und befehlend.

Nichts rührte sich.

Er rüttelte ungeduldig an der Klinke, dabei hörte er, dass auf der anderen Seite der Tür etwas klirrend zu Boden fiel. »Aha, jetzt ist der Schlüssel rausgefallen!« Wieder rüttelte er, dabei überlegte er sich allen Ernstes, ob er nicht doch die Tür eintreten sollte.

Von dem Radau war die Moni aufgewacht. Erschreckt schnellte sie hoch und saß mit angehaltenem Atem im Bett. Plötzlich wurde ihr übel. Sie schlucke krampfhaft, doch es wurde nicht besser. »Jessas, die verdammten Karmanadl!«, stöhnte sie leise. Aber um nichts in der Welt hätte sie nun ihr Schlafzimmer verlassen, obgleich es ihr zusehends schlechter wurde. Doch der Thomas brauchte es am allerwenigsten zu erfahren, dass er Recht gehabt hatte und die verflixten Dinger wirklich nicht mehr gut gewesen waren.

»Wenn er doch nur schon aufhören tät'«, jammerte sie. Schweißperlen erschienen auf ihrer Stirn. Doch sie wollte warten, bis er sich niedergelegt hatte und eingeschlafen war, dann erst wollte sie ins Badezimmer gehen.

»Mach auf oder es passiert was!«, drohte der Thomas. »Jetzt kann sie aber was erleben«, schnaufte er wütend und zog den Schlüssel von der Wohnzimmertür ab. »Hoffentlich passt er.«

Drinnen wurde es der Moni ganz schwarz vor den Augen. Ihr Herz klopfte wie rasend, das Blut hämmerte in ihrem Kopf; sie begann zu würgen. Ganz nebenbei hörte sie, wie er sich mit einem anderen Schlüssel zu schaffen machte. – Es wird nicht gehen, schoss es ihr durch den Kopf. Das hatte sie schon längst vor ihm ausprobiert; aus Misstrauen dem Personal und ihrer Schwiegermutter gegenüber.

Als der Thomas einsehen musste, dass der Schlüssel nicht passte, schleuderte er ihn voller Zorn in eine Eckte. »Mistding, verfluchtes!«, schimpfte er. Einige Minuten blieb er noch ratlos vor der Tür stehen. »Hier schlaf ich auch nicht! Ich lass mir mein Bettzeug nicht hinschmeißen, wie man einem Hund eine Decken zuwirft!« Entschlossen drehte er sich um. »Ich such mir ein anderes Zimmer!« Damit verließ er das Wohnzimmer.

Monis Bett sah grauenhaft aus; sie hatte sich erbrochen. Noch immer war ihr entsetzlich übel, ununterbrochen war sie von qualvollen Würgekrämpfen befallen.

Nun stieg sie mühsam aus dem Bett und mit zitternden Knien schleppte sie sich zur Tür.

Wieder überflutete sie eine Welle von Übelkeit, ihre Beine wollten sie nicht mehr tragen und sie musste sich an Türklinke festhalten. »Wo ist denn der Schlüssel?«, würgte sie hervor.

Sie fand ihn nicht; er war unter den Teppich gerutscht. Sie war schon so schwach, so erschöpft, dass sie kaum noch wusste, was sie tat.

»Thomas ..., Thomas ..., hilf mir ...«, stieß sie hervor, aber so leise, dass er sie auch nicht gehört hätte, selbst wenn er noch im Nebenzimmer gewesen wäre.

Plötzlich wurde es ihr erneut schwarz vor den Augen, ihre Knie gaben nach und sie stürzte. Ohnmächtig blieb sie an der Tür liegen.

Als der Thomas am anderen Morgen erwachte, schaute er sich verwundert um. Aber sofort erinnerte er sich. Er unterdrückte seinen aufsteigenden Ärger und verließ das Bett.

Als er aus der Kammer ging, schaute er sich zuerst um, denn es brauchte niemand zu wissen, dass ihm seine Frau das gemeinsame Schlafzimmer verboten hatte. Rasch rannte er den Flur entlang und ins Wohnzimmer. Die Tür war noch immer verschlossen.

»Mach sofort auf, Moni!«, rief er laut und deutlich. »Ich brauch ein frisches Hemd!«

Nichts rührte sich.

»Herrgottsakrament, Weibsbild boshaftes«, stieß er verärgert hervor. »Wär gescheiter, du würdest nachgeben, denn lange lass ich mir diesen Zirkus nicht mehr gefallen!« Zornig stapfte er davon.

»Guten Morgen«, sagte er, als er die Küche betrat.

Die Salfermooserin und die Resl saßen bereits beim Frühstück.

Thomas bemerkte den fragenden Blick, den ihm seine Mutter zuwarf, sein Gesicht blieb verschlossen. Er hielt seine Kaffeetasse mit beiden Händen umklammert und starrte dumpf vor sich hin.

Die Salfermooserin wartete, bis die alte Resl aus der Küche

geschlurft war, dann fragte sie rundheraus: »Was ist denn das für ein Krach gewesen, heut Nacht?«

Zuerst zögerte der Thomas, schließlich gestand er beschämt: »Die Moni hat mich ausquartiert! – Sie hat mich nicht ins Schlafzimmer gelassen und ich hab in der Kammer neben der Stiegen geschlafen!«

»Das ist aber doch schon die Höhe«, rief die Salfermooserin empört aus,. »Und das lässt du dir gefallen, Bub?«

»Was hätt ich denn tun sollen? Hätt ich die Tür einschlagen sollen? Sie wird schon wieder zur Vernunft kommen.«

Die Salfermooserin konnte sehen, dass ihr Sohn nicht mehr darüber reden wollte und ließ ihn in Ruhe. Sie hoffte nur inständig, dass er diesmal seiner Frau gehörig ihren eigensinnigen Kopf zurechtrücken würde.

Der kleine Flori war bereits sechs Wochen alt; er war ein allerliebstes, munteres Bürschchen.

Die Gitta, nun wieder rank und schlank und schöner denn je, konnte sich an ihrem Sohn nie sattsehen. Sie bewunderte einfach alles an ihm: sein Köpfchen mit dem dichten Haarschopf, sein gut ausgeprägtes Gesicht und besonders seine großen, schwarzen Kirschenaugen, mit denen er sie sehr aufmerksam ansah.

»Ist er nicht der schönste Bub der Welt, Vater?«, fragte sie ein ums andere Mal.

Und das konnte der Lindhuber natürlich nur bestätigen, denn er platzte schier vor Stolz. »Wenn du dich nicht tummelst, dann kommst du schon am ersten Tag zu spät zu deiner Arbeit!«, mahnte er.

Die Gitta legte den Florian in seine Wiege, sie schien sich von ihm kaum losreißen zu können. »Gelt, Vater, vergiss nicht, wann er seine Flasche wieder kriegt! – Ich hab dir alles gerichtet.«

»Jaaa, wie oft sagst du es mir denn noch«, kam es etwas beleidigt vom Lindhuber. Er schämte sich fast ein wenig, als er es sich eingestand: Er freute sich, dass die Gitta wieder zur Arbeit ging, denn nun hatte er seinen Enkel den ganzen Tag für sich allein. Und er konnte inzwischen mit dem Flori ebenso gut umgehen wie seine Mutter und darauf war er nicht wenig stolz. »Jetzt mach einmal weiter, sonst meint die Postwirtin, du kommst nicht mehr«, drängte er.

Als die Gitta das Haus verließ, war es kurz vor acht Uhr. Die Sonne blinzelte hinter den Wolken hervor, sehr schüchtern und sehr blass, um gleich im nächsten Moment wieder zu verschwinden. Auf der Straße lag zäher Schneematsch, während die Wiesen noch von hohem, nassen Pappschnee bedeckt waren.

Immer noch still vor sich hinlächelnd setzte die Gitta ihren Weg fort. Als sie jedoch am ›Rössl-Wirt‹ vorüberkam, beschleunigte sie ihre Schritte, dabei klopfte ihr Herz schneller.

»Grüß dich Gott, Gitta«, rief die Fanny erfreut aus, als die junge Frau die Gaststube betrat. »Wie geht's denn meinem Patenbuberl?«

»Es könnt ihm gar nicht besser gehen! Er wird von Tag zu Tag größer; jetzt lacht er schon!«, erwiderte Gitta voller Stolz und mit glücklich leuchtenden Augen.

»Meinst du, dass dein Vater mit dem Kleinen zurechtkommt?«

»Er hat's nicht erwarten können, bis ich endlich aus dem Haus war«, berichtete die Gitta. »Direkt fortgeschickt hat er mich, damit er endlich mit dem Flori allein sein kann!« Nun zog sie sich aus und band die schwarzlederne Geldtasche unter ihrer Schürze fest. »Wann kommt denn die Anni?«

»Um Vier«, erwiderte die junge Postwirtin. »Solang dein Bub noch so klein ist und auch in der Nacht gefüttert werden muss, machst du die Frühschicht! Die Anni ist damit einverstanden. Dann kannst du doch viel mehr Zeit daheim und bei deinem Kind sein!«

Vor Freude war die Gitta ganz außer sich. In gewohnter Weise, so, als hätte es nie eine Unterbrechung geben, machte sie sich an ihre Arbeit; mit geschickten, flinken Fingern wickelte sie Bestecke in Papierservietten.

Die Fanny war noch bei der Gitta in der Gaststube, es gab ja so vieles, was sie bereden mussten, als die Tür aufgestoßen wurde, und der Binder Martl hereingestürzt kam. Er musste zuerst einmal nach Luft schnappen, dann stieß er aufgeregt hervor: »Stellt euch vor, Leute, die junge Salfermooserin ist tot.«

Klirrend fiel eine Gabel zu Boden, sie war der Gitta aus den Fingern geglitten. Sie brachte keinen Ton über ihre bleichen Lippen, mit schreckgeweiteten Augen konnte sie den Martl nur anstarren.

»Das gibt's doch gar nicht«, kam es ungläubig von der Fanny. »Sie war doch nicht krank!«

Der Martl nickte bestätigend. Er kam sich, als der Überbringer dieser Schreckensbotschaft, ungeheuer wichtig vor. Heftig mit den Händen gestikulierend erklärte er: »Es ist aber wahr; ich weiß es vom Gidi! Und der war dabei! Der Gidi sagt«, und nun erschien ein etwas schadenfrohes Grinsen in seinem Gesicht, »also, der Gidi sagt, die junge Salfermooserin ist buchstäblich an ihrem eigenen Geiz erstickt! Und es ist ein Glück, dass er noch lebt!«

»Wie soll denn das passiert sein?«

Und nun berichtete der Martl, was er vom Gidi erfahren hatte. Die Sache mit den schlechten Karmanadln erzählte er haarklein und auch davon, dass die jungen Salfermooserischen offensichtlich nicht in einem Schlafzimmer zusammen schliefen, und das war ja wohl auch eine Sünde.

»Jessas, so ein Unglück«, entfuhr es der Postwirtin.

Den Martl schien das alles nicht so tief zu berühren, denn er meinte daraufhin gelassen: »Das wird auch fürs Sterben angerechnet!«

»Wie du nur so herzlos reden kannst?«, wies ihn die Fanny scharf zurecht.

Schwer musste sich die Gitta auf den Tisch stützen, ehe sie ihre Beine trugen. Als sie zur Theke ging, konnte sie noch immer keinen klaren Gedanken fassen. Diese Nachricht war einfach zu viel für sie. Plötzlich griff sie nach einem Stuhl, schwankend musste sie sich daran festhalten.

»Jessas, Gitta, was hast du denn?«, schrie die Fanny und rannte auf das Mädchen zu.

»Mir ist auf einmal schlecht geworden«, flüsterte die Gitta, dabei ließ sie sich erschöpft auf den Stuhl sinken.

»Hast du am Ende auch Karmanadln gegessen?«, kam es fast gemütlich vom Martl.

»Jetzt ist aber Schluss, Martl!«, fuhr ihn die Wirtin wütend an. »Ein einziges respektloses Wort noch und du kannst dein Bier woanders trinken!« Zur Gitta gebeugt, setzte sie sanft hinzu: »Ich bring dir einen Schnaps, der richtet dich wieder auf!« Sie hastete zur Theke.

Mit zitternden Händen nahm die Gitta das Glas, dann stürzte sie das scharfe Gebräu in einem Zug hinunter. Es brannte höllisch in ihrer Kehle, doch bald wurde ihr besser.

»Ja, ja, alle Schuld rächt sich auf Erden!«, krächzte die Auer Lene, eine alte, zerlumpte Schnapsdrossel. Sie lebte davon, dass sie sich aus den Gasthäusern die Abfälle zusammenholte und damit Schweine mästete. »Mir ist die Moni sogar um den Sautrank neidig gewesen und immer hab ich Sorge gehabt, dass sie die dickeren Brocken wieder rausfischt …« Zur Gitta gewandt fuhr sie laut krächzend fort: »Bring mir einen Doppelten! Denn von heut an kriegen meine Ferkel wieder was Anständiges zu fressen!«

»Du sollst dich schämen, Lene«, kam es unwillig von der Gitta.

»Ich hab's meiner Lebtag noch nicht gut gehabt und Mitleid hab ich längst schon verlernt!«, entgegnete die Lene, dabei wackelte sie mit ihrem grau umzausten, kleinen Vogelkopf hin und her. Gierig griff sie mit ihrer schmutzverkrusteten Hand nach dem Glas.

Die Wirtin wartete, bis die Lene ihren Schnaps getrunken hatte, was sie mit einem einzigen Schluck erledigte, dann fasste sie sie mit spitzen Fingern am zerlumpten Jackenärmel. »Der Schnaps ist von mir, Lene! – Aber jetzt gehst du wieder!« Damit zog sie die Alte aus der Tür. Denn für die übrigen Gäste war die Lene wahrhaftig kein appetitlicher Anblick, von ihrem Geruch ganz zu schweigen.

»Vergelt's Gott, Wirtin!«, grinste die Lene. »Siehst, wenn die Leute ans Sterben erinnert werden, dann werden sie großzügig, dann kriegst auch einmal was geschenkt!« Damit schlurfte sie davon.

Der Ametsbichler hatte darauf bestanden, dass seine Tochter im Familiengrab in Kunertsreuth begraben wurde. »Nicht als Gestorbene lass ich das unglückliche Mädl in dem Nest, das ihr nur Unglück gebracht hat!«, beteuerte er mit halb gramvoller, halb verärgerter Stimme.

Seinen Schwiegersohn würdigte er keines Blickes; er machte ihn für den Tod seiner Tochter verantwortlich.

Sein erster Weg nach der Unglücksbotschaft hatte ihn zum Anwalt geführt; leider musste er unverrichteter Dinge wieder abziehen. Allzu gern hätte er zurückverlangt, was er seiner Moni an Mitgift ausbezahlt hatte.

Tagelang ging der Thomas wie benommen umher; er konnte es immer noch nicht ganz fassen. Er machte sich die heftigsten Vorwürfe, dass er Monis Eigensinn nachgegeben hatte.

Warum hatte er die Tür nicht einfach eingeschlagen? Ja, er fühlte sich zu einem großen Teil mitschuldig an Monis Tod.

Die Salfermooser Thekla war seit dem Unglück ziemlich kleinlaut; auch ihren Leuten gegenüber.

Endlich konnte sie den Anblick ihres verzweifelten Sohnes nicht länger tatenlos hinnehmen. Eines Abends nahm sie den Thomas beiseite und begann: »Bub, ich kann es nicht mehr mit ansehen, wie du dich selber ganz krank machst! – Es gibt nichts, was du dir vorzuwerfen hättest! Jetzt ist die Moni, Gott geb ihr die ewige Ruhe, schon wochenlang unter der Erde, und es wär langsam an der Zeit, dass du dich wieder zurechtfindest! Das Leben geht weiter, auch deins!«

»Ich weiß, Muttter!«, stöhnte er. »Aber ich kann's halt nicht vergessen, wie sie dagelegen ist …« Schaudernd verstummte er.

»Denk nicht mehr dran«, sagte die Salfermooserin sanft. »Besinn dich lieber darauf, dass es einen kleinen Buben gibt, der seinen Vater noch nie gesehen hat.«

Mit einem Ruck richtete sich der Thomas auf. Seine dunklen Augen sahen seine Mutter eindringlich und mit einem verlangenden Ausdruck an. Doch plötzlich schüttelte er seinen Kopf. Kaum hörbar stieß er hervor: »Die Moni tät's nicht gern sehen, wenn …«

Nun fiel ihm seine Mutter energisch ins Wort: »Die Moni ist tot! Sie hat ihren Frieden! Aber dein Bub lebt! Er hat ein Recht auf einen Vater!«

Der Lindhuber Wastl hatte wirklich alle Hände voll zu tun. Er versorgte und betreute den kleinen Flori, was er ebenso geschickt machte wie das beste Kindermädchen. Daneben wollte er auch seinen Garten nicht vernachlässigen. Und so hastete er von morgens bis abends zwischen der Wiege und den Gemüsebeeten hin und her.

Das kleine Bürschchen wusste sehr bald, dass es nur zu schreien brauchte, und schon kam jemand um es zu unterhalten.

»Nein, Vater, so geht das nicht weiter«, sagte die Gitta eines Tages ernst. »Du verziehst den Buben derart, dass er überhaupt nicht mehr allein bleiben will! Du musst ihn ruhig einmal schreien lassen.«

»Ja freilich, sonst noch was«, protestierte der Lindhuber erregt. »Soll er sich vielleicht einen Bruch schreien? Bloß weil ...«

»Keine Angst! Im Gegenteil, er muss sogar manchmal kräftig brüllen, das ist gesund.«

Verächtlich kam es vom Lindhuber: »Neumodisches Zeugs!« Damit stapfte er hinaus. Er würde sich in die Erziehung seines Buben, wie er den Flori bei sich nannte, nicht hineinreden lassen. »Nur gut, dass sie tagsüber nicht daheim ist«, brummte er ungehalten und auch ein wenig eifersüchtig. »Sie tät ihn glatt umbringen!«

Er ließ sich auf ein Beet nieder, wobei er schmerzlich das Gesicht verzog, dann rupfte er ärgerlich jedes Unkrauthälmchen aus, das ihm zwischen dem dicht gefiederten, zarten Mohrrübenkraut unter die Finger kam.

Sein Eifer, mit dem er das Unkraut ausrupfte, wurde von seiner inneren Erregung noch angestachelt. Er konnte sich über die Herzlosigkeit seiner Tochter noch immer nicht beruhigen.

Als die Gitta ihren Sohn in frische Windeln gepackt hatte, drückte sie ihm einen innigen Kuss auf die runden, warmen Wangen, dann legte sie ihn in seine Wiege. »So mein Schatzl, und jetzt werden keine Sperenzln mehr gemacht!«, mahnte sie leise.

Und sonderbar, er schaute sie nur aus seinen großen Kirschenaugen an und machte keinen Mucks, während er bei seinem Großvater sofort sein Gesichtchen verzogen hätte und umgehend in ein Gebrüll ausgebrochen wäre.

»Du bist mir schon so ein Schlaumeier«, schmunzelte die Gitta, dann ließ sie den Flori allein.

Sie machte noch in der Küche Ordnung, wischte das verspritzte Badewasser auf und stellte die Wanne an ihren Platz.

Als sie vors Haus trat, begann es gerade zu dämmern. Es war ein warmer, klarer Juniabend, der erfüllt war vom Zirpen der Grillen. »Soll ich dir was helfen, Vater?«, fragte die Gitta.

»Nein, nein, dass du bei meinen Pflanzen auch noch moderne Methoden einführst!«, brummte der Lindhuber abwehrend.

Lächelnd setzte sich die Gitta auf die Hausbank. Mit offenen Augen träumte sie vor sich hin, während der Himmel langsam ein tieferes Blau annahm.

Der Lindhuber war soeben hinter dem dichten Blattwerk der sich emporrankenden Stangenbohnen verschwunden, als jemand das Gartentürchen hinter sich zufallen ließ.

Eine heiße Blutwelle schoss über Gittas Gesicht, mit weit geöffneten Augen sah sie dem Thomas entgegen.

Langsam, als ob er sich nicht im Klaren darüber sei, ob sein Kommen erwünscht sei, kam er den schmalen Kiesweg daher.

Die Gitta raffte sich auf, aber ihre Beine schienen festgewachsen zu sein; keinen Schritt kam sie ihm entgegen.

Als er vor ihr stand, schaute er sie mit sehnsüchtigen Augen an. Aber alles, was er hervorbrachte, war die heisere Frage: »Darf ich ihn sehen?«

Die Gitta nickte nur, dann ging sie ihm mit hölzernen Schritten voraus ins Haus.

Drinnen war es bereits finster und sie machte Licht.

Kaum hatte der Thomas die Wiege gesehen, als er darauf zustürzte, den Florian herausnahm und ihn mit einem Aufstöhnen an sich presste.

Die Gitta brachte es nicht übers Herz, ihm das erschreckt greinende Kind wegzunehmen, zumal sich der Flori bald an diese raue Behandlung gewöhnt hatte. Als sie fühlte, wie ihr die Tränen heiß in die Augen stiegen, verließ sie leise die Kammer. Sie ließ Thomas mit seinem Sohn allein.

Es dauerte eine ganze Weile, ehe er mit tief gesenktem Kopf wieder aus der Kammer heraustrat und schwer atmend an der Tür stehen blieb.

Nun aber konnte sich die Gitta nicht mehr länger beherrschen, mit einem sehnsüchtigen »Thomas« stürzte sie auf ihn zu.

Wie ein Ertrinkender klammerte er sich an Gitta. Immer wieder flüsterte er mit leiser, glücklicher Stimme: »Gitta, hast mich denn wieder gern?«

»Ich hab nie aufgehört, dich gern zu haben, Thomas!«, gestand sie aufseufzend. Dann spürte sie seinen Mund auf ihren Lippen und alles war wieder wie früher. In seinen Armen vergaß sie alles um sich her.

Der Flori, von einem männlichen Wesen in seine Wiege gelegt, versuchte seine oft erprobte Tour und schrie laut und eindringlich. Seine Eltern hörten ihn nicht.

Plötzlich aber kam der Lindhuber in die Stube gehumpelt. Es war keineswegs der Anblick des eng umschlungenen Paares, was ihn so in Zorn versetzte, vielmehr die Tatsache, dass das Schreien seines Lieblings nicht gehört worden war. »Hört es denn keiner, dass der Bub schreit?«, stieß er unwirsch hervor, schob die beiden beiseite und verschwand in Floris Kammer. Sofort trat Ruhe ein.

»Er verzieht mir den Buben nach Strich und Faden«, flüsterte die Gitta, dabei konnte sie ein Lächeln nicht ganz unterdrücken.

»Dafür werd ich mich extra bei ihm bedanken!«, erwiderte der Thomas.

»Kommt gar nicht in Frage«, protestierte die Gitta rasch. »Ich weiß den Lausbuben eh schon fast nicht mehr zu bändigen ...«

Er drückte sie an sich und erklärte mit zärtlicher Stimme: »Ich helf dir ja bald dabei, Gitta! Und gemeinsam werden wir's schon schaffen!«